목차

제1장

그가 나였다

개꿈을 꾸었다.

단골로 출몰하는 서양인과 중국인이다. 조리복을 입은 채 양팔을 뜯어 갔다. 걸핏하면 일어나는 경련의 장애가 깃든 손목이다. 그 때문에 만년 주방 보조 신세였으니 백 번을 뜯어 가도 대환영이었다.

문제는 빡센 허탈감이었다. 이제야 이 불치가 나은 건가 하고 좋아하다 깨어 보면 다시 현실이었다. 다시 꿈속으로 돌아가고 싶은 마음을 누가 알까.

이 두 인간들은 요리사의 꿈을 꾸던 날부터 윤기 꿈에 출몰했다. 얼굴은 언제나 뿌연 안개에 가려 선명하지 않았다. 이번에는 빈도가 심했으니, '3일' 연속 등장을 했다.

대한민국의 최고 병원에서도 치료하지 못한 불치의 손목 경련.

그런데.

이 저주의 경련이 멈추는 일이 실제 현실에서 일어났다.

3일이면 삼세판.

삼세판이면 거짓도 진짜가 된다더니 진짜, 진짜가 된 것이다.

게다가…….

* * *

"감자 아직도 다 못 깠냐?"

2024년, 전시실에서 내려온 경모가 윤기에게 눈을 부라렸다. 그는 조리부의 대리급 요리사이자 자칭 조리 1팀의 에이스였다.

"금방 끝낼게요. 이 부조리장님 요리에 들어갈 피망하고 당근이 너무 많아서요."

감자 껍질을 벗기던 윤기가 고개를 들었다. 감자 껍질이 묻은 손목이 파르르 떨었다.

"야, 손이 그러면 좀 일찍 나와서 준비하든가?"

태클이 들어온다. 조리 팀 직원들은 대개 윤기에게 호의적이지 않았다.

"죄송합니다."

"20분 안에 끝내고 건조기 주방 기구 꺼내서 세팅해. 알았어?"

잔소리 폭격을 마친 경모가 명규를 데리고 휴게실로 나갔다. 돌아온 둘의 손에는 커피가 한 잔씩 들려 있다. 고작 커피 한 잔이다. 그러나 윤기 몫은 없었다. 핀잔과 무시, 이제는 익숙한 풍경이었으니 딱히 서럽지도 않았다.

윤기는 숨 쉴 틈도 없었다. 예약이 많은 날이었다. 이런 날은 보조가 먼저 바빠진다. 그걸 알기에 어제도 늦게까지 남았다. 오늘 할 일을 미리 한 것이지만 턱도 없었다.

"너는 어떤 셰프가 마음에 들었냐?"

커피를 마시던 경모가 명규에게 물었다.

"안드레아 셰프죠. 그 천재성에 불굴의 카리스마… 죽이잖아요?"

"너도냐?"

"선배님도요?"

둘은 죽이 척척 맞는다.

위층에서 전시되는 세계 기인 셰프 특별전 이야기다. 어제부터 개관이 되었다. 다들 짬을 내 구경을 가지만 윤기는 그럴 시간조차 없었다.

"혈혈단신으로 당대 최고의 셰프 글로드와 맞짱, 맛의 제국 엠블리에 쳐들어가 자신의 요리를 세팅해 놓고 오너 셰프에게 포크를 내민 기백. 한번 맛보면 중독되어 버리는 치명적인 맛의 매력……."

"그것도 그렇지만 역사 속의 요리 재현 능력이 부러웠어요. 클레오파트라와 다 빈치가 애정한 요리부터 태양왕 루이 14세, 표트르 대제의 요리까지 완벽하게 재현하는 천재성이라니. 으아, 신은 왜 이렇게 불공평한지……."

"요리 실력 하나 믿고 오만방자했던 개싸가지 인성 때문에 빌런 셰프로 낙인찍히기는 했지만 그 정도로 잘나가면 그럴 만도 하지?"

"그러게요. 사망 당시만 해도 무려 수년 치 선예약… 전속 셰프가 되어 달라고 백지수표를 베팅한 중동과 러시아의 부호만 해도 몇 명이나 되었다던데요?"

"그 맛이 얼마나 치명적이면 악마의 요리에 요리의 악마라고 불렀겠냐? 소식부터 폭식까지 자유자재로 컨트롤했다는 거잖아? 손님들 식성을 말이야."

"손만 안 잘렸으면 세계 요리를 통일시켜 버렸겠죠?"

"말이라고 하냐?"

"그런데 손은 왜 잘렸을까요?"

"분자요리 연구하다 그랬다잖아? 액체질소로 실수하는 바람에."

"제 말은 안드레아 같은 실력파가……."

"20—30여 년 전만 해도 분자요리가 장비가 보편화되지 않았잖아? 지금처럼 편리하고 안전한 기구가 없었겠지. 시대를 앞서 간 천재의 비극 아니냐?"

"저는 어떤 까탈스러운 입맛의 미식가도 정복한다는 게 제일 마음에 들었어요. 솔직히 맛도 모르면서 미식가네 하고 깝치는 것들이 너무 많잖아요?"

"그래서 나도 안드레아에게 반한 거다. 요리 잘하는데 좀 오만방자하면 어때? 요즘은 개싸가지도 컨셉의 하나잖아?"

"제 말이……."

"두 손목이 날아간 이틀 후에 돌연사. 그 심정 알 것 같다. 단숨에 서양 미식계를 장악한 천재 셰프. 그에게 있어 손은 자신의 모든 것. 나라도 심장이 터져 버렸을 거야."

"그쵸?"

"게다가 교황청 초청과 엘리제궁 특별 만찬 셰프로 초대된 마당이었잖아? 아, 씨. 그렇게 죽을 거면 재능은 나나 주고 가지."

경모가 빈 커피 잔을 쓰레기통에 던졌다.

틱.

입구가 빗나가면서 밖으로 떨어졌다. 그 청소는 윤기의 몫이었다.

안드레아 위탱.

그렇게 굉장한 셰프일까? 조리부장과 진 부조리장도 극찬이었다. 호기심이 당기지만 윤기는 갈 시간이 없었다. 돌아서면 일이 쌓이고 좀 쉴 만하면 직원들이 잡일을 떠넘겼다. 일이 끝나는 늦은 밤에는 전시실이 폐관해 버리니 도리가 없었다.

조리대 세팅이 끝나자 머위 묶음이 산더미처럼 배달되었다. 오늘의 특선 머위조림을 위한 재료였다.

'후우.'

심호흡부터 했다. 이 분량의 머위를 까려면 손톱 나갈 각오는 기본이었다.

"송윤기."

그때 진 부조리장이 윤기를 호출했다.

"홀에 가 봐라. 기인 셰프전 전시장에 지원 인력 필요하단다."

"네?"

윤기 귀가 솔깃해졌다. 눈코 뜰 새 없이 바쁘지만 보고 싶은 전시회였다. 윤기가 자의로 갈 수는 없지만 업무라면 문제가 없었다.

*　　　*　　　*

“안드레아 셰프는 교황청 초청을 이틀 앞두고 사망했습니다.”

그랑 서울호텔 특별 전시장 13번 전시물 앞. 마케팅 부장 황병설의 설명이 흘러나왔다.

“사인은 심근경색에 의한 심장마비였지만 선행하는 사고가 더 주목을 받고 있습니다. 바로 두 손의 절단이었죠.”

세계 기인 셰프 특별전 개관에 앞서 미리 초대된 국내 유명 인사들이었다. 고객 확장을 위한 이벤트의 일종이었으니 실세 황 부장이 직접 해설에 나섰다.

VIP들의 시선이 안드레아의 초상화로 쏠렸다. 훤칠한 키에 당당한 이목구비가 돋보였다. 흰 조리복에 소라색 컬러의 스카프도 주목성을 높여 주었다.

“프랑스 경찰의 발표에 따르면 안드레아 셰프의 두 손목을 앗아 간 건 액체질소였다고 합니다. 교황의 미각을 사로잡을 요리를 연구하다 일어난 사고였는데 그 충격으로 심장마비가 왔다는 견해가 우세합니다. 역사 속의 요리 해석은 물론, 분자요리와 누벨퀴진에도 천재성을 보인 프랑스의 대표적인 셰프 안드레아 위탱. 사망 직전 유럽 셰프와 미식가들이 뽑은 최고의 셰프 등극자. 그렇기에 많은 미식가들이 충격에 휩싸였는데 더 충격적인 것은 빌런에 가까운 그의 행태입니다.”

황 부장이 짚은 벽의 화면이 바뀌고 있었다.

“안드레아 사후에 폭로된 편지와 SNS의 일부입니다. 안드레아는 가난한 사람들의 예약은 아예 거들떠보지도 않았고 예약 바꿔치기도 비일비재했다고 합니다. 즉, 이미 예약된 사람보다 더 많은 돈을 지불하거나 더 파워가 있는 고객이 원하면 예약을 멋대로 취소했다는 말입니다."

황 부장이 바뀐 화면을 짚었다.

"어떤 사람은 자신의 부모님 은혼식을 위해 1년 전에 테이블을 예약했는데 예고도 없이 현장에서 쫓겨나는 바람에 충격에 빠져 정신과 치료를 받았답니다. 나아가 자신을 험담하는 사람에게 배가 터지도록 폭식을 시켜 병원에 실려 가게 하는가 하면 음주가 금지된 병약한 고객에게 와인이나 샴페인 코스 식사법을 강요하여 사망에 이르게 한 적도 있습니다."

화면에 요리가 보인다. 요리의 이미지는 기가 막혔다.

"요리사야말로 인류의 지도자라는 헛된 욕망에 사로잡혀 고객 위에 군림하려던 광기 서린 요리의 천재. 4번 전시물에서 본 고대 중국요리의 최고봉 역아 기억하시죠? 황제의 미각을 사로잡기 위해 어떤 요리도 서슴지 않았던 그의 환생이라고 회자되는 이유이기도 합니다."

와장창.

황 부장의 설명은 거기서 끊겼다. 전시실 입구 복도의 소음 때문이었다. 윤기가 들고 오던 음료 쟁반을 엎어 버린 것이다.

이상한 건 윤기였다. VIP들 앞에서 음료 쟁반을 엎었다. 당연히 수습을 해야 했다. 그럼에도 멍하니 넋을 놓고 있었다. 시선은 안드레아의 초상 쪽이었다.

"이봐."

황 부장이 윤기의 주의를 환기시켰다.

윤기는 대꾸하지 않았다. 최면이라도 걸린 듯 안드레아의 초상 앞으로 걸었다. 그 앞에 서더니 두 손으로 안드레아의 얼굴을 쓰다듬기 시작한다. 사시나무처럼 떨리는 손길은 미치도록 애절했다.

기시감.

시공을 뛰어넘는 기시감.

그런 감정이 윤기의 온몸에 스며들었다.

어제 꿈에 본 사람이다. 그제도 보았고 그끄저께도 보았다. 꿈속 인물은 언제나 안개처럼 흐렸지만 느낌으로 알 수 있었다.

본능의 직관이 준 답이었다.

[안드레아 위탱]

악마의 요리이자 요리의 악마로 회자.

프랑스 태생.

고대 로마의 요리를 비롯해 누벨퀴진으로 대표되는 분자요리까지 섭렵한 천재.

생애 12,000여 역사 속 성찬을 재현해 파리, 로마, 뉴욕, 모스크바 상류층 미식가의 미각을 장악.

안개가 걷히듯 그의 모든 것이 그림처럼 생생해졌다. 생각과 가치관, 요리 노하우와 레시피…….

그의 모든 것이 느껴진다는 건 어떤 의미일까?

오래 생각하지 않아도 되었다. 송윤기의 직전 생을 살았던 사람, 바로 만년 주방 보조, 손목 경련의 장애로 인해 평생 보조로 썩어야 할 송윤기의 전생이었다.

그리고.

더 기묘한 일이 일어났다.

안드레아 초상의 눈과 마주치는 순간 오른팔이 떨어져 나가는 착각과 함께 손목 경련이 쿨하게 사라져 버렸다.

제2장
그가 아니고 '그들'이었다

그건 형언할 수 없는 감정이었다. 머리카락은 물론, 조혈모세포까지 빠짐없이 일어서는 것 같았다.

"나의 전생……."

윤기가 중얼거렸다.

"……?"

그러다 벼락같은 의문 하나가 윤기의 의식을 흔들었다. 꿈에서 보던 형상은 하나가 아니라 둘이었다. 그 순간 돌연 왼쪽이 밝아졌다. 홀린 듯 일어선 윤기가 빛을 따라 걸었다. 4번 전시물 앞에서 걸음이 멈췄다.

[중국 최고의 요리사 역아易牙]

그 초상 앞에서 윤기 머리가 한 번 더 밝아졌다. 이번에는 왼손이 떨어져 나간다. 그리고 그 손목의 경련도 약속한 듯이 멈춰 버렸다. 안드레아의 초상이 액자를 뚫고 걸어 나온다. 역아의 초상 역시 윤기의 왼편까지 나와 있었다.

[1년 365일, 늘 새로운 요리로 황제의 식단을 꾸린 고대 누벨 퀴진의 선구자.]

맹자로부터 천하의 요리사가 모두 역아의 맛을 따른다라는 극찬을 받은 사람. 그러나 본질은 요리보다 권력욕에 사로잡힌 욕망덩어리였으니 황제의 비위를 맞추기 위해 아들을 바치는 만행도 서슴지 않았다. 마침내 재상에 등극했지만 희대의 간신이자 악정으로 기록된 원조 빌런 셰프. 안드레아뿐만이 아니라 중국의 역아 또한 윤기의 전생이었다.

두 초상이 윤기의 양팔을 잡았다. 꿈에서 그런 것처럼 두 팔이 시원하게 떨어져 나갔다.

"119, 119 불러요."

맥없이 늘어지는 윤기의 귀에 들어오는 고함이었다.

* * *

"죄송합니다. 정말 죄송합니다."

병실 앞 복도에서 윤기 어머니가 연실 고개를 조아렸다. 앞에 선 남자는 조리 1팀의 부조리장 전규태였다. 불편한 기색이 역력

했다.

조리부의 입장에서 보면 초대형 사고였다. 호텔 마케팅 팀이 각고의 기획 끝에 성사시킨 세계 기인 셰프 특별전. 윤기의 사고는 거기다 재를 뿌린 셈이었다.

그렇잖아도 눈 밖에 나 있던 윤기였다. 조리과학고를 우수한 성적으로 졸업했다지만 치명적인 아킬레스건이 있었다. 그렇기에 입사 3년 차가 되어서도 보조 신세를 면치 못하고 있었다.

그조차도 '엄마 찬스' 덕분이었다.

"한번 테스트해 보고 괜찮으면 채용하세요."

진 부조리장은 그날을 기억하고 있었다. 총괄이사 유상배가 최 조리부장에게 내린 지시였다. 호텔 대표이사 설규봉에게 들어온 이력서라고 했다. 조리과학고 성적증명서는 우수했다. 국제대회 입상처럼 화려한 스펙은 아니었지만 3년 내내 1등이었고 진정성 있는 조리 봉사 실적에 일식, 중식, 양식, 한식의 풀코스 자격증을 갖추고 있었다.

당시 조리 1팀장은 구찬홍이었다. 지금은 퇴사한 그가 윤기의 주방 면접을 진 부조리장에게 맡겼다.

[합격]

대표이사에게 직접 들어온 이력서, 인물도 훤하고 성실해 보였으니 몇 가지 질문과 태도만 보고 합격을 먹였다.

문제는 며칠 후에 발견되었다.

"너?"

진규태는 눈을 의심했다. 윤기가 손을 떤 것이다. 그것도 두 손 전부 다였다.

"조리장님, 재, 수전증 같습니다."

총알 보고를 올렸다.

구 조리장이 확인에 나섰다. 사실이었다. 주방 수습이나 보조 업무에는 큰 지장이 없지만 분명 손을 떨었다. 그제야 알았다. 나름 우수한 학생이 요리 대회 입상 경력이 없는 이유. 동네 식당 주방이라면 몰라도 특급 호텔 셰프는 되기 힘든 조건이었다.

눈치 빠른 진규태는 윤기의 정체부터 벗겼다. 설 대표이사와의 관계가 궁금했는데 결과가 또 충격이었다. 윤기 집안은 진짜 흙수저였다. 아버지는 오래전에 사망했고 어머니는 재벌집 찬모로 일하고 있었다. 대단한 건 바로 그 재벌 집안, 대한민국 유통 강자 신세기그룹 이지용 회장의 집이었다.

윤기 어머니의 손맛과 성실함을 높이 산 신세기 사모님이 추천의 인심을 썼다. 호텔의 대표이사가 그녀의 남동생이었다.

"기왕 합격시켰으니 좀 두고 보지 뭐. 며칠 만에 자르면 모양이 그렇잖아?"

구 조리장의 의견이었다.

어쨌든 대표이사가 내려준 이력서였다. 조리장도, 그 밑의 진규태도 그 정도 눈치는 있었다.

덕분에 윤기는 다국적 지원군의 역할을 부여받았다. 주방의 잉여 인력으로 분류된 까닭이었다. 특별전이 열린 날도 마찬가지였다. 연회 팀 직원이 모자란다기에 윤기를 딸려 보냈다. 그런 일이 처음도 아니었던 윤기. 하필이면 중요한 순간에 퍼지고 만 것이다.

"나 참……."

진 부조리장이 한숨을 쉬었다.

VIP들 앞에서 서빙 음료 쟁반을 엎고 넋을 놓은 주방 보조 사원.

이제는 혹에 불과했으니 당장 잘라도 속이 시원치 않았다.

"손목 장애로 주방 일도 그렇고… 봐주는 것도 한계가 있습니다."

알아서 사표 낼 기회를 주었다.

"죄송해요."

어머니는 그저 고개만 조아릴 뿐이었다.

이만하면 알아들었겠지.

"일단 들어가 보세요."

진 부조리장의 턱이 병실을 가리켰다.

병실 안의 윤기는 눈을 뜨고 있었다. 4인 병실의 입구 쪽 침대였다. 눈을 떴지만 보이는 건 병실 풍경이 아니었다. 윤기의 두 눈은 따로 놀고 있었다. 왼쪽 눈에는 고대 중국 황실의 주방이 보였다. 은제 솥단지 안에서 물이 끓고 있다. 살짝 열린 뚜껑과 솥 사이로 아이의 손이 삐져나와 있다.

오른쪽 눈에는 20C 프랑스의 주방이 보인다. 둘 다 윤기의 눈이지만 양쪽의 시차와 풍경은 굉장한 간극을 보였다. 무쇠 팬을 달구던 셰프가 돌아선다. 액체질소 통 안에 손을 넣다가 그대로 자지러진다.

왼눈에 걸린 아이의 손이 떨어져 나갔다.
동시에 오른눈의 셰프 손도 떨어져 나갔다.

그 느낌이 윤기의 양손으로 번져 왔다. 끔찍한 느낌에도 불구하고 손목이 시원했다. 단 하루도 개운하지 않던 손목에 청량한 에너지가 주입된 것만 같았다. 손가락 끝에 다다른 청량감은 눈, 코, 혀로 번져 갔다. 그들 감각 안에서 핵폭발을 이루었다.
한동안 정적이 이어졌다.
꿈뻑, 눈을 뜨자 비로소 병실이 제대로 보였다.
가만히 손을 움직여 보았다.
손목.
이 손목은 언제나 저 홀로 떨었다. 태어나면서부터 그랬다. 유전병 같은 건 아니었다.
3.85kg.
윤기는 아주 건강하게 태어났다. 다른 문제는 하나도 없었다. 양손을 떤다는 것만 제외하면.
"아직 발달이 미약해서 그럴 수 있고요, 근육이 붙고 살이 늘다 보면 괜찮아질 수도 있어요."
신생아 시기에 받은 의사의 진단이었다.
이 판단은 통렬하게 빗나갔다.

다섯 살 무렵이 되면서 서울삼성병원에서 정밀검사를 받았다. 그 분야의 권위자들이 나섰지만 원인을 찾지 못했다. 슬프게도 결과가 나빴다. 초정밀 MRI는 물론, CT에 초음파까지 총동원되었지만 치료는 효과가 없었다. DNA 주사를 시작으로 특허 니들, 심지어는 한방의 봉침까지 맞아도 차도가 없었다.

다행인 건 일상에 큰 지장이 없다는 거였다. 가장 큰 애로는 노트 필기나 조립 같은 거였지만 그보다 더 악필인 친구들이 많아 문제가 되지 않았다.

손목.

경련.

좌절.

몇 단어가 윤기 기억을 스쳐 갔다. 경련은 두 가지 요소를 만나면 조금 더 격렬해졌다. 어린아이나 얼음처럼 차가운 물체 앞이었다.

어린아이는 보통 2—4세였다. 그런 아이를 보면 손목이 저절로 떨렸다. 공기가 차가운 겨울의 야외거나 냉동실을 열 때, 얼음덩어리를 만질 때도 그랬다.

"장래 희망을 발표하세요."

초등학교 때였다. 선생님이 아이들을 하나씩 지명했다.

—대통령이 될래요.

—나는 피아니스트.

—저는 선생님이 될 거예요.

—나는 연예인이 꿈이야.

—그냥 빨리 어른이 되고 싶어요. 내 마음대로 할 수 있게요.

짝꿍의 조숙한 희망에 이어 윤기 차례가 되었다.

—요리사가 되고 싶기는 해요.

윤기의 발표는 조금 애매했다. 경련의 아킬레스건을 알고 있기 때문이었다.

그 손목에 윤기의 시선이 꽂혀 있다.

똑바로 들어 보고 펼쳐도 본다. 주먹도 쥐어 보고 돌려도 본다. 손이 떨려 졸업 사진 때도 잘 해 보지 못한 손가락 하트도 만들었다. 남의 속도 모르는 사진관 주인의 핀잔은 아직까지도 상처로 남았다.

"학생, 자꾸 장난칠 거야?"

그런데…….

맙소사.

전시장에서 느꼈던 경련의 멈춤.

착각이 아니었다.

경련이 사라졌다.

미세한 떨림조차도 없었다. 동시에 미각과 후각도 미치도록 시원한 느낌이 들었다. 마치 두 팔이 새 것으로 리뉴얼된 기분이었다.

"윤기야."

어머니의 목소리가 코앞에서 높아졌다.

"엄마."

"너?"

어머니 눈동자에 파란이 인다. 어머니도 본 모양이었다.

"꿈일까?"

"손 좀 내밀어 봐."

"엄마."

"어서."

어머니가 재촉하자 윤기가 손목을 펼쳤다.

"움직여 봐."

그 말에도 따랐다.

"안 떨려?"

"응."

"정말?"

"그렇다니까."

"아휴, 윤기 아빠."

어머니가 침대 모서리를 잡은 채 무너졌다.

손목 경련 치료.

윤기 아버지 송무현의 꿈이었다. 불치를 치료하려니 돈이 많이 들었다. 평범한 회사원이었던 아버지는 투잡을 뛰었다. DNA 주사니 특허 니들 주사니……. 모호한 이름으로 무장한 치료비는 의료보험이 되지 않았다. 매달 쪽쪽 빠져나가는 의료보험비였지만 반쪽의 제도일 뿐이었다. 송무현은 그렇게 무리를 하다가 간경화로 세상을 떠났다. 윤기가 초등학교를 졸업하기도 전이었다.

"퇴원은?"

시계를 보던 어머니가 물었다.

"의사 선생님 오면 물어볼게."

"엄마는 바로 가 봐야 해. 초빙 요리사가 오기로 했거든."

"스테이크?"

"이번에는 백송원이 온대. 그 사람 알지?"

"모르면 간첩이지."

"일 있으면 바로 연락하고."

"알았어."

어머니는 한 번 더 윤기의 손을 잡아 보고서야 병실을 나갔다.

스테이크 일은 윤기도 알고 있다. 어머니가 찬모로 일하는 이지용 회장이 주인공이다. 이 회장은 국내 굴지의 유통 재벌이다. 그런 그도 마냥 행복한 사람은 아니었다.

[유당불내증]

그가 지닌 아킬레스건이었다. 지금은 해결되었지만 신생아기에 우유를 먹을 수 없었다. 하필이면 그의 어머니도 모유가 부족했다. 그를 살린 건 소고기 국물이었다. 우유 대신 육수를 먹으며 신생아기를 넘겼다고 한다.

그래서였을까?

이 회장이 가장 선호하는 요리가 스테이크였다. 재벌이 아니더라도 이해가 갈 일이었다. 그는 지금 또 하나의 아킬레스건을 만났다. 위암이었다. 조기 발견으로 적출에 성공해 가료 중이지만 문제가 생겼다. 어떻게 된 일인지 스테이크를 먹지 못했다. 유명 셰프들이 달려와 떡갈비 스타일부터 수비드 비법까지 동원한 스테이크를 구워 댔지만 결과는 언제나 실패였다.

"제대로 된 스테이크 한 번 먹으면 바로 일어날 것 같은데."

이 회장의 바람은 소박했지만 어떤 셰프도 그걸 들어주지 못했다. 소 한 마리에 4인분 정도 나온다는 최고급 샤토브리앙 부위까지 동원해도 손을 대지 않았다.

그러다 보니 결국 백송원에게까지 손을 내민 모양이었다. 현재 대한민국에서 제일 잘나가는 사람 중의 하나였다.

그 사람이라면, 성공하겠지?

등을 침대 끝에 대고 손을 바라보았다. 손끝에 역아와 안드레아의 형상이 아른거린다.

전생.

그들이 정말 내 전생일까?

전생 같은 건 생각해 본 적도 없었다. 그 생각을 부정이라도 하려는 듯 둘의 생은 영상처럼 생생했다. 마치 윤기의 소프트웨

어에 두 사람 전생의 USB가 연결된 것만 같았다.

더 중요한 건 그들의 요리 입문부터 마지막으로 한 요리까지 전부 기억할 수 있다는 것.

똑똑.

어머니가 돌아가자 경모 선배와 명규가 들어왔다. 둘 다 윤기에게는 빌런들이었다. 경모는 조리 1팀의 에이스를 자처하며 윤기를 갈아 댔고 명규 역시 윤기를 제치고 보조를 맴으로써 시어머니 역할을 톡톡히 하고 있었다.

"뭐야?"

경모의 첫마디는 시니컬했다.

"기절했다더니 부조리장님 말대로 진짜 멀쩡하네?"

음료수 박스를 대충 내려놓는다. 그나마 주방 뒤에서 잡는 군기보다는 나은 편이었다.

"아, 진짜, 내가 얘 때문에 늙는다."

의자를 당긴 경모는 다리부터 꼬았다.

"야, 너 어제가 무슨 날인지 알지?"

안다.

기인 셰프전 말고도 세미나 단체 손님이 있는 날이었다.

"머위 껍질 까기 싫어서 태업하는 거냐? 명규랑 나랑 머위 깔 군번이냐고?"

경모가 손가락을 들어 보인다. 특선 메뉴 중에 머위나물이 있었다. 엄지손톱이 까맣게 물들었다. 머위 껍질을 까려면 검은 물은 물론, 엄지손톱이 파일 각오까지 해야 한다.

"……."

"명규."

경모가 옆에 서 있던 명규를 호명했다.

"예."

"너는 대체 보조 교육을 어떻게 시키는 거야?"

"죄송합니다."

"에이, 참, 보조도 보조 같지도 않은 게……."

경모는 짜증을 남기고 나가 버렸다.

"형."

이제 명규가 무게를 잡기 시작했다.

"진짜 너무한 거 아니야? 그 바쁜 시간에 거기 올라가서 깽판 치고 기절해?"

"……."

"나 오늘 경모 선배랑 진 부조리장님에게 얼마나 깨진 줄 알아?"

"미안하다."

"이게 지금 말로 될 일이 아니야. 형 때문에 모레 제출해야 하는 검은 송로버섯 과제 연습할 시간도 없었잖아? 나 잘리면 책임 질 거냐고?"

과제는 프랑스 본사 호텔에서 초청 셰프로 불려 온 에르베가 내주었다. 이번에는 조리 1팀 모두가 제출해야 한다. 고과에도 반영되고 요리 승급에도 반영된다. 조리 1팀에서 열외인 사람은 윤기뿐이었다.

첫 과제는 소고기 안심이었다. 명규는 나름 좋은 평을 받았다. 이번까지 거푸 좋은 점수를 받아 스테이크를 담당하려는 플랜을 짜고 있었다.

[폴 보스키의 엘리제궁 검은 송로버섯 수프]

에르베의 힌트는 하나뿐이었다.

두 명의 부조리장을 필두로 자료 찾기에 부심하지만 시원한 레시피가 나오지 않았다. '엘리제궁'이라는 수사가 발목을 잡았다. 소위 대통령 만찬이었으니 대중적으로 알려진 요리와 달랐다.

덕분에 윤기만 제대로 시달렸다. 명규의 스트레스는 윤기에게 전가되는 특성이 있었다.

"진 부조리장님 봤지?"

"조금 전에."

"솔직히 사수로서 충고하는데 웬만하면 이 기회에 사표 내라. 형은 어차피 셰프 될 수 없어."

"그래도 3년은 버텨야지."

"또 그 소리야?"

"소고기, 거위 간, 양파."

윤기가 화제를 돌렸다.

"뭐라고?"

"검은 송로버섯 수프 말이야."

"뭐라는 거야?"

"송로버섯은 잘게 썰어서 써. 그런 다음 페이스트리로 수프 그릇 윗부분을 밀봉하면 끝이야."

"뭐?"

"핵심은 쌉쌀하면서도 담백한 뒷맛이거든. 그릇을 밀봉해 수프의 향이 달아나는 걸 막는 게 포인트라고."

윤기 목소리는 확신 그 자체, 자태 또한 군림자의 위엄이었다. 명규 눈에 파란이 일었다. 세척에 감자와 양파, 나물이나 다듬는 만년 보조. 365일 주눅 들어 살던 윤기가 이렇게 묵직하게 보이기는 처음이었다.

제3장

쥐구멍에 볕이 들었다

"더 디테일하게 알려 줘?"

"형?"

"네 스타일이 염려되어서 그래. 겉멋 중심에 한 과정만 삐끗해도 맛을 놓쳐 버리잖아."

"지금 형이 나 가르치려는 거야?"

명규가 각을 세우지만 윤기의 설명은 낭랑하게 이어졌다.

"그러니까 양파 대신 에샬로 같은 걸로 멋 부리면 안 돼. 소고기는 2—3등급, 거위 간도 평범한 걸로 선택하고. 촉망받는 자부심이니 감 잡았지? 송로버섯 때문이야. 그 요리의 주인공은 송로버섯, 어떤 부재료도 그 향을 방해해서는 안 돼."

마치 실습장의 학생을 가르치는 요리의 대가처럼.

황당?

그 단어의 뜻을 정확히 알고 싶다면 지금 명규의 표정을 보면 될 것 같았다. 그는 정말 황당한 표정이었다.

"형 혹시?"

명규가 머리를 가리켰다. 머리에 문제가 생겼다고 생각하는 눈치였다.

"시간 없다면서? 가서 연습해야지."

윤기가 문을 알려 주었다.

"……?"

복도로 나온 명규 고개가 갸웃 돌아갔다.

'헐.'

뭔가에 홀렸던 걸까? 기도 차지 않지만 신경을 꺼 버렸다. 어차피 마음에도 없는 병문안이었다. 진 부조리장과 경모가 가니까 묻어 온 것뿐이었다.

"찔러 봤냐?"

창가에 있던 진 부조리장이 눈짓을 했다.

"말은 전했습니다."

"가자. 바보는 아니니까 알아들었겠지."

"기왕 나온 김에 제가 치맥 한잔 쏘겠습니다."

경모가 앞장을 선다. 세 사람의 발길에는 티끌만 한 미련도 없어 보였다.

[검은 송로버섯 수프]

윤기는 그 요리를 생각하고 있었다. 기억은 선명했다. 1975년 엘리제궁에서 탄생한 요리였다. 당대의 셰프로 알려진 폴 보스키가 레지옹 도뇌르 훈장을 받는 자리. 그 오찬을 위해 특별하게 마련했다.

안드레아가 그냥 넘어갈 리 없는 아이템이었다. 날짜까지 역산해 검은 송로버섯을 골랐다. 송로버섯의 맛도 계절에 따라 변하기 때문이었다. 그렇다면 왜 검은 송로버섯이었을까? 송로버섯은 흰색의 향이 더 강렬하다. 폴 보스키가 모를 리 없었다.

산지 때문이었다. 흰색 송로버섯은 주로 이탈리아산이다. 프랑스 대통령궁에서 프랑스 대통령에게 훈장을 받는 자리. 프랑스산 검은 송로버섯이 어울리는 자리였다.

명규에게 그것까지 알려 줄 생각이었다. 분자요리를 전문으로 하는 에르베 셰프는 요리에 대한 배경까지 이해하는 걸 좋아한다. 점수 딸 기회를 차 버린 건 명규 쪽이었다.

다시 전생의 기억을 따라간다. 그렇게 재현한 요리를 가지고 폴 보스키를 만났다. 오늘날 저 유명한 황금보스키상을 개최하는 폴 보스키의 요리 제국 '오베르즈 뒤 퐁 드 콜론' 레스토랑이었다.

폴 보스키의 반응은 생략해 버렸다. 그의 인정은 안드레아에 있어 루틴에 불과했다.

윤기의 손목.

여전히 떨리지 않았다. 자리에서 일어나 푸시업 자세를 갖췄다. 이 자세를 하면 어깨까지 떨렸다. 이제는 그렇지 않았다.

하나둘.

푸시업을 했다. 서른네 개까지 하고서야 바닥에 누워 버렸다. 그 상태로 손목을 바라보았다. 경련은 '삭제'된 지 오래였다.

[솥 밖으로 삐져나온 아들의 손목을 매정하게 밀어 넣은 역아]

[대통령 접대 후에 액체질소로 인해 날아간 안드레아의 두 손]

첫 원죄는 그렇게 상쇄가 된 걸까?

"나이롱 환자네?"

옆 침대의 아저씨가 삐죽 고개를 내밀었다. 푸시업을 본 모양이었다.

"한잔해."

포도주스를 내민다. 마시려던 윤기가 동작을 멈췄다. 포도 향 때문이었다. 조용히 돌아서서 세면대에 주스를 부었다.

"뭐야? 준 사람 무안하게?"

"주스가 오래되었어요. 배탈날지 모르니 버리세요."

"무슨 소리야? 내 불알친구가 어제 가져온 건데?"

"아무튼요."

아저씨가 포도주스 병을 집어 들었다. 두 눈이 유통기한을 찾는다. 두 눈이 병 하단에서 멈췄다.

"얼라, 진짜 유통기한이 1년이나 지났네? 이 자식……."

아저씨가 핸드폰을 집어 들었다.

"뭐? 작년 추석에 친구에게 선물로 받은 거? 포도주인 줄 알았다고?"

통화를 끝낸 아저씨가 윤기 눈치를 본다. 윤기 말은 적중이었다.

"귀신이 따로 없네. 냄새 맡는 게 직업이야?"

"셰프… 입니다."

윤기의 답이었다. 조리사 자격증 4관왕에 4성 호텔의 주방에서 일하니 요리사라고 말할 수도 있었다. 그럼에도 손목 경련 때문에 주방 보조를 벗어나지 못한 윤기. 처음으로 셰프라는 단어를 자신에게 부여했다.

이제는 그 윤기가 아니기 때문이었다.

그러고 보니 문득.

요리가 하고 싶어졌다.

[스테이크는?]

어머니에게 톡을 날렸다. 금방 답이 오지는 않았다. 어머니가 찬모이기 때문이다. 반찬 만드는 일 또한 주방만큼이나 손이 많이 가는 일이었다.

톡 대신 사진이 들어왔다. 출장 셰프들이 오면 눈치껏 사진을 찍는 어머니였다. 윤기에게 도움이 되고 싶은 마음이었다.

[백송원의 스테이크]

생고기 사진을 보니 특급 와규였다. 확실히 눈이 변했다. 전과 달리 사진만 봐도 재료가 파악되었다. 백송원도 웬만한 재료로는 먹히지 않는다는 걸 들은 모양이었다.

비주얼부터 기가 막혔다. 솔직하면서도 기품이 탱탱하다. 황금빛으로 빛나는 시어링부터 두툼한 고기 두께까지 미각을 잡아당긴다. 살짝 구워 낸 아스파라거스와 두 개의 방울 토마토 배색도 완벽하다. 소스는 누구보다 풍후한 데미글라스였다.

[성공?]

다시 톡을 보냈다.

[아니.]
[냄새만 맡고는 포크를 놓으셨어.]

백송원―탈락.

얼마 전에 본 인기 드라마 속 장면처럼, 자존심을 관통당하며 쓰러지는 백송원 모습이 눈에 선했다.

스테이크 요리.

이것부터 시작해 볼까?

이 회장은 고마운 사람이다. 어머니를 채용했다. 덕분에 윤기도 특급 호텔 조리부에 취직을 했다. 여기까지는 윤기의 감정이었다.

역아와 안드레아의 감정은 그걸 초월해 버린다. 이 회장은 사회적 지위가 출중했다. 신세기 그룹의 총수이니 셰프로서의 발판을 다지는 데 좋은 마중물이 될 수 있었다.

[발판]

그 단어는 윤기 가슴에 야릇한 만족감을 주었다.

'응?'

낯선 감정에 놀라는 윤기였다. 이토록 전격적인 생각은 해 본 적이 없었다. 그럼에도 윤기의 생각은 더 골똘하게 전개된다.

역아와 안드레아의 사전에 허튼 요리란 없었다. 상대의 마음을 녹이는 요리사는 리더의 자격이 충분한 존재다. 그 진리는 시공을 초월한다. 어제와는 눈빛부터 달라진 윤기. 이지용 회장 정도라면 역아와 안드레아의 환생(?) 기념 헌정 요리를 받을 자격이 있었다.

좋아.

결정을 내리는 눈빛이 오싹했다.

비 오는 아침, 새벽처럼 출근했다. 신마호텔에 이어 그랑 서울이 보인다. 신마는 5성 호텔로 서울에서 세 손가락 안에 들어간다. 그렇다 보니 상대적으로 그랑 서울이 보는 피해가 컸다.

로비에 들어섰다. 바로크 장식이 우아하다. 로비의 천장부터 접수대, 심지어는 대기 의자들까지 앤틱하다. 베르사유 궁전 내부 장식을 모델로 삼았다는 그랑 서울. 그러나 빛바랜 유행으로 몰려 전성기 때의 활기는 찾아보기 힘들었다.

조리 2팀은 이미 전쟁터였다. 서울 그랑 호텔에는 두 개의 조리 팀이 있었다. 두 팀은 한두 주 단위 교대로 투숙객의 식사와 주문 요리를 담당했다. 고객은 외국인보다 내국인 중심이다. 호캉스가 호황일 때는 매출 순위가 괜찮은 편이었는데 이후 다시 순위가 밀렸다.

그래서 경영 기조를 바꿔 외국인 중심으로 변화를 모색 중이다. 그러다 보니 주방 요리도 한식에서 중식과 양식으로 무게 추가 옮겨지고 있었다.

이번 주는 조리 1팀이 주문 요리와 다이닝 룸을 맡았다. 그래서 다소 여유가 있는 주였다.

주방 직원들은 아직 출근 전이었다. 손으로 조리대를 쓸었다. 끈적한 기름기가 느껴졌다. 딱 하루. 윤기의 빈자리는 이렇게 표시가 났다.

윤기의 업무 대타는 이명규였다. 윤기에게는 모질지만 그 자신은 내로남불. 선배들 비위나 맞추는 악동이었으니 걸레질을 제대로 했을 리 없었다.

미운 놈 떡 하나 더 준다고 차별 없이 닦아 주었다. 당대 최고의 요리사였던 역아와 안드레아가 할 일은 아니지만 몸은 아직 윤기였다. 윤기는 조리 1팀의 잉여 인력이자 투명 인간이었다.

부조리장 이원익과 진규태의 조리대를 지나자 초청 셰프 에르베의 전용 조리실이 나왔다. 이 문은 비밀번호가 걸려 있다. 오직 에르베만이, 혹은 그의 허락이 있어야 들어갈 수 있다. 각 팀의 조리장들도 예외가 아니었다.

또 하나의 예외가 있었으니 바로 윤기였다. 청소 시간만은 윤기도 이 방을 들어갈 수 있었다. 이때만은 에르베의 허락도 필요 없었다.

지잉.

패스워드를 누르자 자동문이 열렸다. 윤기가 심호흡을 했다. 달라진 주방 풍경 때문이었다. 문밖의 주방과 달리 에르베의 주방은 실험실을 방불케 했다.

이 안에서 만드는 요리는 주로 분자요리였다. 에르베는 프랑스에서도 촉망받는 셰프였다. 에스코피에 주니어 요리 대회를 시작으로 주목받기 시작한 그는 엠불리에서 페란 아드리아와 함께 신메뉴 두 개를 개발하면서 프랑스 요리를 이끌어 갈 30인의 젊은 셰프군에도 이름을 올리고 있었다.

그런 그가 한국으로 온 건 이 호텔이 체인호텔인 덕분이었다. 한국에는 두 개의 그랑 호텔이 존재한다. 서울 그랑은 신축 호텔인 여수 그랑에 비해 식음료 부분 매출이 저조했다. 그랑 여수가 대한민국 넘버원으로 꼽히는 부산의 시그니처 호텔과 비견될 정도라 해도 그 격차가 너무 컸다.

의욕에 불타는 대표와 총괄이사가 본사에 건의를 했다. 요리 본국의 셰프를 파견해 취약한 양식 요리 부분을 보강하고 신메뉴 개발과 더불어 서울 주방 직원들의 수준 향상을 꾀해 달라는 거였다.

에르베는 한 달 전쯤에 한국에 도착했다. 파견 첫날, 분자요리 장비부터 요청했다. 그 장비로 VIP 연회장으로 불리는 에스뿌아에서 두 번의 특별 요리전을 열었다. 그렇게 이 방은 에르베의 전용 요리실이자 분자요리 연구실이 되었다.

그동안은 마치 마법 도구처럼 신기했던 분자요리 장비들… 에르베 몰래 이것저것 만져 보고 사진도 찍었던 윤기였다.

피식.

오늘은 옳은 미소가 나왔다.

전생의 눈으로 보니 특별할 것도 없었다. 안드레아가 죽은 20몇 년 동안 분자요리는 세계 각국의 미식 요리로 부각되었다. 하지만 딱 거기까지였다.

[과학이 요리를 만드는 건 아니니까.]

안드레아의 눈높이로 장비를 돌아보았다.

1℃ 단위로 수온을 조절할 수 있는 진공 저온 조리기를 시작으로 원심분리기, 진공포장기와 액체질소 용기, 급속 냉동기와 동결건조기, 액체 재료를 바깥 쪽만 순식간에 냉동시키는 안티그리들과 적외선 온도계, 그리고 사이펀까지.

장비의 디자인과 성능은 업그레이드되었지만 기능과 원리는 그대로였다.

거기 딸린 식품첨가물들도 낯설지 않았다.

탄산수소염, 알긴산염, 카라기난과 레시틴, 알긴산, 잔탄검, 트랜스글루타미나아제…….

'이 회장님…….'

동결건조기와 급속 냉동기 앞에서 생각이 멈췄다. 스테이크 때문이었다.

전생은 2000년에 이미 육류의 연화에 대해 생각하고 있었다. 수십 번의 실험 끝에 만족할 만한 결과를 얻었다. 그 원리는 동결—해동—감압이었다. 목적은 80대 미식가 정복이었다. 그가 프랑스의 새 대통령감으로 꼽히는 정치인의 멘토 역이기 때문이었다. 전생은 목적을 이루었다.

치아가 없는 미식가는 안드레아의 스테이크에 중독되었다. 비주얼부터 속살까지 완벽한 스테이크였으니 그게 바로 동결과 해동, 감압 방식을 거친 티본스테이크였다.

이 회장의 스테이크를 만들려면 이 장비가 필요했다. 전생 때는 하나하나 개척하던 일. 이렇게 최적화된 장비라면 좀 더 편하고 우아하게 임할 수 있었다.

그때 에르베가 출근을 했다. 평소보다 일찍이었다. 손에 식품재료가 들린 걸 보니 새벽 시장이라도 다녀오는 모양이었다.

"끝났으면 나가 봐."

윤기를 보더니 문 앞에 기댄 채 말했다. 퉁명스러운 불어였다.

"죄송하지만……."

윤기가 불어로 대화의 끈을 잡아 놓았다. 에르베가 윤기를 돌아보았다. 서로 두어 번 마주친 적은 있었다. 윤기가 감히 쳐다볼 수도 없는 '진짜 셰프'였다. 그때마다 심장이 두근거렸지만 이제 주눅 따위는 들지 않았다.

[역아와 안드레아 위탱]

전생의 자부심 발현이다.

그 기준으로 보면 에르베의 클래스도 전생들 밑이었다.

"할 말이 있나?"

다시 불어가 나왔다. 윤기의 안부를 묻지 않는 걸 보니 어제의 소동을 모르는 모양이었다. 하긴 그는 윤기가 조리 1팀의 정식 직원이라는 것도 모를 사람이었다.

"급속 냉동기 한 번만 쓸 수 있을까요?"

윤기가 물었다. 말을 하면서도 스스로 놀라는 윤기였다. 목을 타고 나온 불어는 정말이지 유려했다. 문장을 외워서 하는 것과 차원이 달랐다. 프랑스에서 온 에르베가 모를 리 없었다.

"불어를 할 줄 알아?"

그의 미간이 살짝 구겨졌다.

"네."

"조리부 직원인가?"

"보조라서 청소 때만 주방에 들어옵니다."

"프랑스 유학 다녀왔어?"

불어가 기막힌 연결 고리가 되었다. 하긴 매번 통역이 필요하던 그였다. 조리 1팀 직원 중에는 명규와 오경모가 기본 불어만 한다. 그렇기에 주방 직원들과의 소통도 원만치 못하던 상태였다.

"영화와 인터넷으로 배웠습니다."

"그런 수준이 아닌데?"

"적성에 맞길래 열심히 했습니다."

"앉아 봐."

에르베는 의자를 내주는 선심까지 썼다. 동질감이란 이렇게 무서운 감정이었다.

"급속 냉동기로 뭘 하려고?"

"스테이크의 특별한 연화를 위해서입니다."

"스테이크 연화?"

"예."

"이름은?"

"송윤기입니다."

"그렇다면 동결함침법인데 그걸 송이 할 줄 안다고?"

에르베의 눈에 의심이 번져 갔다. 조리복을 입었지만 요리하는 걸 본 기억이 없었다. 아니, 보았다고 해도 크게 인정할 에르베는 아니었다. 프랑스 요리 셰프의 자부심에 불타는 그는 이 호텔 조리 팀의 수준을 평가 절하 하고 있었다. 왜 아닐까? 그는 저 유명한 엠불리에서도 수셰프로 신메뉴 개발을 담당했던 사람이었다.

"예."

"미안하지만 그건 여기 총주방장과 조리장들도 잘 못하는 요리인데?"

"저는 그분들이 아니니까요."

"분자요리도 한다는 건가?"

에르베가 물었다. 잔뜩 고양된 프라이드가 목소리에 녹아 나왔다. 엠불리는 팻덕과 더불어 누벨퀴진의 쌍벽으로 불리기도 하는 곳. 그 적자 출신이니 그럴 만도 했다.

그런 사람 앞이지만 윤기의 대답은 주저가 없었다.
"네."

엠블리?
좋지.
하지만 내 전생은 누벨퀴진의 진짜 선구자야.

"나가."
에르베의 목소리가 돌연 삐딱해졌다. 그 손은 어느새 문을 가리키고 있었다.
"불어 좀 한다고 상대해 줬더니 나를 가지고 놀아? 분자요리가 아무나 하는 건 줄 알아?"
분자요리가 주특기인 에르베. 높은 코만큼이나 높은 자존심에 타격을 입은 모양이었다
"그럼 분자요리는 누가 하는 겁니까?"
윤기가 물었다.
"이봐."
"막걸리 두부김치… 분자요리로 만드실 모양이군요."
윤기가 조리대 앞의 보드를 바라보았다. 제법과 참고 메모 등의 불어가 보였다. 그는 한국적인 요리 영감도 찾고 있었다. 그 영감의 시발점이 막걸리 두부김치인 모양이었다.
"이 작품, 제가 먼저 만들어 봐도 될까요?"
"송이?"
"요리가 마음에 드시면 모레 급속 냉동기 한 번만 빌려 주시면

됩니다. 괜찮으시면 이 조리실도 잠깐… 쓰고 나서 깨끗하게 치워 드리죠."

"이봐. 막걸리 두부김치는 나도 처음 시도하는 작품이야."

"요리사의 마음은 깨어 있어야 한다."

"……?"

윤기의 한마디에 에르베의 기세가 꺾였다. 그가 조리 직원들과의 첫 미팅에서 한 말이었다. 윤기는 주방 복도에서 그 말을 귀동냥했다. 주방 멤버로 취급받지 못하기 때문이었다.

"재료가 뭔 줄은 알아?"

"두유와 한천, 막걸리와 알긴산, 김치와 돼지고기, 거기에 간장과 청양고추에 토마토, 그리고 트랜스글루타미나아제… 그러니 한천과 알긴산, 트랜스글루타미나아제만 빌려 주시면 될 것 같습니다. 아, 조리대 사용 자격도요."

분자요리의 재료는 안드레아의 시대에 비해 좀 더 보편화되었다. 상관없었다. 윤기도 학교에서 분자요리 공부는 했다. 수석까지 먹었으니 이론에는 큰 문제가 없었다.

"간장과 청양고추?"

에르베가 자신의 레시피를 확인한다. 그게 다른 모양이었다.

"제게는 필요한 재료입니다."

슬쩍 에르베를 자극했다.

"못 하면?"

그가 미끼를 물었다.

에르베는 느끼지 못하지만 대화의 지배자는 윤기였다. 에르베에게 맞춰 주면서 자신이 원하는 쪽으로 이끌어 가고 있었다.

"불어 통역 혹은 번역? 필요하시면 24시간 무료로 봉사해 드리죠. 경모 선배나 명규보다는 백배 나을걸요?"

프랑스인과 다르지 않은 유려한 불어 실력. 에르베는 그 덫에 걸렸다. 그렇잖아도 조리 팀 직원들과 의사소통이 신통치 않던 에르베였다. 나아가 한국의 궁중 요리 등의 번역도 필요하던 차였으니 거절하지 못할 딜이었다.

"한국 궁중 요리 번역까지 해 주겠다?"

"물론이죠."

"그럼 해 봐."

[분자요리로 만드는 막걸리 두부김치]

어려울 것도 없었다. 원리는 이미 윤기의 것이었다.

조리대는 공석 중인 조리장 자리였다. 에르베가 허락했다.

막걸리는 냉장고에 있었다. 호텔에서는 잘 쓰지 않는 재료. 에르베가 오더를 낸 모양이었다.

시작은 김치였다. 적당히 신김치를 골라 물기를 짜내고 건조기에 넣었다. 그런 다음에 지방이 거의 없는 돼지 안심을 골라 놓았다.

칼과 믹서기.

어떤 걸 쓸까?

선택지는 둘이었다. 믹서기를 돌리면 편하다. 그런데 칼 걸이의 칼이 윤기를 유혹했다. 윤기의 칼질은 서툰 편이었다. 경련 때문이다. 손톱을 자르고 살을 베어 먹기를 수십 번. 하지만 전생의 실력이라면 얘기가 달랐다.

주방도를 들었다. 몇 번 허공을 다지며 칼의 무게와 근육의 세기를 매칭시켰다.

사삿.

윤기 마음보다 칼이 먼저 움직였다.

다다다다다 다라락다라락.

다지는 소리가 부드럽게 울려 퍼진다. 귀가 편안해진다. 우격다짐으로 고기를 두드리는 소리가 아니었으니 도마 위의 소음이 아니라 교향곡에 가까웠다. 윤기가 놀란다. 칼이 고기의 결을 따라간다. 무작정 다지는 게 아니라 결대로 자르고 있었다.

윤기가 봐도 기가 막히다. 신이 절로 난다.

"……?"

스케줄을 점검하던 에르베가 시선을 돌렸다. 다짐 소리가 우격다짐이 아니었다. 연주다. 고기 다지는 소리로 연주 소리를 낼 사람은 몇 명 되지 않는다. 그 사람들은 모두 프랑스나 미국, 스페인에 있었다.

다닷.

칼질이 끝났을 즈음에 에르베가 주방으로 나왔다. 다짐육은 접시 위에 있었다. 어찌나 균일한지 붉은 가루를 부어 놓은 것 같았다.

경외감.

윤기는 보았다. 에르베의 눈 속에 가득한 그 감정. 주방 직원들을 죄다 아래로 보던 에르베였다. 윤기는 그들의 대리만족을 느꼈다.

"방금 그 칼 소리, 송이?"

그가 다짐육 접시를 확인할 때 분자요리실 안의 전화가 울렸다.

"전화 왔는데요?"

윤기의 주의 환기가 있고서야 에르베도 벨 소리를 들었다. 완전히 넋 놓고 있었다는 뜻이었다. 에르베가 돌아서자 천천히 두 손부터 확인하는 윤기. 손목의 경련은 흔적도 남아 있지 않았다.

좋았어.

아주 좋았어.

피가 뜨끈해지는 순간.

손 하나가 다가와 윤기의 손목을 거칠게 낚아챘다.

"형, 지금 뭐 하는 거야? 누구 허락받고 조리장 조리대에서?"

휘둥그레진 눈동자의 주인공은 윤기의 사수 명규였다.

"주방 규율 몰라? 형은 조리대 사용 금지잖아?"

"알지."

"그런데 왜? 진짜 머리 어떻게 된 거 아니야?"

명규가 윤기를 밀었다. 윤기의 잘못은 명규에게 돌아온다. 그러니 짜증부터 내고 있었다.

"조리대 정리하고 당장 나가. 진 부조리장님하고 직원들 오기 전에."

명규 목소리가 높아질 때 에르베가 나왔다.

"내가 허락했는데?"

"예?"

에르베의 불어 앞에 명규 어깨의 힘이 빠져나갔다.

"셰프님……."

"내가 허락했다고, 허락. 문제 있나?"

다시 한번 '허락'을 강조하는 에르베. 명규는 그제야 칼날 시선을 거두었다. 에르베라면 조리부장 이상 가는 대우였다. 명규도 선망하던 사람이니 이의 제기라는 건 있을 수 없었다.

명규는 공손히 탈의실로 향했다. 걸어가는 동안 두어 번 고개를 갸웃거리며.

그사이에 또 분자요리실의 전화가 울렸다.

윤기는 아무 일도 없었다는 듯 분자요리를 이어 갔다. 건조된 김치를 분쇄해 돼지고기 다진 것과 섞었다. 트랜스글루타미나아제는 여기서 쓰였다. 이미 사용 설명서를 완독한 윤기, 김치 두께로 펼친 혼합 분쇄물 위로 안개처럼 뿌렸다. 프랑스의 전생이 죽고 딱 23년. 세상 많이 좋아졌다. 식품업자의 실험실을 찾아가 얻어 쓰던 것들이 제품으로 나오고 있었다. 이 효소는 단백질에 작용한다. 그래서 돼지고기 다짐육을 매개체로 써야 했다.

성근 대나무 김밥 말이에 대고 누르자 김치 줄기를 닮은 줄무늬가 새겨졌다.

숙성을 위해 실온 방치 하고 분자요리 두부 제조에 들어갔다. 어려울 것도 없었다. 두유에 한천 분말을 넣으면 끝이다. 두부의 식감을 살리는 비율이 중요한데 그 정도는 어려울 것도 없었다.

다음 과정은 분자요리 막걸리. 오늘의 하이라이트다. 알긴산과 섞은 막걸리를 소금물에 넣어 둥근 모양을 만들었다. 사이즈는 한 입 크기였다.

이제 마무리를 향해 달린다. 숙성이 끝난 김치 가루와 다짐육 혼합물이었다. 김치를 한 조각 크기로 잘라 팬 위에서 들기름으로 구워 냈다. 대미는 살짝 끓여 낸 간장 소스에게 맡겼다. 두부 김치만으로 심심할 때 입맛의 변화를 위해 좋다. 간장에 미량의 고추장을 풀고 토마토와 청양고추를 갈아 넣은 후에 주사기로 캐비어로 만들어 냈다. 알긴산은 막걸리에만 통하는 게 아니기 때문이었다.

실수도 나왔다. 윤기의 손가락은 주사기 피스톤의 압력에 익숙하지 않았다. 힘 조절이 빗나가 간장 소스가 멀리까지 발사되었다. 재빨리 닦고 힘 조절을 했다. 크게 어렵지 않았다. 간장 캐비어의 비주얼은 기가 막혔으니 진짜 캐비어처럼 보였다.

접시 바깥 자리에 김치(?)를 원형으로 세팅하고 두부는 안쪽에 둘렀다. 중앙의 남은 공간에 깻잎을 깔고 원형의 막걸리를 여섯 개 올렸다. 그 위에 깻잎의 어린 순 몇 개로 장식을 하고, 두부 위에 실고추와 볶은 참깨를 솔솔 뿌렸다. 간장 캐비어는 깻잎을 깐 작은 접시에 담아 내는 것으로 플레이팅을 끝냈다.

[막걸리 캐비어와 두부김치]

안드레아의 경험에 윤기의 한국적 해석을 곁들인 분자요리였다.

"끝났습니다."

통화가 끝나기를 기다려 요리 완료를 알렸다. 에르베가 다시 나왔다. 테이블의 요리를 본 에르베의 눈이 살며시 흔들렸다. 하얀 막걸리 캐비어에 묵은지 느낌의 두부김치. 막걸리 위에 올라앉은 실고추의 실루엣이 기가 막혔다. 그 자신도 구상만 하던 한국의 대표 요리. 조리 과정부터 플레이팅까지 군더더기 없는 솜씨로 끝나 있었다.

오늘의 스케줄을 확인한 명규가 주방으로 나왔다.

"……?"

그의 눈동자는 조금 더 격하게 흔들렸다. 바로 윤기를 돌아본다. 윤기는 잔잔한 미소를 머금은 채 주방을 나갔다. 나지막한 휘파람의 여유는 덤이었다.

[막걸리 캐비어와 두부김치]

분자요리실로 돌아온 에르베는 접시에서 눈을 떼지 못했다. 초보자의 솜씨가 아니었다. 두부김치 위에 윤기의 칼 소리가 겹쳐 왔다. 착각이 아니라면 그 리듬감은 에르베조차도 따라갈 수 없는 실력이었다.

"안녕하세요?"

주방이 슬슬 활기를 찾기 시작한다. 직원들의 출근이었다.

"이야, 샘플 나왔군요?"

출근하던 최 조리부장이 두부김치를 보고 탄성을 질렀다.

"원더플."

엄지척까지 쾌척한다.

"막걸리가 아니라 여의주를 먹는 기분이겠네요. 이건 뭐 김치의 줄기까지 재현했지 않습니까? 언제 직원들 앞에서 시범 한번 보여 주시죠?"

조리부장의 언어는 띄엄띄엄한 불어와 영어, 그리고 한국말의 짬뽕탕이었다. 그는 본래 일식 전공이라 일본어만 좀 하는 편이었다. 그래도 의미는 통한다. 칭찬은 만국어이기 때문이었다.

"분자요리… 그것 참……."

"부장님."

주방으로 나오는 조리부장에게 진 부조리장이 다가왔다.

"좋은 아침?"

"예, 그런데 송윤기 말입니다."

"출근했어?"

"그렇다는군요. 아직 못 봤습니다."

"몸은?"

"어제 병원에 들렀었는데 큰 이상은 없다고 하더군요."

"그래?"

"지인의 취업 부탁도 들어왔다면서 이번 기회에 내보내는 게 좋지 않겠습니까?"

"여러 번 눈치를 줘도 반응이 없다면서?"

"어제 사고는 다르지 않습니까? 마케팅 황 부장님이 공론화하기 전에 정리하는 게……."

"그러면 나도 좋지. 알아듣게 잘 얘기해 봐."

"알겠습니다."

진 부조리장이 자청해서 총대를 멨다. 공석인 조리 1팀 조리장 자리를 노리는 진 부조리장이었다. 호주 APEX 요리학교를 나와 나름 유학파임을 강조한다. 유서 깊은 학교는 아니지만 이 주방에서는 그럭저럭 먹히는 스펙이었다.

부려먹기 답답한 윤기를 짜르면 새 직원을 뽑을 수 있었다. 그러면 조리부장 눈에 들 수 있다.

그랑 호텔의 조리장이면 수셰프에 과장 직급이다. 연봉이 1,000만 원 이상 높아진다. 진 부조리장은 그 기회를 놓치고 싶지 않았다.

개인적인 사정도 있었다. 진 부조리장은 어린 딸을 두고 있었다. 딸은 트랜스티레틴 아밀로이드 심근병증이라는 희귀병을 앓고 있다.

심장이식이 필요하지만 쉬울 리 없다. 차선책이 있었다. 심장이식을 하지 않아도 되는 기적의 약이 있었다. 전 재산에 사채까지 동원해 두 번 치료를 했다. 한 번만 더 하면 안정권에 들게 되는데 문제는 돈이었다. 신약값은 무려 2억 5,000만 원. 의료보험도 되지 않았다.

2억 5,000만 원.

연봉 1,000만 원 인상으로 해결될 일은 아니지만 뭐라도 해봐야 하는 그였다.

"명규야."

진 부조리장이 명규를 호출했다.

"부르셨습니까?"

"윤기 나왔다면서?"

"데려올까요? 보조실에서 채소 다듬고 있는데……."

"아니야. 내가 가지."

진 부조리장이 앞서 걸었다.

"부조리장님."

진 부조리장이 나오자 윤기가 일어섰다. 고구마 줄기 껍질을 벗기던 참이었다. 손에 묻은 소금물은 앞치마에 닦았다.

"몸은?"

"괜찮습니다."

"그럼 조리부장님에게 먼저 보고하는 게 순서 아니야?"

"아까 들렀는데 아직 출근 안 하셨길래요."

"야."

"예?"

"그보다 이번 기회에 사직하고 쉬는 게 어때?"

주변을 돌아본 진 부조리장 목에 힘이 들어갔다.

"무슨 뜻이죠?"

"어제 네가 사고 친 특별 전시회 말이야. 그때 관람객들이 누구였는지 알아?”

“……”

“맛 칼럼니스트 황교일 선생과 VIP들. 특히 황교일은 황 부장님이 삼고초려 끝에 초대하셨어. 전시회 뒤에 우리 특식 선보여서 홍보 기회로 삼으려고 말이야. 그런데 분위기가 그러니 도중에 가셨다지.”

“……”

“너 때문에 마케팅 부장님이 스트레스 제대로 받은 모양이던데 그분이랑 틀어지면 우리 조리부도 좋을 거 없다는 거 잘 알지? 언더스탠?”

“조리부장님 뵌 다음에 차례로 찾아뵙고 사과드리겠습니다.”

“사과로 될 일이 아니야. 게다가 너는 채소 정리 시작하면 손의 장애 때문에 한눈팔 시간도 없고.”

“감자라면 다 깎아 두었는데요?”

“뭐라고?”

“여기……”

윤기가 신선식품 창고 문을 열었다. 감자는 그 안에 있었다. 두 박스 분량이 매끄럽게 벗겨져 있었다.

“네가?”

진 부조리장이 윤기를 돌아본다.

“예.”

“지금 나랑 장난해? 누가 깎아 줬어?”

“제가 깎은 거 맞습니다만.”

“송윤기.”

부조리장 미간이 구겨졌다. 감자 때문이었다. 윤기 솜씨가 아니었다. 5성급 호텔의 주방 6년 차인 진 부조리장이 그걸 모를 리 없었다.

제4장

—

눈부신 변화

누굴까?

짐작이 가지 않았다. 감자 껍질을 이렇게 기막히게 벗길 사람은 최 부장이나 구찬홍 조리장 정도다. 구찬홍은 가끔 윤기를 돕기도 했었다. 하지만 이미 퇴직한 사람이었다.

"진짜 네가 깎은 거야?"

"예."

손에 든 감자를 통에다 던졌다. 감자 따위가 중요한 게 아니었다. 조리부장과 황 부장의 눈도장을 받기 위해서라도 오늘은 결론을 낼 생각이었다.

"황 부장님은 어젯밤에 일본 갔는데 수요일 컴백 예정이야. 돌아오면 그냥 넘어가지 않을 거니까 이번 기회에 다른 일 찾아봐. 자른 걸로 해서 실업급여는 받을 수 있게 해 줄 테니."

"오시면 제가 용서를 받겠습니다."

"말귀 못 알아듣네. 이게 다 서로 윈윈하는 길이야. 네 손으로 요리사는 무리잖아? 우리도 너 때문에 속 안 썩어도 되고."

"앞으로는 속 썩을 일 없을 겁니다. 약속드리죠."

윤기의 응수였다. 주눅 들던 모습은 간곳없고 대차게 반박해 대니 진 부조리장은 잠시 황당했다.

이 처세는 전생 역아에게서 왔다. 그는 무수한 정적과 영웅호걸을 누르고 재상의 자리에 올랐다. 진 부조리장 정도에게 눌릴 기가 아니었다.

"약속? 그건 수전증 걸린 네가 할 말이 아닌 거 같은데?"

부조리장이 아킬레스건을 건드렸다.

"저 이제 수전증 아니거든요?"

"송윤기."

"정말입니다."

"됐고, 오늘 안으로 사표 내고 끝내자. 너 데리고 있다가는 내가 제 명에 못 죽어."

파워로 밀어붙이는 진 부조리장. 그 기세를 막아선 건 에르베였다. 언제 왔는지 그가 문 앞에 서 있었다. 명규와 함께였다.

"왜?"

진 부조리장이 명규를 바라보았다.

"셰프께서 윤기 형과 할 말이 있다고……."

"송윤기와?"

"윤기 형 바쁘다고 했더니 저보고 잠시 윤기 형 일을 맡으라는데요."

명규가 윤기에게 눈짓을 보냈다. 윤기는 에르베를 따라 멀어졌다.

“무슨 일이야?”

김이 빠진 진 부조리장이 명규에게 물었다.

“저도 모르죠.”

“윤기, 아침에 분자요리실 청소했어?”

“일찍 왔으니 그랬겠죠?”

“무슨 실수라도 했나?”

“그러고 보니…….”

“뭐 아는 거 있어?”

“아뇨.”

명규가 고개를 저었다. 아침 풍경이 마음에 걸리지만 자세한 내막을 모르는 명규였다. 게다가 윤기가 관심을 받는 것도 원치 않았다.

“아, 마무리 참이었는데.”

진 부조리장이 혀를 차며 돌아섰다. 더 짜증스러운 건 명규였다. 고구마 줄기의 껍질 벗기기는 머위 줄기 못지않게 성가신 작업이었다. 귀찮은 일들은 죄다 윤기에게 떠넘겼던 명규. 꼼짝없이 고구마 줄기를 떠안고 말았다.

“송.”

분자요리실 안에서 에르베의 불어가 시작되었다.

“상상 외였어. 요리도 맛도.”

그의 손에 들린 건 두부김치 분자요리였다. 맛을 본 건지 한 부분이 흐트러져 있었다.

"트랜스글루타미나아제 말이야, 기막힌 비율로 들어갔더군. 간장 캐비어는 뜻밖의 한 수였고."

"고맙습니다."

"혹시 엠불리나 팻덕을 아나?"

"그럼요."

윤기 입가에 생기가 돌았다. 전생이 아니더라도 셰프 지망생이라면 모를 사람이 없을 레스토랑이었다.

"내 말은 거기서 배운 적이 있냐는 거야?"

"가 본 적은……."

당당하게 답하던 윤기, 기세와 다르게 마무리를 했다.

"없습니다."

"다른 곳도? 프랑스나 영국, 스웨덴의 분자요리 레스토랑 같은 곳 말이야."

"공부는 많이 했습니다만."

"진짜로 혼자서?"

"멘토로 삼은 분이 있기는 합니다."

"누구? 페란 아드리아? 헤스톤 블루멘탈? 폴 보스키?"

"안드레아 위탱입니다."

윤기가 잘라 말했다.

"안드레아?"

에르베의 동공이 커졌다.

"아십니까?"

윤기가 물었다. 윤기의 제2전생 안드레아. 그 나라에서 온 에르베는 그를 어떻게 생각하고 있을까?

"맙소사, 왜 하필이면?"

에르베의 반응은 부정적이었다.

"왜죠?"

윤기가 모른 척 물었다.

"왜라니? 그 사람은 셰프의 자격도 없는 사람이야."

"이유를 알고 싶습니다."

"어제 끝난 기인 셰프 이벤트 말이야, 혹시 봤나?"

"봤죠."

"거기서도 전시가 되었던데 나는 그 인물은 빼라고 했지. 그래서 가 보지도 않았어. 그런 사람에게는 셰프라는 칭호도 아까우니까 말이야. 그는 역사 요리의 천재이자 누벨퀴진의 선구자로 불리지만 그의 요리는 야욕과 야망의 수단에 불과했고, 그걸 위해 출처 불명의 재료와 금지된 재료를 마구 사용했어. 단언컨데 그건 요리가 아니야."

"그걸 원하는 사람들이 있었죠. 그는 고객의 탐식과 뒤틀린 욕망을 충족시켜 준 것뿐입니다. 게다가 모든 요리마다 금지된 재료를 쓴 것도 아니었고요."

"송이 뭘 안다고?"

"그러는 셰프는 그에 대해 뭘 알고 있죠?"

윤기는 지지 않았다. 전생에 대해서라면 윤기보다 더 잘 알 사람은 없었고 전생이 평가 절하 되는 것도 원치 않았다.

"이봐."

"제가 알기로는 인류 역사상 허영에 찌든 상류층들 위장의 욕망에 최고로 잘 부응한 셰프였습니다만."

"안드레아에게 제대로 홀렸군?"

"그렇게 보셔도 됩니다."

윤기 입가에 냉소가 번져 갔다. 홀렸을 리는 없었다. 윤기가 바로 안드레아였으므로. 그 미소를 본 에르베는 섬뜩함마저 느꼈다. 윤기가 범상치 않게 느껴지는 순간이었다.

"이제 부른 용건을 말씀해 주시죠."

윤기가 화제를 돌렸다. 부른 것은 에르베였고, 이 공간 또한 그의 것이지만 안의 분위기는 윤기 쪽으로 기울고 있었다.

"좋아. 첫째는 송에게 분자요리실 사용을 허락한다는 것."

"고맙습니다."

"둘째는 간장 캐비어 말이야, 어째서 필요한지 알고 싶어서."

"한국 사람들은 맨두부를 간장에 찍어 먹는 것도 좋아하죠. 두부김치를 먹다가 기분 전환으로 좋을 겁니다."

"김치에 돼지고기를 넣은 건? 트랜스글루타미나아제를 쓰기 위해서였나?"

"예전에는 김치와 두부의 매칭이 많았지만 최근에는 돼지고기와 김치를 같이 볶는 경우가 많습니다. 그 경향을 반영한 것뿐입니다."

"그렇군."

"남은 게 있습니까?"

"한 가지 더 있지."

에르베의 눈빛이 부드러워지고 있었다.

* * *

모처럼 한가한 하루였다. 그렇다고 일이 없었던 건 아니었다. 잡다한 허드렛일이 가득했지만 오래 걸리지 않았다. 중국 최고 요리사의 하나인 역아와 역사 요리 재현의 일가를 이룬 안드레아.

전생들은 명성만 가진 게 아니었으니 허드렛일의 처리도 기가 막히게 빨랐다. 윤기 몫으로 할당된 건 평소의 작업량. 2시간도 되지 않아 해치웠으니 조리 2팀의 감자와 당근까지 가져다 깎아 주었다.

퇴근길은 무사했다.

진 부조리장은 다른 말이 없었다. 에르베 때문이었다. 윤기와의 대화가 끝나자 진 부조리장을 불러 쐐기를 박은 것이다.

"앞으로 종종 송을 부를 겁니다. 협조해 주세요."

통역은 중간 위치의 경모였다. 진 부조리장의 머리가 복잡해졌다. 윤기에게 이유를 캐묻지만 돌아온 건 옅은 미소뿐이었다. 늘 헐렁하던 미소가 서늘하게 보였다.

'뭐지?'

갑자기 전개된 알 수 없는 분위기. 판단하기가 애매했다. 일단 사표 종용에서 한발 물러섰다. 마케팅 부장의 질책이 내려오면 그걸 빌미로 재개할 생각이었다.

이유는 또 있었다. 에르베가 내준 과제 요리가 내일로 박두했다. 그 또한 조리장 승진에 중요한 요소가 될 일이니 에르베와 각을 세울 수 없었다.

명규 입장도 비슷했다. 그렇기에 더는 윤기를 볶아 대지 않았다.

볶는다고 해도 별 상관은 없었다.

엊그제까지만 해도 부럽기만 했던 명규였다. 거인처럼 보이던 진 부조리장이었다. 그 하루 사이에 세상이 변했다. 그랑 호텔의 주방이 우물 안처럼 보였다. 거기서 노는 개구리들과 아웅다웅할 생각은 단연코 없었다.

윤기 시선이 파란 기와집에 멈췄다. 신세기 이지용 회장의 부친이 살던 곳이다. 그분이 세상을 뜨자 임대를 놓았다고 한다.

처음 그랑 서울에 합격했을 때, 윤기의 꿈은 저런 집을 레스토랑으로 개조해 미쉘린 별 하나 정도의 레스토랑을 차리는 것이었다.

그동안 백 번도 더 지웠던 꿈이 파란 기와와 함께 반짝거렸다. 역아와 안드레아의 실력이라면 불가능할 것도 없었다.

"왔어?"

시장에 들렀다가 집에 도착하자 어머니가 반겨 주었다. 아버지가 평생 모은 돈으로 산 손바닥만 한 단독주택이다. 낡고 또 낡았지만 햇빛이 잘 든다. 벽 쪽에 장독대도 있고 화초도 몇 뿌리 길렀다. 어머니와 둘이 살기에는 딱이었다.

"밥 먹어야지?"

"응."

"손은?"

"보다시피 무사."

윤기가 손을 흔들어 보였다. 이렇게 움직이고 저렇게 멈춰도 떨리지 않았다.

"아휴."

그 손을 잡은 어머니가 또 한 번 감격의 눈물을 흘린다.

"그만 울지?"

"조리부장님께는 잘못했다고 빌었어?"

"뭐, 대충."

"뭐라셔?"

"아무 말도……."

"다행이다."

"이 회장님은? 오늘도 스테이크 만드는 셰프가 왔었어?"

"오늘은……."

어머니가 고개를 저었다.

"왜?"

"백송원 스테이크까지 실패하고 나니 포기하신 모양이야. 오늘은 방풍죽 몇 숟가락 뜨고 마셨어."

"그 스테이크, 내가 만들어 줄게."

"뭐?"

어머니가 고개를 들었다.

"내가 만들어 준다고."

"애가, 얼른 씻기나 해. 난다 긴다 하는 셰프들도 다 두 손 들고 가는 판에."

"엄마 소원 중의 하나가 이 회장님이 스테이크 먹는 거 아니었어?"

"그거야… 하도 먹고 싶어 하시니까. 내가 만들 수도 없고."

"그러니까 내가 만들어 준다고."

"새로 온 초청 셰프가 분자요리 전문가잖아?"

"응."

"나도 사모님에게 다 들었어. 안 그래도 그 셰프에게도 부탁하려고 알아보신 모양이더라."

"그 사람에게 부탁하려는 거 아니거든."

"그럼?"

"수전증 나은 기념으로 뜻깊은 일 좀 하려고."

"윤기야."

"아무튼 모레 나 쉬는 날이니까 그날 점심으로 스케줄 잡아 줘. 환자는 아무래도 점심시간 식욕이 제일일 테니까."

"우리 회장님은……."

"엄마, 나 전시회장에서 쓰러졌잖아? 진짜 이유 모르지?"

"진짜 이유가 있어?"

"거기서 본 사진이 중국의 역아와 프랑스의 안드레아라는 셰프인데 둘 다 무지막지한 실력자들이었대. 나 쓰러지는데 그 사람들이 귀에 대고 속삭이더라? 그런 손으로 요리를 하려는 뜻이 가상해 비법 스테이크 스킬을 알려 주마."

"송윤기."

"우리 호텔에 서류 넣을 때 내가 그랬지? 나 손 때문에 이렇게 좋은 호텔 못 들어간다고. 그랬더니 엄마가 그랬어. 엄마 믿고 3년만 버텨 보라고."

"……."

"그러니까 엄마도 나 딱 한 번만 믿어 봐. 그러면 앞으로도 계속 믿게 될 거야."

3년.

어머니의 부탁이었다. 손목 장애 때문에 쳐다도 볼 수 없었던 호텔의 취업이었다. 사모님 얼굴도 있으니 군대 간 셈 치고 3년은 무조건 참으라고 했다.

손 때문에 군대는 면제였다. 어머니 기억 속의 군대는 3년이었다. 아빠 때는 그랬단다.

윤기는 버텼다. 손이 경련한다고 해서 자존심까지 없는 건 아니었다. 무시가 뭔지 알았고 왕따가 뭔지도 잘 알았다.

투명 인간.

윤기의 호텔 주방 생활을 한 단어로 적으면 그렇게 정의된다. 혈연, 지연, 학연. 호텔 대표와 그 어떤 끈도 닿지 않는다는 사실이 밝혀지면서 눈총과 짜증의 대상이 되었다. 그럼에도 버텼던 건 요리가 좋았기 때문이었다.

사표를 낸다고 해도 갈 곳이 없었다. 졸업반 취업 활동 때 이미 빼저린 경험을 했다. 명색이 학과 수석이었지만 취업 담당 교사도 추천을 꺼렸다. 윤기는 학교 내신용이었지 현장용이 아니었다. 손의 경련 때문이었다.

3년.

그중 2년을 살짝 지났다. 첫 3개월은 수습이라고 교통비만 받았다. 이후의 월급은 차곡차곡 저축을 했다. 돈을 모으면 작은 분식집이라도 차릴 생각이었다. 그래도 5성급 호텔의 주방 생활

3년. 고급 요리가 아니라면 가능할 것 같았다.

5성급 호텔?

이건 설명이 필요하다. 서울 그랑 호텔은 원래 5성이었다. 4성으로 다운된 건 강화된 국제 평가 기준 때문이었다. 다른 기준은 다 충족되는데 수영장과 연회장이 미달이었다. 명예를 중시하는 호텔 체인이기에 스스로 4성으로 낮춰 심사 요청을 했고 그대로 인증이 되었다.

그렇기에 외부인들은 아직도 5성으로 기억하는 사람이 많았다.

사진 출력을 했다. 어머니가 종종 보냈던 특급 셰프들의 스테이크였다. 처음에는 뭘 넣는지도 어머니에게 물어보았다. 꿈같은 일이지만 모두가 실패한 스테이크를 만들고 싶었다.

스테이크들은 하나같이 눈부셨다. 시어링은 황금을 구워 놓은 듯 유려했고 볼륨과 각도 제대로 잡혀 있었다. 그때는 감탄으로 날이 새던 윤기였다. 죽었다 깨어나도 만들 수 없을 것 같았다.

거금을 받고 불려 온 출장 셰프들. 당연히 대한민국에서 내로라하는 사람들이었고 개중에는 외국의 유명 셰프도 있었다. 이지용 회장의 위상이 그랬다.

[500만 원을 받고 오신 분도 있고 1,000만 원 받고 오신 분도 있어.]

어머니의 귀띔에 동경의 눈알이 팽창하던 윤기.

그들 스테이크는 다양한 기법과 소스가 총동원되었다. 이 회장의 지위가 있다 보니 여기저기 소문도 났다. 누구든 성공하기만 하면 유명세의 업그레이드가 보장되는 일. 셰프들의 자존심까지 걸린 문제였다.

완성된 스테이크에 윤기 시선이 머문다.

답은 셰프들이 만들었던 스테이크에서 찾았다. 필요한 건 에르베의 분자요리실이었다.

십여 명이 넘는 셰프들이 심혈을 기울인 명품. 그러나 이 회장위장의 선택을 받지 못한 스테이크들. 그들이 갔던 길을 피하면 될 일이었다.

말은 쉽다.

하지만 윤기의 전생들은 그 답을 알고 있었고 어려운 일도 아니었다. 모두가 실패했지만 윤기는 전생을 믿었다.

[사표]

전생들의 실력이라면 어디든 갈 수 있었다. 하지만 아직은 조금 더 현실에 적응할 필요가 있었다. 그러자면 익숙한 곳이 좋았다. 그랑 호텔 자체는 세계적으로도 꿀리지 않는 호텔 체인이었다. 프랑스 요리계의 샛별로 평가받는 에르베의 존재도 한몫을 했다.

두 가지 마음을 정리했다. 하나는 장애를 가진 자신을 받아준 호텔에 대한 보답. 이건 고이 내려놓았다. 전생들은 사소한 인정에 한눈팔지 않았다.

두 번째가 진짜다. 본때를 보여 주고 싶었다. 그저 그런 실력을 가지고 거들먹거리던 모두에게서 눈물샘을 쪽 빨아내고 싶었다. 사표가 필요하면 그 후에 내도 늦을 리 없었다.

*　　　*　　　*

"엄마, 저녁은 나한테 맡겨."

윤기가 작은 주방으로 향했다.

"왜? 새로운 요리 배워 왔어?"

"그냥 된장국, 오늘은 내가 끓여 줄게."

"그래. 우리 아들 손 나은 기념으로 밥상 한번 받아 보자."

"나도 그럴 생각이었거든."

윤기가 검은 봉지를 내려놓았다. 시장에서 사 온 고등어였다.

"고등어? 너 그거 싫어하잖아?"

어머니가 정색을 한다.

"엄마가 좋아하잖아?"

"윤기야?"

"아아, 방해되니까 트로트 듣거나 드라마라도 보고 계세요."

콧등이 시큰해지는 어머니 등을 밀었다.

시작은 당연히 밥이다. 아침 밥을 먹을 때 그 모락거리는 김에 역아의 기억이 실려 왔다. 지금까지 윤기가 아는 쌀은 대동소이했다. 역아의 경험은 달랐다. 그는 같은 쌀로도 다른 밥을 지을 수 있었다.

스테이크의 원리와 같다. 솥과 불이 조화를 이루면 손오공 이상의 도술이 가능했다. 여기에 안드레아의 경험이 보태진다. 역아의 밥이 경험과 직관에서 온 거라면 안드레아의 밥은 분석과 과학으로 이룬 맛이었다. 안드레아는 쌀 분자구조의 특성을 이용했다.

현미를 정미하면 정백미가 되는데 이 배유 세포는 녹말 입자를 품고 있다. 그 바깥 쪽의 세포벽을 어떻게 요리하느냐 따라 밥맛이 변한다. 세포벽의 붕괴가 미미하면 거칠고 끈기 없는 밥이 되고 크면 부드럽고 찰지게 변한다.

여기에 또 역아의 직관이 더해진다. 퇴비 등의 거름은 쌀의 바깥층에 영향을 준다. 이런 쌀 역시 밥의 끈기를 약화시키고 찰진 윤기를 감소시켰다.

안드레아의 밥에 대한 정의는 녹말의 알파화 혹은 호화에 속한다. 98도 이상의 온도에서 20분 이상 가열하면 알파화가 일어난다.

용기는 바닥이 둥글고 두툼한 솥, 화력은 강한 게 좋다. 그래야 대류현상이 활발해지고 쌀알이 세로로 기립하는 현상을 만들 수 있다. 이렇게 하면 밥알 표면에 거품이 생겨 더 맛난 밥을 만들 수 있다.

찰칵.

가스레인지 불을 당기고 듬직한 뚜껑을 씌웠다. 두 전생의 실력에 대한 의심 같은 건 없었다.

다음은 된장이다.

된장찌개는 어머니 전순희의 주특기였다. 생애 최고의 마니아가 있었다. 지구 여행을 먼저 마친 아버지였다. 아버지는 어머니표 된장과 간장 중독자였다. 상추쌈을 싸거나 고추를 찍거나 혹은 양파를 찍어 먹었다.

[네 아빠는 나보다 된장을 더 좋아해.]

이따금 쏟아지던 어머니의 시기심. 그때마다 아버지는 재치로 빠져나갔다.

[그 된장 담그는 사람이 당신이잖아?]

그 한마디에 어머니 눈총이 풀렸다. 지금은 윤기가 그 대를 잇고 있다. 윤기도 어머니의 된장과 간장이 좋았다. 된장찌개 하나면 부러울 것도 없었다.

어머니의 된장에는 다시마와 멸치가 들어갈 뿐이다. 간단하지만 담백했다. 오늘 윤기표 된장국은 조금 달랐다. 다시마 국물에 말린 표고버섯 콜라보였다. 전생의 경험이다. 전생은 감칠맛에 대해 오랜 시간 투자를 했다. 그 결과 글루타민산과 이노신산, 구아닐산의 상관관계에 대한 답을 얻었다. 글루타민산에 이노신산을 섞으면 감칠맛이 30배로 늘어난다. 3배도 아니고 30배다. 글루타민산은 다시마의 성분이고 이노신산은 표고버섯의 성분이었다.

고등어에 된장을 살짝 발랐다. 이 또한 전생들의 경험치에서 소환되었다. 어머니는 고등어를 좋아한다. 하지만 절대 식탁에 올리지 않는다. 이유는 윤기 때문이었다.

윤기의 손 경련.

돌이 지날 무렵에 발견되었다. 처음에는 아기라서 그런 줄 알았다. 어느 고등어를 먹은 날, 윤기가 먹은 걸 토하며 경기를 일으켰다. 이후로 손의 경련이 확실해졌다. 그 후로 윤기는 고등어만 보면 고개를 저었다.

처음에는 어머니도 고등어를 싫어하는 줄 알았다. 나중에 어머니가 이모와 얘기하는 걸 듣고 알았다.

"가끔은 고등어가 먹고 싶은데 윤기가 싫어하잖아? 윤기 아빠하고 윤기 챙기다 보니 나 좋아하는 건 다 멀어지더라. 나 먹자고 따로 할 수도 없고."

다음 날 윤기는 고등어에 도전을 했다. 학교 조리 실습이 끝나고 몰래 가져온 고등어를 구웠다. 실습이 끝나면 이런 일은 비일비재했다.

구울 때 조짐이 좋지않았다. 속이 니글거린 것이다. 그게 바로 미터였다. 도전은 실패였다.

큰마음 먹고 입에 넣었지만 바로 토하고 말았다. 고등어는 짝궁 박경서 위장으로 들어갔다. 그 친구 아버지 몰래 가져온 양주와 함께.

오늘은 아주 달랐다. 재래시장에서 고등어 좌판을 보는 순간, 위장이 역한 반응을 하지 않았다. 한참을 봐도 그랬다. 푸른 등에 또렷한 눈알이 박힌 고등어가 마음에 들었다. 요게 바로 국산이다. 손의 기적과 함께 음식 핸디캡도 사라진 것 같았다.

껍질을 벗기고 마리네이드를 했다. 그런 다음에 어머니의 된장을 얇게 발랐다. 밀가루를 바르는 사람도 있지만 그러면 맛이 텁텁해진다. 팬에 기름을 두르고 대파 흰 줄기를 두 쪽 올렸다. 파기름은 비린내를 잡고 풍미도 더해준다.

고등어가 익어 가는 동안 뚝배기에 호박과 두부를 투하했다. 송송 썬 청양고추 3분의 2를 넣고 고춧가루를 살짝 추가. 살짝 넘치는가 싶을 때 대파 썬 것을 추가하고 마무리를 했다.

"요리 나왔습니다."

어머니를 불렀다.

"진짜 괜찮아?"

고등어 앞이니 어머니가 조심스럽다.

"엄마, 나 손처럼 고등어 금지도 풀렸거든?"

"진짜?"

"일단 시식해 봐. 그래야 나도 먹지."

"먹기는 먹겠다만……."

어머니가 고등어 살점을 발랐다. 한 꼬집을 겨우 넘을 정도였다.

"아, 진짜 쪼잔하게… 그냥 마음 놓고 드세요."

윤기가 살점을 큼지막하게 떼었다.

"된장 발랐네?"

"레몬도 조금 뿌렸어."

"나는 맛있는데……."

"그럼 저도 맛 좀 보겠습니다."

윤기가 꼬리 쪽을 집었다. 맨손이었다. 3분의 1 정도를 입에 넣고 호로록 가시를 발라 냈다. 어머니는 눈을 떼지 못한다.

"괜찮아?"

"아우, 맛있네? 이렇게 맛난 걸 여태껏 못 먹은 거야?"

"진짜 괜찮냐고?"

"안 되겠다. 엄마, 나 한 마리 더 구워야겠어. 그러니까 일단 먹고 있어."

재빨리 가스레인지로 향했다. 고등어 눈알만 한 눈물 때문이었다. 사전 예약도 없이 눈동자에서 새어 나왔다. 어머니에게 보이기 싫어 죄 없는 고등어를 한 마리 다 구웠다.

—괜찮아?

어머니는 그 말을 열 번도 더 물었다. 모자는 고등어와 된장국을 성찬으로 단란한 저녁 식사를 마쳤다.

"오랫만에 너무 잘 먹었다."

어머니 얼굴에 함박꽃이 피었다.

"된장 바른 고등어, 괜찮지?"

"그럼. 누구 아들이 구운 건데?"

"된장국은?"

"기가 막혔어. 표고버섯에 다시마만 넣었다고?"

"엄마처럼 멸치도 넣어도 돼."

"아니야. 나도 이제부터 이렇게 끓여야겠어. 내 방식은 너무 구식이잖아? 그런데 아들."

"왜?"

"손 경련 나았다고 엉뚱한 생각 말고 더 열심히 일해."

"호텔?"

"나도 알아. 네가 그동안 온갖 서러움 많이 받았다는 거."

"……."

"그래도 너 받아 준 데는 거기밖에 없잖아? 추천해 준 사모님 얼굴을 봐서라도 거기서 네 가치를 보여 줘."

"알았으니까 모레 회장님 스테이크나 말씀드려 줘."

"정말 자신 있어?"

"응."

"그럼 1시 전에 만들어 와. 네가 유명 셰프가 아니니까 회장님 식탁에 슬쩍 올려는 볼게."

고등어의 마법이다. 확답을 않던 어머니 입에서 오케이가 나왔다.

"윤기 형."

호텔에 들어서다 조리 2팀의 창혁을 만났다. 윤기처럼 주방 보조다. 작년에 입사했을 때 윤기에게 한 달 정도 배웠다. 요리가 아니라 주방 보조의 일. 식기 세척과 채소 손질, 재료 정리 등등이었다. 창혁이는 착하다. 요리에 대한 열정도 강하다. 다른 사람이 윤기를 씹으면 방어막도 쳐 준다. 그래서 나름 통하는 사이였다.

"나 어제 비번이라 병원에 갔었는데 형 퇴원했다고 하더라고요."

"그랬어?"

"괜찮아요?"

"보다시피."

"선배님들이 또 엄청 씹어 대던데……."

"그거라면 이미 면역되신 몸이다."

"오늘 조리 1팀 테스트 있다면서요?"

"응."

"아, 다음 주는 우리 주방 차례인데… 레퍼토리는 바꾸겠죠?"

"아마."

"나도 조리장님 추천으로 참가하게 되었는데 형은 또 열외예요?"

"응."

"손목 빨리 나아야 할 텐데……."

"걱정 마. 나 이제 손목 안 떨어."

"진짜예요?"

"봐라. 덕분에 어제 너네 주방 채소 손질도 내가 도와줬어."

윤기가 두 손을 내밀었다.

"진짜네?"

"그러니까 내 걱정 말고 너나 빨리 주방 진입해라."

"그거 보조 3년 차가 할 소리예요?"

"대신 3배 빠르게 가면 되지."

"그러면 좋겠네요."

창혁이 볼을 붉히며 웃었다.

조리 1팀은 이미 전쟁터였다. 먼저 도착한 순으로 오늘의 과제 준비에 들어갔다.

슬쩍 보니 명규가 가장 늦었다. 딴에는 스피드를 자랑하지만 이런 날은 선배들 손도 빨라진다.

"안녕하세요?"

인사를 하고 조리복으로 갈아입었다. 빈 조리대를 닦고 분자요리실 청소를 마쳤다. 오늘은 에르베가 일찍 나오지 않았다.

보조실로 가서 오늘 할 일을 체크했다. 도라지를 먼저 까야 했다. 요건 전생의 경험이 없어도 가능하다. 노하우가 생겼으니 목장갑에 양파 망이 정답이었다.

처음에는 경모 때문에 손가락 피부가 다 나갔다. 도라지에 물을 부은 것이다.

그렇게 되면 물기 때문에 양파 망이 미끄러진다. 수분으로 인해 목장갑이 젖으니 피부가 멀쩡하기 어려웠다.

도라지는 뇌두 쪽을 먼저 벗기고 양파 망으로 몸통을 감싸며 아래쪽으로 벗기면 끝이다. 손을 떨지 않으니 도라지는 더 깔끔하게 옷을 벗었다.

"형."

요리를 끝낸 명규가 윤기를 불렀다.

"왜?"

"검은 송로버섯 수프. 트러플 말이야."

"레시피는 병원에서 알려 주었을 텐데?"

"그거 진짜냐고? 부조리장들님과 경모 선배, 산하 선배, 다 에샬로에 거위 간 대신 푸아그라로 갈 눈치거든? 형, 나 엿 먹이려는 아니야?"

"못 믿겠으면 너도 그러든가."

"웬일로 에르베 셰프님하고 친해진 거 같던데 분자요리실 청소

하다 레시피라도 훔쳐본 거야?"

"훔쳐봐?"

"씨파, 이거 나한테는 중요한 거거든."

"야, 이명규."

윤기가 도라지를 놓고 일어섰다.

"그 요리는 폴 보스키와 지스카르 데스텡 대통령의 한순간을 장식한 역사적인 요리야. 그걸 배우는 확실한 방법이 뭔지 알아?"

"……?"

윤기가 다가서자 명규가 물러섰다. 분위기가 그랬다. 입사 선배지만 핸디캡 때문에 명규에게 고분고분하던 윤기. 지금 가까이 다가서는 사람은 아무래도 그 윤기가 아니었다.

"레시피 따위를 훔쳐보는 게 아니라 만들어서 먹어 보는 거야. 위장으로 배운 역사는 머리로 배운 역사보다 위대한 거거든."

눈동자도 그렇다. 사람의 눈을 뚫어 버릴 것 같은 안광이 빛나고 있었다.

"그걸 맛본 사람을 만나 봤지. 그러니 믿든 말든 마음대로."

목소리도 그랬다. 천둥처럼 귀를 압박하며 밀려들었다.

"만나 봤다고? 그게 누군데?"

명규가 캐물었다.

씨익.

오싹한 미소에 뒤에 나온 윤기의 불어 발음은 미치도록 매끄러웠다.

"안드레아 위탱."

"안드레아 위탱?"

"좋은 점수 받고 싶거든 똑똑히 기억해라. 트러플의 두께는 딱 이 정도라는 거."

윤기가 잘게 썬 버섯 조각 하나를 들이밀었다.

* * *

폴 보스키는 요리 천재였다. 전생처럼 여덟 살 때 요리를 시작했다. 유럽의 대가 셰프들은 여덟 살 시작이 공식일까? 그 나이의 윤기는 라면도 제대로 끓이지 못했다. 장담커니와 윤기 앞에서 있는 명규도.

폴 보스키의 첫 작품은 소의 콩팥에 곁들인 감자 퓌레였다.

윤기는 잘 알고 있었다. 1986년부터 그의 요리를 분해했기 때문이었다.

보스키의 가문은 대대로 요식업에 종사해 왔다. 그렇기에 보스키가 요리에 관심을 갖는 건 당연한 일인지도 몰랐다.

그는 파리와 리옹의 요리 명장들에게 요리 수련을 마쳤다. 고향인 콜로뉴 드 몽도르로 돌아온 건 창창한 30대 초반의 1958년이었다.

안드레아는 열아홉에 그를 만났다. 어린 손님과 중후한 셰프의 관계였다. 새로운 요리의 상징으로 꼽히는 그가 엘리제궁을 다녀온 지 세 달 후였다.

"뭘 드시겠습니까?"

종업원이 오더를 물었다. 안드레아의 오더는 특별했다.

[엘리제궁의 오찬 수프]

"그런 건 메뉴에 없는데요?"

"이걸 셰프님께 전하면 만들어 주실 겁니다."

안드레아가 작은 찬합을 꺼내 놓았다. 그러곤 테이블에 꽂힌 장미 꽃잎을 떼어 내며 기다렸다.

—나온다.

—안 나온다.

장미가 얇아지기 시작했다. 사이사이 후각을 세워 보스키의 향신료를 분석했다. 사랑과 연기는 감출 수 없다는 말이 있다. 그처럼 음식 냄새도 감출 수 없다. 레스토랑 안에 가장 진하게 풍기는 게 셰프가 즐겨 쓰는 향신료였다.

—나온다.

장미 꽃잎 점이 적중했다. 폴 보스키가 나온 것이다. 그 손에는 페이스트리를 모자로 쓴 수프 볼이 들려 있었다.

"요리학교 학생인가?"

폴 보스키가 물었다.

"요리는 배우는 건 맞습니다."

안드레아가 답했다.

"자네가 가져왔다고?"

그가 수프 볼을 내려놓았다.

"예."

"허."

보스키가 어이없다는 듯 웃었다. 볼 속의 수프 때문이었다. 이곳에 오기 전, 안드레아는 엘리제궁에 다녀왔다. 보름 동안이나 주방 직원들을 붙잡고 보스키의 오찬에 대해 물었다.

[송로버섯, 소고기, 거위 간, 양파]

볼 속에 든 재료들이었다. 직원들의 증언을 종합해 오찬 수프의 퍼즐을 맞췄다. 맞는지 틀리는지, 그건 신과 보스키만이 알 일이었다.

그의 반응을 읽은 안드레이 입가에 서늘한 미소가 스쳐 갔다. 반응으로 보아 적어도 90%는 맞힌 것 같았다.

"재료까지 가져왔으니 자네가 먼저 만들어 보게. 맛이 괜찮으면 내가 엘리제궁의 수프를 만들어 주지."

말이 떨어지기 무섭게 안드레아가 일어섰다. 바라던 바였다.

주방에 들어선 안드레아는 수프 볼부터 골랐다. 수프를 담아낼 그릇을 찾는 것 같지만 실은 검은 송로버섯 냄새의 탐색이었다.

새로운 요리는 어느 날 하늘에서 떨어지지 않는다. 셰프의 삶 속에서 문득 영감이 되어 탄생하는 게 누벨퀴진. 그가 만든 수프 향을 단서로 요리에 들어갔다.

쉬울 리 없었다.

그럼에도 안드레아는 이런 순간을 즐겼다. 이건 태생이었다. 목적을 위해 달려가는 과정은 미치도록 짜릿했다. 역아의 후생이기 때문이다. 역아는 황제의 마음에 들기 위해 매 순간을 짜릿하게 살았다.

안드레아의 제1 고려 사항은 리옹이었다. 폴 보스키는 이 시대 요리의 대세였다. 그라면 파리에서도, 로마에서도, 아니, 뉴욕이나 상하이에서도 최고의 대우를 받을 수 있었다. 그럼에도 불구하고 촌구석 리옹을 택했다. 대중교통도 거의 없었다.

그가 태어나고 그의 가족이 있기 때문에?

너무 단순한 접근이다. 폴 보스키가 리옹을 택한 이유는 그의 요리관에서 찾을 수 있었다.

[음식 맛을 결정하는 건 신선한 식재료]

그 말은 리옹과 제대로 통했다. 이곳이야말로 온갖 신선한 식재료들 중심이기 때문이었다.

안드레아는 수프 볼 안에 한 편의 드라마를 그렸다. 주역은 단연코 검은 송로버섯. 다른 식재료는 화음으로 깔고 오직 송로버섯의 맛만 부각시켰다.

결과는 성공이었다. 잘게 썬 송로버섯을 메인으로 만들어 낸 수프를 맛본 보스키가 또 한 번 허, 하고 탄성을 토했다.

"이 수프는 오직 대통령을 위한 것이었네. 미리 먹었으니 자네도 대통령이 되어야겠어."

메뉴에도 없는 검은 송로버섯 수프를 만들어 준 보스키의 말이었다.

또 하나의 결론을 말하자면 이날, 안드레아는 폴 보스키의 수프를 먹지 않았다. 그가 만들 때 향으로 과정을 알았고 수프가 나왔을 때 조금 놓친 것들을 알았다.

목적은 달성되었다.

수프를 먹자고 온 건 아니기 때문이었다.

기념사진을 끝으로 안드레아는 폴 보스키의 레스토랑을 나왔다.

[대통령을 위한 검은 송로버섯 수프]

클리어.

오싹한 미소를 남긴 채.

오전 10시 40분.

에르베의 과제를 수행할 조리실 직원들이 조리대 앞에 섰다. 모두 여덟 명이었다. 그들 앞에는 에르베와 조리부장이 자리잡고 있었다.

"폴 보스키의 엘리제궁 검은 송로버섯 수프."

조리부장이 주제의 운을 뗐었다.

"다들 알다시피 3등까지만 고과에 반영을 한다. 심사는 여기 에르베 셰프께서 맡을 거고."

"힌트 없습니까?"

오경모가 애교 작전으로 나왔다. 강자에 약하고 약자에 강한 그는 보조나 수습 직원들 군기 잡는 데 일가견이 있었다.

"공식 레시피는 없지만 몇 가지 재료는 인터넷상에 돌아다니는 것 같던데? 11시에 시작할 거니까 재료부터 준비하도록. 아, 검은 송로버섯은 여기 에르베 셰프께서 한 조각씩 배정할 테니까 그렇게 알고."

조리부장의 말이 떨어지자 직원들이 분주해졌다. 모두가 식재료 창고로 향한다. 생각이 다르니 와인을 따르고 우유를 따르고 레드 페퍼와 그린 페퍼 등도 준비를 했다.

"……"

명규는 양파 앞에서 멈췄다. 다섯 경쟁자(?)들은 모두 에샬롯을 집었다. 인터넷에 떠도는 자료 덕분이었다. '카더라 레시피'는 에샬롯이 우세했다.

폴 보스키와 엘리제궁 때문이었다. 그런 오찬에서 양파가 쓰였다면 에샬롯일 거라는 주장이 많았다.

명규의 선택은 둘 다였다. 아직까지도 결정을 못 한 모습이었다.

주저는 소고기 앞에서도 재현되었다. 경쟁자들은 모두 1등급 육질을 골라 들었다. 윤기의 레시피는 2-3등급이었다.

'미치겠네.'

갈등은 푸아그라 앞에서 절정에 달했다.

[거위 간, 닭 간, 그리고 푸아그라]

준비된 재료들이었다.

트러플은 푸아그라, 캐비어와 함께 3대 진미에 속한다. 요리의 주제는 검은 송로버섯. 그렇다면 당연히 그 매칭의 상대는 진짜 푸아그라였다.

[검은 송로버섯, 소고기, 거위간, 에샬롯]

여섯 조리대 위에 놓인 식재료는 비슷했다. 조금 다른 조리대는 둘이었다. 진 부조리장과 명규. 둘의 조리대에는 페이스트리가 준비되어 있었다.

"그럼 시작할까? 요리 시간은 40분. 심사가 끝난 수프는 VIP 서비스용으로 나갈 거니까 두 개를 준비하도록."

조리부장이 스타트를 선언했다.

다다다닷.

칼질 소리가 주방에 울려 퍼진다. 에르베가 촉각을 세운다. 엊그제 들었던 윤기의 칼 소리 때문이었다. 그것에 비하면 이들의 칼질은 불협화음에 가까웠다.

에르베의 시선은 식재료에 꽂혀 있었다. 진 부조리장과 이 부조리장을 비롯해 배산하와 서민재, 박상일 등은 숙련자였다. 그렇기에 요리 과정 자체는 큰 문제가 없었다. 시선이 마지막 조리대의 명규에게 옮겨 간다. 양파와 에샬롯을 두고 고민하는 모습이 보였다.

검은 송로버섯은 마지막에야 공개되었다. 은박을 벗기자 그 자태가 드러났다. 트러플도 결국은 버섯이다. 버섯은 물에 씻지 않는다. 향이 날아가기 때문이다. 버섯을 물에 넣었다면 차라리 그 물을 마시는 게 낫다는 말은 과장이 아니다. 버섯을 씻는 경우는 오래되어 표면이 찝찝해 보일 때뿐이다. 그때조차도 최대한 빨리 세척을 끝내야 했다.

키친타월이 바빠진다. 오돌토돌한 표면을 꼼꼼하게 닦는 건 여섯 참가자들의 손이 다르지 않았다.

길은 그다음에 갈렸다.

1) 슬라이서로 얇게 썰어 낸 진 부조리장과 배산하, 박상일.

2) 칼끝으로 곱게 다져 낸 이 부조리장과 오경모 외 2명.

3) 잘게 썰어 놓은 이명규.

1)은 트러플의 위엄을 강조하려는 의도였고 2)는 다른 재료와의 조화 쪽이었다.

"……?"

다른 사람들의 트러플을 본 명규 얼굴이 어두워졌다. 불안해진 것이다. 그러나 요단강은 이미 건너 버린 후였다. 트러플의 양은 제한되었으니 돌아갈 수도 없었다.

"이야, 엘리제궁 셰프들이 울고 가겠는데?"

본격 요리가 시작되자 조리부장이 분위기를 고조시켰다.

주방 밖의 풍경도 그랬다. 창 너머에서 훔쳐보는 사람들이 있었다. 조리 2팀 알바와 수습 직원들이다.

조리 2팀이 과제를 할 때면 명규와 경모, 산하 등도 저런 관심을 보였다.

"윤기 형."

그들 중 하나인 창혁이 깐 도라지를 두드리던 윤기를 불렀다. 창혁은 다리를 살짝 전다. 장애인 TO로 채용되었으니 윤기 다음으로 구박을 받고 있었다. 취미는 드론. 다리 장애 때문에 하늘을 날고 싶었고 그래서 드론 날리기를 좋아했다.

"왜?"

"형은 안 궁금해요? 트러플 수프 거의 완성되기 직전이에요."

"끝나면 알려 줘."

"지금 나오고 있어요. 진 부조리장님이 1착."

"우와, 트러플 향이 여기까지 나는 거 같잖아?"

알바들 목소리가 조금씩 커진다.

도라지를 마무리한 윤기가 일어섰다. 흙 묻은 앞치마를 벗고 손을 씻었다.

"형, 이제 다 나왔어요. 명규 선배가 마지막이에요."

창혁이 손짓을 하지만 윤기의 걸음이 향한 곳은 창가가 아니라 출입문 쪽이었다.

"끝났습니다."

조리대를 돌아본 진 부조리장이 종료 선언을 했다. 걸린 시간은 32분이었다. 에르베가 다가서자 직원들이 물러섰다. 모두의 얼굴에 긴장이 내려앉았다.

"시식하시죠."

조리부장이 에르베에게 요리를 권했다. 여섯 수프 볼은 두 가지 모양으로 나왔다. 두 개는 페이스트리로 덮였고 나머지 넷은 아니었다. 노출된 수프의 트러플도 두 가지 형태였다. 얇은 조각으로 올라앉은 것과 고명처럼 수프 위에 뿌려진 트러플 가루…….

공교롭게 페이스트리 속의 트러플도 두 가지 형태였다. 진 부조리장 등의 것은 얇은 조각들이었고 명규의 것은 잘게 썰린 형태였다.

"리."

에르베가 명규를 돌아보았다.

"예."

명규가 고개를 끄덕이며 호출을 받았다. 통역이다. 조리 1팀에서는 병모나 명규가 서투나마 통역을 담당하고 있었다.

"가서 송을 데려와."

"송요?"

"송윤기."

"……?"

감을 잡지 못한 명규가 조리부장을 바라보았다. 이 상황에서 왜 윤기 이름이 나온단 말인가?

"다녀와."

조리부장이라고 에르베의 마음을 알 리 없었다.

주방 보조실로 통하는 출입문이 열리자 윤기 모습이 보였다. 윤기는 이미 대기 중이었다.

"에르베 셰프가 형 부르는데?"

명규의 전달이었다.

그사이에 에르베의 시식이 끝났다. 윤기가 그 옆에 서자 모두가 의아한 표정을 지었다. 출입할 자격이 없는 윤기이기 때문이었다. 윤기를 확인한 에르베가 시식 평을 시작했다.

"……?"

경모와 명규가 촉을 세워 보지만 해석이 어려웠다. 간단한 불어 실력이었으니 그럴 수밖에 없었다. 오늘따라, 에르베의 평이 길었다.

경모와 명규 표정은 점점 더 구겨졌다. 이건 그들 수준으로 할 수 있는 통역이 아니었다.

시식평이 끝났다. 진 부조리장 등이 경모와 명규를 돌아보았다. 통역이 나올 차례기 때문이었다. 그순간 에르베가 윤기 어깨를 두드리며 선언했다.

"오늘부터 제 통역은 여기 송이 하게 될 겁니다."

오늘부터 통역은 송.

먼저 알아들은 경모와 명규가 고개를 들었다.

윤기가 통역을?

다른 생각을 할 시간도 없이 윤기의 체크가 이어졌다. 에르베에게 통역의 포인트를 확인하는 것이다. 순간 주방 직원들의 숨소리가 멈췄다. 진 부조리장과 명규 등은 아예 동공지진까지 일었다.

불어.

다들 아주 문외한은 아니었다. 간단한 인사말과 테이블 용어, 요리 용어 정도는 알고 있었다.

그럼에도 더 늘지 않는 건 불어가 또 만만한 언어가 아니기 때문이었다.

그걸 윤기가 동시통역하고 있었다. 주방의 투명 인간이자 왕따 마왕. 묵묵히 뒤처리를 한다는 것 외에는 내세울 것 없던 보조. 지금 그들 앞에 선 건 그 윤기가 아니었다.

에르베와 대화하는 불어. 유려한 발음에 세련된 악센트였다. 언어란 뜻을 몰라도 들으면 알게 되어 있다. 그 사람의 언어가 유창한지 아닌지. 지금 윤기의 불어는 유창한 정도가 아니라 프랑스 사람 그 자체였다.

"오늘 요리의 주제는 송로버섯이지만 그 내면에는 VIP 고객을 위한 새로운 메뉴로서의 실험을 담았습니다. 누벨퀴진의 기원은 미래에서 오는 게 아니라 과거에서 오기 때문입니다. 역사적으로 유명한 정찬이나 파티의 메뉴들은 누벨퀴진의 소스이면서 영감의 원천이 될 수 있습니다. 나아가 고객들은 이런 요리들에 의미를 두는 경우가 많죠. 제가 아는 상세 레시피를 공개하지 않은 건 여러분 각자의 해석 능력이 궁금했기 때문입니다. 덕분에 여러 형태의 수프가 나왔습니다. 아시다시피 답을 정해 놓고 가는 건 요리가 아니라 조리죠. 그런 의미에서 저도, 여러분에게도 유의미한 시간이 되었을 것 같습니다."

에르베의 포인트를 확인한 윤기가 통역을 내놓았다.

"그럼 시식 결과를 발표하겠습니다."

넋을 놓은 주방 직원들 귀에는 한국어조차 불어로 들릴 지경이었다.

"역사 속의 요리를 해석하는 관점을 두 가지로 집약됩니다. 요리 자체의 재현과 현대적인 해석으로서의 재현. 그에 앞서 제가 만나 본 폴 보스키 셰프의 창작 의도부터 전하자면 이 요리의 핵심은 프랑스 페리고르 떡갈나무 숲에 드리워진 달빛 아래 우아한 송로버섯 향의 신비감을 쌉쌀하고 개운한 맛으로 재현하려 했다고 합니다. 그러니까 부재료로 들어간 소고기 등은 송로버섯의 맛과 향을 부각시키기 위한 거겠죠. 그래서 그는 푸아그라의 유혹을 떨치고 야생 상태로 자란 거위 간과 지방이 거의 없는 소고기, 섬세한 에샬롯보다 투박하고 단순한 양파를 선택했다고 합니다."

윤기 입을 통해 재료의 배경 통역되자 경쟁자들의 촉이 일제히 곤두섰다. 푸아그라와 에샬롯을 고른 사람들 이마가 서늘해진다.

그나마 명규의 주름은 괜찮았다. 그는 2—3등급 소고기를 골랐고 마지막 순간에 양파로 바꿨기 때문이었다.

윤기를 믿은 건 아니었다. '윤기 따위'가 자기에게 거짓말을 하지는 못할 거라고 믿은 것이다.

"가장 아쉬운 건 이 수프입니다. 누구 거죠?"

에르베가 수프 볼 하나를 집어 들었다. 윤기의 통역과 함께 서민재가 손을 들었다.

"트러플 오일을 뿌렸죠?"

"예. 트러플 향을 보강하기 위해서……."

"미안하지만 이건 야만적인 행위입니다. 트러플 오일에는 트러플이 들어가지 않는다는 거 알고 있습니까?"

"……."

"비유하자면 이건 천연의 장미 밭에 장미 페브리즈를 뿌린 것과 같아요. 진짜 트러플에 대한 모독입니다."

에르베의 질책은 묵직했다. 윤기는 가감 없이 통역을 했다. 이런 방식은 민재의 성향이었으니 지적과 함께 교정되기를 바라는 마음이었다.

"이러한 배경을 기준으로 시식한 결과……."

윤기의 통역이 절정을 향해 달려간다. 참가자들의 시선은 다시 윤기에게 쏠렸다.

"3등은 서민재, 폴 보스키의 재료와는 조금씩 달랐지만 비율이 좋아 송로버섯의 풍미가 제대로 살았습니다."

"야우."

서민재가 주먹을 불끈 쥐며 좋아한다. 3등이면 나름 선방이었다.

"2등은 진규태, 역시 재료 구성은 살짝 빗나갔지만 슬라이스의 크기가 시각적인 효과를 살려 새로운 느낌을 만들었습니다."

진 부조리장도 성취감에 취하지만 잠깐이었다. 아직 1등이 남았다.

그는 조리장 자리를 노리고 있었으니 경쟁자인 이원익 부조리장을 의식하지 않을 수 없었다.

"마지막으로 1등은……."

참가자들을 돌아본 에르베가 마무리 발표에 들어갔다.

"이 수프는 담백한 맛이 살짝 오버되어 아쉬웠는데 나머지는 거의 폴 보스키의 원판에 가까웠습니다. 특히 이것."

에르베가 젓가락으로 집어 든 건 명규 수프의 송로버섯 조각이었다.

"마치 엘리제궁의 수프를 엿보기라도 한 듯 똑같이 썰어 냈습니다. 푸아그라 대신 거위 간을 넣었더라면 완벽할 뻔했습니다."

"……?"

윤기의 통역이 나오는 동안 명규는 다리가 후들거렸다.

[이럴 수가]

진짜 이럴 수가였다.

윤기의 말이 거짓말처럼 적중한 것이다. 그 윤기가 명규를 바라보고 있다.

빨려들 것 같은 눈빛이다. 그 묵직함은 에르베나 조리부장 이상이었으니 명규는 숨도 제대로 고르지 못했다.

"1등 이명규."

호명을 끝으로 윤기의 통역이 끝났다. 곧이어 연회 팀 여직원 주희가 들어왔다.

"어, 그거 가지고 나가. 등수대로 배치했으니까 VIP 등급에 따라 테이블 서빙하고 시식 소감은 나한테 전달하도록."

조리부장이 송로버섯 수프 볼을 가리켰다.

"멕씨 보꾸."

에르베가 윤기에게 악수를 청했다. 고맙다는 뜻이다. 그는 윤기를 데리고 분자요리실로 들어갔다.

분위기는 싸아했다. 윤기 때문이었다.

"진 부조리장."

조리부장이 진 부조리장을 바라보았다.

"네?"

"어떻게 된 거야?"

"예?"

"송윤기 말이야. 언제부터 저렇게 불어를 잘했어?"

"……."

"부조리장도 몰랐어?"

"예."

"이건 뭐 거의 원어민급이잖아? 저 정도면 처음부터 에르베 셰프 통역을 맡겼어야지."

"……."

"아무튼 다들 수고했어."

격려를 남긴 조리부장이 주방을 나갔다.

“우와, 진짜…….”

“재 송윤기 맞아?”

산하와 민재 등도 혀를 내두른다. 윤기의 불어는 그야말로 충격이었다.

“뭐가 우와야? 내 자리나 좀 치워. 명규는 나 좀 보고.”

앞치마를 벗어 던진 진 부조리장이 보조실 쪽으로 걸었다.

“너도 몰랐다?”

보조실 앞에서 진 부조리장이 명규를 닦아세웠다.

“죄송합니다.”

명규의 답이었다.

“이렇게 되면 머리 아픈데.”

“예?”

“윤기 말이야, 불어 때문에 에르베 셰프랑 친해지면 다들 골치 아파져. 통역이랍시고 에르베 옆에 붙어 있으면 네가 다시 보조로 갈 수도 있고.”

“…….”

“그건 그렇고 방금 전의 수프 말이야.”

“예?”

“나한테 준 거 말고 다른 레시피 있었지?”

“아, 아닙니다.”

“그런데 왜 네 수프만 달랐어?”

“문득 그렇게 하고 싶어서…….”

“그 말 믿어도 돼?”

“그럼요.”

"좋아. 그나저나 그 자식 골고루 속을 썩이네. 불어는 대체 언제 배운 거야?"

진 부조리장이 보조실 문을 열었다. 손질이 끝난 도라지가 보였다. 한마디로 깔끔했다. 변색된 것도 없고 끊어진 것도 없었다. 두드려 놓은 모양도 포실하기 그지없다.

손목 경련 때문에 채소를 다듬는 것조차 만족스럽지 않아 했던 진 부조리장. 식재료 손질이 완벽하니 흠잡을 데가 없었다.

"황당하네?"

진 부조리장의 숨소리는 여전히 거칠었다.

송로버섯은 잘게 썰어서 써.

페이스트리로 수프 그릇 윗부분을 밀봉하면 끝.

양파 대신 에샬롯 같은 걸로 멋 부리면 안 돼. 소고기는 2—3등급, 거위 간도 평범한 걸로 선택하고. 그 요리의 주인공은 송로버섯, 어떤 부재료도 그 향을 방해해서는 안 돼.

윤기의 말이 명규 뇌 속의 해마를 울렸다. 그 말대로 되었다. 한 치의 의심도 없이 따라 했더라면 완벽한 평가를 받을 뻔했다.

'아, 씨…….'

명규가 이마의 식은땀을 훔쳤다. 신들린 적중력이다. 다시 생각해도 오싹한 일이었다. 레시피 검색이라면 할 만큼 했었다. 조리실에 비치된 문헌도 다 뒤졌고 가까운 도서관도 섭렵했다. 그럼에도 시원한 레시피는 나오지 않았다.

윤기는 달랐다. 이제 보니 완벽한 레시피를 알고 있었다.

어떻게 찾은 걸까?

아무도 몰래 갈고닦은 불어로 불어 원서를 읽은 걸까? 가능성은 50% 이상이다. 유수한 프랑스 요리 서적 중에 번역되지 않은 요리 서적은 널리고 널렸다.

두 번째 의심은 에르베에게서의 커닝이었다. 윤기는 분자요리실 청소를 담당한다. 오늘의 불어 실력이라면 에르베의 레시피도 읽을 수 있다.

명규 머리가 빠르게 돌아간다. 문제는 그다음이었다. 투명 인간이었던 윤기의 위상이 불어 하나로 격상했다. 명규는 보았다. 에르베의 태도가 증거였다.

조리 직원들에게 그닥 호의적이지 않았던 그였다. 그런 그의 눈빛이 신뢰로 출렁이는 건 처음이었다. 오직 윤기를 바라볼 때만 그랬다.

윤기는 지금 분자요리실 안에 있다. 조리부장을 제외하고는 그 안으로 불려 간 멤버가 없었다. 그것만으로도 진 부조리장의 짜증을 이해할 수 있었다.

'대체 뭐야…….'

원래는 3등 안에 끼는 게 목표였던 명규. 1등을 하고서도 머리가 아팠다.

"어때?"

분자요리실의 에르베가 접시를 가리켰다. 그가 꺼내 놓은 건 두부김치 막걸리 분자요리였다. 윤기 작품처럼 간장 캐비어가 올라갔다. 윤기의 의견을 수용했다는 뜻이었다.

접시 바닥에 깔린 건 호박잎이었다. 과연 프랑스의 신성다운 응용력이었다. 다른 허브를 깔았다면 이질적인 느낌이 났을 일. 두부김치와 막걸리 캐비어의 참신함을 부각시키는 데는 투박한 호박잎이 딱이었다.

"먹어 봐도 될까요?"

윤기의 언어는 불어였다.

"물론."

에르베는 아이처럼 서두르고 있었다. 윤기의 반응이 궁금한 눈치였다.

그걸 알면서도 윤기는 뜸을 들였다. 조바심이 나는 상대를 대할 때는 여유를 가져야 한다. 그래야 유리한 입지를 확보한다. 전생들의 처세가 그랬다.

김치 조각을 집어 들었다. 에르베의 시선이 따라오지만 입에 넣지 않았다. 오히려, 다시 내려놓고 막걸리 캐비어로 바꿨다. 그것도 눈으로만 보고 그냥 내려놓았다.

"……?"

그랑 호텔에서 요리의 신처럼 행세하던 에르베가 긴장하기 시작했다. 마음에 들었다. 호텔 안의 누구보다 먼저 윤기를 의식하고 있다는 증거였다. 긴장이라는 것, 그건 약자가 강자 앞에 섰을 때 느끼는 감각이었다.

"문제가 있어?"

"아닙니다. 감상 먼저 하느라고요."

에르베의 초조함을 살짝 덜어 주었다. 너무 몰아붙이면 부작용이 난다.

잠시 숨을 고른 후에 시식에 들어갔다. 막걸리 캐비어를 먹고 두부 위에 올린 김치를 먹었다.

시식에도 갈래가 있었다. 셰프들은 둘 중 하나를 좋아한다. 격식을 내려놓고 열심히 먹는 사람과 격식을 갖춰 우아하게 먹어 주는 사람.

윤기는 후자였다. 전자는 일반인들의 몫이었다. 셰프에게 깊은 인상을 주는 건 후자의 방법이다. 같은 칭찬이라도 기품 있는 사람에게 듣고 싶은 것, 셰프라고 다르지 않았다.

한 번만 먹으면 아쉽다.

이 사람이 맛을 제대로 본 건가 싶은 마음이 남는다.

네다섯 번은 너무 많다.

딱 두 번.

신중한 시식은 그게 정답이었다.

짝짝.

냅킨으로 입을 닦은 후, 낮은 박수 두 번으로 소감을 대신했다. 프랑스의 고급 미식가들이 즐겨 쓰는 표현이었다. 에르베가 모를 리 없었다.

"괜찮아?"

예상하던 질문이 다시 나왔다.

냅킨을 내려놓고 요리 접시를 집어 들었다. 한 번 더 풍미를 음미하고서야 시식평을 내 주었다.

"각각의 재료 해석력이 섬세하군요. 두부와 김치는 질감까지

고려하셨고 막걸리는 PH, 즉 산도도 참고하신 것 같습니다. 아, 두부김치 위에 뿌린 것, 우리나라 참기름 맞죠?"

단순히 좋았습니다라거나, 최고입니다가 아니었다. 그건 수준 낮은 셰프에게나 통용될 일. 윤기의 시식평은 에르베의 한국판 분자요리를 관통하는 수준이었다.

"송."

에르베의 목소리가 확 튀었다.

"제가 결례를 했습니까?"

한껏 정중한 매너로 윤기가 물었다.

"아니, 그럴 리가. 내 말은… 도대체 이 호텔에서는 왜 송 같은 인재를 보조로 썩히는지 이해가 되지 않아서."

"좋게 봐 주셔서 고맙습니다."

"아니야. 이건 문제가 있어. 이러니 이 호텔 요리가 각국 체인점 중에서 바닥을 헤매지."

에르베는 흥분하고 있었다. 콜럼버스가 신대륙을 발견했을 때 이랬을까 싶을 정도였다.

윤기는 그저 정중한 태도로 경청만 했다. 이럴 때 튀면 천박하다. 상대가 추켜세워 줄 때는 겸손하게 받아먹어야 더 빛이 나는 법.

"에르베 셰프님."

"말해."

"내일 분자요리실 사용 말입니다. 허락하시는 거죠?"

윤기는 비즈니스를 잊지 않고 있었다.

"물론이지."

“고맙습니다. 대신 저희 부조리장님께 미리 말씀드려 주시기 바랍니다. 그래야 제가 사용하는 데 문제가 없거든요.”

“걱정 마. 내가 허락했는데 누가 감히.”

에르베가 못을 박는다. 윤기의 노림수였다. 에르베의 권위로 호가호위(狐假虎威)의 벽을 치는 것이다.

“그런데 뭘 만들려고?”

“스테이크요.”

“스테이크? 분자요리로 말인가?”

“그 기법이 필요할 것 같아서요.”

“송의 스테이크라니 궁금한데?”

“분자요리실 사용을 허락하셨으니 시식용을 따로 만들어 드릴 수는 있는데… 내일 오프 아니십니까?”

“오프가 문제야? 시간을 알려 주면 나와 볼게. 그리고…….”

살짝 들뜬 에르베가 남은 말을 이었다.

“스테이크까지 마음에 들면 조리부장에게 의견을 내겠어. 송을 나에게 붙여 달라고.”

“팀을 만들 겁니까?”

윤기가 물었다. 그런 소문이 있었다. 에르베의 특별 조리 팀. 연회와 특선 요리를 보강하려면 필요한 일이기도 했다.

“플랜이 섰거든. 두세 명 정도가 필요해.”

“그럼 12시경에 나오십시오.”

예의는 갖췄지만 열광은 하지 않았다. 냉정히 말하자면 에르베가 윤기의 팀이 되어야 한다. 하지만 형식은 아무래도 좋았다. 에르베는 윤기의 발판이 될 수 있기 때문이었다.

마무리를 하고 일어섰다. 대화도 요리와 같다. 너무 늘어지면 임팩트가 풀어진다. 상대가 약간 아쉽다고 느낄 때 일어나야 여운이 남는 법.

주방으로 나오자 세상이 조금 달라졌다. 조리 1팀 주방 직원들의 눈빛이 그랬다. 주방 구석에서 통화하던 진 부조리장의 눈빛은 살짝 따가웠다. 통화에 열중하는 걸 보니 집에서 온 전화 같았다. 희귀병을 앓는 딸은 가끔 응급 상태가 된다. 오늘도 그런 것 같았다.

'그러게 마음을 곱게 써야지.'

냉소를 남겨 주고 보조실로 나왔다. 명규가 뒤를 따라왔다.

"형."

"할 말 있냐?"

"고맙다고."

"나는 안 고맙다."

"왜?"

"내 말 다 믿은 거 아니잖아? 그래서 거위 간을 넣지 않은 거고."

"그건……."

"좋은 셰프가 되려면 판단력도 빨라야지."

"……."

"앞으로는 포지션 제대로 잡아. 믿든지, 아니면 말든지. 난 내 편 아닌 인간 싫거든."

윤기의 매조지는 엄격한 리더의 그것처럼 섬뜩했다. 명규는 등골이 마비되는 걸 느꼈다. 매사가 헐렁해 함부로 대하던 윤기.

오늘의 질책에는 설 대표나 조리부장 이상의 카리스마가 실려 있었다.

"가 봐."

윤기가 턱짓을 했음에도 명규의 마비는 풀리지 않았다.

제5장

—

I can

런치 타임의 폭풍이 지나자 이 부조리장과 박상일이 숨을 돌리러 나왔다. 조리 2팀의 창혁이 돌아간 직후였다.

"야, 송윤기, 불어는 언제 그렇게 배웠냐?"

상일이 물었다. 그나마 윤기에게 신경을 좀 써 주는 사람들이었다.

"틈틈이 했어요."

"나도 나중에 좀 가르쳐 줘라."

"제가 그런 주제가 되나요?"

"무슨 소리야? 깐깐한 에르베 셰프님이 인정할 정도인데… 솔직히 나도 아까 너 통역할 때 뒤집어졌었다. 보통이 아니던데?"

"고맙습니다."

"그나저나 엊그제 기절한 일로 압박 심한 것 같던데 에르베 셰프에게 잘 좀 얘기해 봐. 그 사람이 잘 말해 주면 넘어갈 수도 있을 거야."

"마케팅 부장님 오시면 제가 직접 사과하려고요. 그래도 안 되면 선배님 말대로 해 볼게요."

"불어처럼 요리 실력도 확 늘면 좋을 텐데?"

"그렇게 될 거예요."

"분자요리 배운다는 말이 돌던데?"

"아, 네……."

"어쩌면 그것도 하나의 방법일지도 모르지. 에르베 셰프 통역하면서 분자요리 좀 가르쳐 달라고 해. 그러면 오히려 더 나을지도 몰라. 우리 호텔에는 아직 분자요리 전문가가 없으니까."

"그렇게 할게요."

"진 부조리장님 짜증은 네가 이해하고. 전에는 안 그랬는데 딸 은서 병원비가 천문학적으로 들어가면서 사람이 빡빡해졌어."

상일이 위로를 해 준다. 그가 입사했을 때 진 부조리장이 사수였다. 그때는 후배들에게 그렇게 모질지 않았던 모양이다.

"그게 치료비가 한 번에 2억 5천만 원이라며?"

카톡을 하던 이원익이 상일을 바라보았다.

"어마어마한데 그 주사 몇 방이면 거의 치료가 된다네요. 그래서 진 부조리장님이 저렇게 안달인 거고."

"쉬는 날이면 출장 요리 나가고 로또도 매주 산다는 말이 있던데?"

"그런 거 같아요. 출장 요리는 저하고 명규도 두어 번 따라갔거든요. 팀 단위가 필요한 곳 말이에요."

"로또라도 맞으면 좋을 텐데."

"아오, 결혼하지 말아야지 무서워서 하겠어요? 집값 무서워, 여자 무서워, 심지어 아이 낳으면 질병도 생각해야 하니……."

"선배님."

윤기가 상일을 불렀다.

"왜?"

"진 부조리장님 딸 말이에요, 병명이 뭔 줄 아세요?"

"심근병증라고 하던데?"

"심근병증?"

"심장이 커지고 심실벽이 두꺼워지는데 심장이식 못 받으면 얼마 못 산단다. 다행히 이 치료제가 직방이긴 한데 워낙 고액이라……."

"그렇게 심각해요?"

"그러니까 안달복달이지. 주방 짜증이 좀 심하기는 한데 부모된 마음 생각하면 이해도 되고……."

"민간요법 같은 걸로는 안 되는 건가요?"

"그게 되면 그냥 있었겠냐? 보아하니 좋다는 건 다 동원해 본 모양인데 전부……."

상일이 말문을 흐린다.

"들어가자. 또 전쟁 시작해야지."

이 부조리장이 주방 문을 열자 상일도 그 뒤를 따랐다.

[심근병증]

석창포, 금박, 은박. 오미자, 연밥, 치자…….

윤기가 바닥에 메모를 한다. 전생은 약선요리에도 일가견이 있었다. 황제나 그 일가가 병이 나면 요리로서 존재감을 보여 줘야 했기 때문이었다.

메모는 바로 지웠다. 약선요리는 최후의 수단이다. 전적인 신뢰도 필요하다. 더구나 제나라 때와는 의료 사정도 다르고 고가지만 치료약도 있다고 했다. 그러니까 진 부조리장에게 필요한 건 2억 5,000만 원이었다.

2억 5,000만 원.

너무 멀었다.

진 부조리장의 연봉은 대략 5천만 원 안팎이다. 안 쓰고 모아도 5년이 걸린다. 그동안 들어간 치료 비용 때문에 사채까지 지고 있다는 소문. 계산이 나오지 않는 셈법이었다.

'그렇다고 해서 다른 사람 갈구는 건 좀 아니지.'

며칠 전이라면 동정표를 던질 수도 있었다. 지금은 아니었다. 이지용 회장의 스테이크 외에는 한눈팔지 않았다. 목적을 위해서는 아이조차 식사 테이블에 올렸던 전생의 집념. 윤기의 생에 발현된 후에도 식지 않고 있었다.

"이게 다 뭐야?"

퇴근 후, 현관의 어머니 눈이 휘둥그레졌다. 윤기가 사 온 물건 때문이었다. 윤기는 모두의 사랑을 받는 셰프가 되고 싶어 했다. 따라서 요리 관련 기구나 재미난 식재료를 사 오는 적이 많았다.

오늘은 많이 달랐다. 윤기가 벗긴 포장 박스 안에서 도도한 건 과학 실험실에서나 보던 물건이었다.

"증류기야."

윤기는 담담했다.

"증류기?"

"응."

"실험실 같은 데서 쓰는 거?"

"이걸 만들 때도 쓰지."

윤기가 작은 포장을 들어 보였다. 우아한 포장의 수제 향수였다.

치잇.

어머니에게 시향 해 주었다.

"장미네?"

"엄마 선물이야."

"윤기야."

어머니 표정이 오묘해진다. 착한 아들이지만 향수를 사 온 적은 없었다. 증류기는 더욱.

"오늘 냄새 좀 풍길 거거든. 그래서 뇌물로 드리는 거야."

"뇌물치고는 아름답네? 무슨 냄새를 풍길지는 모르지만."

"나쁜 냄새는 아니니 걱정 마셔."

샤워를 마치고 저녁 식사를 했다. 어머니의 백된장국은 오늘도 개운했다. 어머니 대신 설거지를 마치고 소고기를 꺼내 놓았다.

"소고기네. 그럼 아까 구울걸."

"미안하지만 이거 우리가 먹을 게 아니거든. 게다가 회장님 몫이기도 하고."

"이지용 회장님?"

"응."

"윤기야……."

어머니 얼굴에 그늘이 진다.

"나 한 번 믿기로 했잖아. 아, 그리고 나 오늘 프랑스에서 온 에르베 셰프의 통역을 맡았어."

"통역? 네가?"

"응."

"네가 불어도 배웠어?"

"이 회장님 사모님도 불어불문학과 출신이라고 그랬지?"

"응."

"불어 잘하셔?"

"조금은 하는 거 같던데."

"알았어. 그럼 시작한다?"

환풍기부터 돌린 윤기가 간단한 장치를 마치고 소고기를 굽기 시작했다. 연기를 가두는 장치에는 올리브 기름을 적신 깨끗한 리넨을 붙였다. 향을 흡수하기 위한 장치였다.

어머니는 뒤에서 눈을 떼지 못한다.

"냄새 좋지?"
"그야 소고기니까……."
"회장님이 먹게 될 냄새야."
"냄새를 먹어?"
"그렇다고 냄새만 피우겠다는 건 아니야. 이 풍미를 가둬서 스테이크의 맛을 두 배, 세 배로 강화하려는 거야. 그게 바로 분자요리라는 거거든."
"분자요리? 그 학원 등록했었어?"
어머니가 물었다. 지난번에 윤기가 한 말 때문이었다.

[분자요리 전문 셰프가 오신다는데 학원 가서 미리 좀 배울까 봐.]

생각은 있었지만 가지 못했다. 진 부조리장의 반대 때문이었다. 주방 보조다 보니 퇴근 시간이 일정하지 않았다. 일주일에 두 번, 학원 가는 날만 칼퇴 편의를 부탁했지만 들어주지 않았다. 치명적인 핸디캡을 안고 있으니 따르는 수밖에 없었다.
"인강으로 배웠어."
대충 둘러댔다.
이 방법은 분자요리가 맞았다. 향수 제작에 많이 쓰인다.
소고기 한 덩어리가 가진 냄새는 한정되어 있다. 구울 때 다 날려 보내면 입으로 들어가는 향이 줄어든다. 전생 안드레아는 프랑스 그라스의 향수 레스토랑에서 이 응용을 깨달았다. 그라스는 프랑스 향수의 본거지. 거기 유명한 레스토랑에 골동품 중류기들이 전시된 덕분이었다.

향을 내는 분자들은 휘발성을 지녔다. 꽃만 그런 게 아니라 육류나 향신료도 그렇다. 고기를 구우면 냄새, 즉 향이 난다. 제일 먼저 풍기는 냄새가 바로 톱노트다. 고기를 구우면 톱노트가 날아가 버린다. 알코올이 들어간 음료에 불을 붙여 내놓는 플람베도 마찬가지다.

전생은 생각했다.

[어떻게 하면 저 냄새를 요리 안에 가둘 수 있을까?]

그게 바로 향수 제작에 쓰는 증류법이었다. 쉽게 생각하면 냄비 뚜껑 안에서 끓고 있는 식재료의 냄새였다. 대부분 요리는 뚜껑을 닫고 끓이지만 일부러 열어 두는 것도 있다. 한국이라면 우족이 그렇다. 냄새를 날려야 누린내가 나지 않으니 뚜껑을 닫는 건 금기였다.

이런 식으로 모은 액체 혼합물을 가열해 증기를 만든다. 이 증기를 차가운 관에 통과시켜 에센스를 모으는 것이다.

이 방법을 쓰면 무알코올 꼬냑 제조도 가능하다. 하나는 에탄올이 진하면서 에탄올에 녹는 성질을 가진 향 계열의 용액, 또 하나는 비휘발성 향과 타닌 등을 포함한 물로만 구성된 용액이다. 후자의 물에 복숭아나 사과 등을 졸이면 꼬냑의 풍미를 품은, 그러나 알코올은 없는 요리가 가능해진다. 전생의 분자요리는 이 수준까지도 섭렵하고 있었다.

[엄마, 점심 때 회장님 스테이크, 잊지 마세요.]

이른 아침, 메모 한 장을 남겨 둔 윤기가 집을 나섰다.

딸깍.

점등과 함께 조리 1팀 주방으로 들어섰다. 아직은 조식을 맡은 2팀 직원들도 나오지 않은 시간이었다.

딸깍.

에르베의 분자요리실에도 불을 밝혔다. 구석에 놓인 책상 겸 테이블에 조선시대 요리 서적과 사진이 보였다.

'신선로…….'

에르베는 새로운 요리의 영감을 찾고 있었다. 한글 레시피의 사이사이에 적은 불어 메모가 보였다. 셰프들의 현주소다. 한국의 요리사들은 프랑스 요리에서 영감을 얻으려 하고 프랑스 요리사들은 그 반대의 포지션을 취한다. 뭐든 익숙해지면 영감이 되지 않기 때문이었다.

가져온 아이스박스를 오픈하고 포장할 때 쓸 철판과 목판 받침도 꺼냈다. 보조실 구석에 모셔 둔 무쇠 팬도 개봉했다. 이건 암으로 퇴직한 전임 조리장 구찬홍의 선물이었다. 수습 초기에 모진 구박과 눈총을 견딜 수 있었던 건 구 조리장의 배려 덕분이었다.

"셰프가 되려고 왔지, 수습으로 끝나려고 온 거 아니잖아? 그럼 참아야지. 쇠는 망치에 얻어맞을수록 단단해지는 거야."

진규태와 경모의 갑질에 눈물을 보이던 어느 날 그가 커피를 주며 한 말이었다. 그 말은 오래오래 윤기의 에너지가 되었다.

그 거인은 암 때문에 무너졌다. 요리 중에 피를 쏟은 구 조리장은 결국 폐암을 선고받았다.

"이게 나 대신 너를 지켜볼 거야."

입원하기 전 날 그가 무쇠 팬을 물려(?)주었다. 보조실 구석으로 달려가 엉엉 울었다.

그는 고향으로 돌아가 병마와 싸우고 있다.

무쇠 팬은 딱 한 번 써 보았다. 구 조리장이 그만두자 주방 인력이 한 명 필요해졌다. 그 자리를 놓고 수습 후배로 들어온 명규와 붙었다. 윤기를 끼워 준 건 구 조리장의 당부였기 때문이었다.

그때 이 무쇠 팬을 사용했다. 결과는 명규의 승이었다. 스테이크와 데미글라스 소스 테스트였는데 테스트 직전에 샤토브리앙 소스로 바뀌었다. 데미글라스만 연습하던 윤기는 중요한 타라곤을 빼먹고 말았다. 명규는 당황하는 기색조차 없이 능숙하게 과제를 끝냈다.

진규태가 부린 주최 측의 농간이었다.

그때 이후는 쓸 기회가 없었다. 만년 보조로 굳어 버린 까닭이었다.

이제 스테이크 재료를 꺼냈다. 난다 긴다 하는 셰프들이 다 실패한 이지용 회장을 위한 스테이크였다. 이지용은 유통 재벌이다. 호텔부터 백화점, 심지어는 종합병원까지 거느리고 있다. 어릴 때 아버지 이건우로부터 피눈물 쏟는 '밑바닥 체험'을 한 후로는 재벌의 바로미터처럼 살았다.

어릴 때 유당불내증이라는 고초를 거쳤지만 이제는 문제가 없다. 우유 대신 소고기 육수를 먹고 자란 덕분에 스테이크는 이 회장 식사의 일부(?)가 되었다. 지구상의 모든 스테이크를 먹어 봤다는 소문이 있을 정도였다.

그런 이유로 스테이크를 의뢰받은 셰프들은 한결같이 최고급 와규나 샤토브리앙 부위를 사용했다.

그 모든 정보가 윤기 머리에 있었다. 심지어는 이지용 회장이 삼국지 마니아라는 것까지.

모두 어머니의 도움 덕분이었다.

모든 실패 속에는 성공이 담겨 있다. 전생들은 그걸 볼 능력이 있었다.

아이스박스에 담아 온 숙성육을 꺼냈다. 샤토브리앙 부위도, 와규도 아니었다. 그 안에 든 건 흔하디 흔한 수입산 티본스테이크였다.

분량은 4덩어리.

두 개는 바로 무쇠 팬 위로 올라갔다.

촤아아.

무쇠 팬 위에서 빗소리가 연주되기 시작했다. 센 불이다. 에이징이 시간의 마법이라면 시어링은 불의 과학. 불의 스킬은 노력으로 되는 게 아니라 타고나야 한다.

불을 읽는 직관이 필요했다. 황금빛이 감도는 갈색으로의 브라우닝. 고르게 살짝 탄 듯한 느낌이 들어야 최고의 시어링이다. 그런 다음 몇 분 정도 레스팅 과정을 거치면 최상의 스테이크가 나온다.

전에는 탐침기가 있어도 타이밍을 놓치던 윤기. 이제는 여유까지 있었다.

175℃

180℃

190℃에 도달하기 전에 멈췄다. 고기를 꺼냈다. 양면이 노릇하지만 최상은 아니었다. 그대로 식힌 후에 마리네이드용 향신료와 함께 진공팩 안으로 투입했다. 두 팩은 진공상태로 수비드 조리용 수조로 들어갔다.

수비드는 그새 분자요리의 상징이 되었다. 스테이크의 수비드는 두께에 따라 시간이 다르다. 티본으로 5㎝ 위엄이라면 56.5℃에서 적어도 3시간이었다.

나머지 두 덩어리도 차례차례 무쇠 팬행이 되었다. 빗소리의 연주를 듣다 가볍게 뒤집어 놓는다. 이 시어링도 최상은 아니었다. 맛깔스러운 갈색이 나기도 전에 뒤집더니 반대편도 그렇게 마무리했다.

애매하게 구워진 티본은 그대로, 20℃로 동결시켰다. 요리 대가의 전생 스킬로 심혈을 기울이는 작품(?)이라기엔 다소 실망스러운 시어링을 간직한 채.

그 순간 인기척이 느껴졌다. 돌아보니 에르베였다.

"봉주르 셰프?"

"봉주르."

"일찍 오셨네요? 할 일이 있으셨나요?"

"송의 스테이크가 궁금해서."

"영광인데요?"

"도와줄 건?"

"참관하는 것만으로도 충분합니다."

대화 중에도 윤기는 계속 움직였다. 팬 바닥에 눌어붙은 스테이크 진액을 긁어모았다. 코팅 팬에서는 보기 힘든 천연 MSG다. 마무리 구이 때 스테이크에 디글레이징을 더해 주면 맛이 한결 풍후해진다.

마리네이드 준비를 마치고 동결된 스테이크를 꺼냈다. 꽁꽁 언 스테이크는 효소를 녹인 액체에 담가 해동한다. 여기서 쓰는 효소가 바로 펙티나아제였다. 펙티나아제는 식재료의 경도를 조절한다. 즉 부드러워지는 것이다.

안드레아는 프랑스의 식품 연구실에서 이 과정을 배웠다. 당시 그 연구실은 이 효소를 장 기능 개선용으로 연구하고 있었다. 안드레아는 연구 과정 중의 하나에 주목했다. 펙티나아제를 이용하면 침투압의 영향으로 영양 성분이 없어지는데 해결책이 바로 펙티나아제를 식재료 내부에 주입하는 것이었다. 그 결론이 재미났다. 그렇게 만들어진 식재료는 원래의 상태보다 부드럽게 변했다.

펙티나아제를 구한 안드레아는 곧바로 주방에서 실험에 착수했다. 단단한 채소를 시작으로 콩류를 거쳐 어류와 육류까지 망라했다. 동결과 압력에 진공 원리까지 더 하자 만족할 만한 결과를 얻었다. 아기부터 이빨이 없는 노인까지도 먹을 수 있는 연한 질감을 구현한 것이다.

더 만족스러운 건 효소와 진공상태로 이어지는 과정이라 비타민이나 미네랄을 파괴하지 않는다는 점. 나아가 고분자 화합

물이 저분자화되므로 소화 흡수성까지 높아졌다.

실험은 대성공이었다. 거의 푸딩에 가까운 식감 구현도 가능했기 때문이었다.

이제는 대량 상품화까지 가능해진 동결함침법. 그 오리지널을 시작한 건 윤기의 전생. 윤기의 감회가 새롭다는 걸 에르베가 알 리 없었다.

콧노래가 절로 나왔다.

오전 11시.

에르베는 커피를 마시기 위해 자리를 비웠다.

[오고 있냐?]

친구 태술에게 카톡을 날렸다. 오토바이 택배를 부탁했기 때문이었다.

[형님 준비하고 계시다.]

[도착 예정 시간 찍어라.]

[한 20분 걸릴 거다.]

[도착하면 연락해라.]

카톡을 마치고 마무리에 들어갔다. 수비드 처리를 마친 두 티본부터 요리했다. 이번에는 190℃로 달구어진 무쇠 팬이었다.

촤아앗.

버터를 받아 내는 스테이크의 소리가 경쾌했다. 시어링이 변했다. 아까는 뭔가 헐렁해 보이던 스테이크의 표면색. 황금빛이 감도는 갈색으로 완벽했다. 겉을 완성했으니 속 맛도 보강한다. 마무리는 특제 컴파운드 버터였다.

'부탁한다.'

어젯밤부터 준비한 비장의 무기. 미리 준비한 요리용 주사기로 탐침기를 꽂듯이 깊숙이 주입을 했다. 뼈를 중심으로 나뉘어진 스테이크의 양쪽 살 속이었다.

고명은 단순했다. 구운 아스파라거스 두 개와 구운 아보카도 한 조각, 그리고 역시 구운 꼬마 레몬 반쪽. 역시 단순한 데미글라스 소스와 함께 에르베의 테이블 위에 세팅하고 마무리를 향해 달려갔다.

동결함침법으로 만든 스테이크 두 개는 섬세하게 다루었다. 버터가 지글거리는 무쇠 팬에서 나온 그들 역시 자태가 변했다. 헐렁하던 2%의 아쉬움은 간곳없고 군침 도는 금갈색으로 변신한 것이다.

[로비 도착]

태술의 카톡이 들어왔다.

오븐에서 달군 철판을 목판 받침에 올리고 스테이크를 담았다. 일반 수비드 방식의 티본이 하나, 동결함침법으로 구워 낸 티본스테이크가 두 개였다.

딸깍.

'강력 보온' 케이스까지 장착이 끝났다.

에르베는 아직 돌아오지 않았다.

시간은 12시 5분.

기다릴 시간이 없으니 분자요리실을 나섰다. 복도에서 에르베를 만났다. 그는 연회 팀 이리나 팀장과 함께 오고 있었다. 소르본의 파리 1대학을 나와 콧대 높은 여자다. 에르베를 제외하면 조리장들도 우습게 알 정도였다.

"송?"

"아, 셰프님, 마침 오시는군요. 시식 스테이크는 테이블에 준비해 두었습니다."

윤기가 불어로 말했다.

"어디 가는 거야?"

"스테이크 배달요. 식기 전에 가야 하거든요."

포장을 들어보인 윤기가 그대로 멀어졌다.

"어, 저 직원 불어, 굉장한데요?"

이리나의 눈이 휘둥그레졌다. 연회 팀장인 그녀는 4개 국어를 할 줄 알았다.

"……?"

스테이크를 본 에르베의 시선이 멈췄다. 투박한 박력의 티본스테이크였다. 하지만 특별하지 않았다. 가니튀르로 놓인 건 구운 아스파라거스에 레몬, 그리고 아보카드. 스테이크 위에 올라앉은 건 바질 한 꼭지였다.

"이건가요? 셰프께서 기대하고 있다는 요리가?"

이리나가 물었다.

"예……."

"두툼한 게 박력은 있네요. 하지만 비주얼은 크게 고급지지 않은데요?"

"그러게요."

에르베가 나이프와 포크를 들었다.

시어링은 훌륭하게 변해 있다. 금갈색이 균일하니 불 하나는 제대로 다뤘다. 어디 한 군데 심하게 탄 곳 없이 먹음직스러운 것이다.

'한 번 더 구웠군. 그럴 생각으로 처음에는 반만 구운 거고.'

윤기의 의도를 알았다. 그래도 아쉬움은 감출 길이 없었다. 지난번 두부김치 막걸리 분자요리의 기대감 때문이었다.

'핑크센터나 확인해 볼까?'

나이프가 스테이크를 가르고 들어갔다. 정확하게 중심부였다.

"……?"

에르베의 동작이 거기서 멈췄다. 최상의 시어링이지만 다른 것은 큰 이슈가 없던 스테이크. 그건 에르베의 섣부른 판단이었다. 스테이크가 갈라지기 무섭게 백일홍보다 붉은 핑크센터와 함께 엄청난 맛이 후각을 후려쳤다.

윤기의 봉인이 제대로 풀린 것이다.

"야, 조심해서 달려."

오토바이 뒤에서 윤기가 소리쳤다.

"아, 씨, 언제는 빨리 가라며?"

라이더 태술의 응수였다.

"요리가 흔들리면 안 된다고 그랬잖아?"

"그러면 포장을 단디 했어야지?"
"오토바이라면 실만 밟고도 달린다더니?"
"아오, 그거야 생기는 게 있을 때 말이지."
"나중에 스테이크 먹여 준다고 했잖아?"
"나는 말이지 내일보다 오늘에 사는 인생이거든?"
"다 왔다."
윤기가 고개를 들었다. 태술의 어깨 너머로 이지용 회장의 저택이 눈에 들어왔다.
"고맙다."
대문 앞에서 태술을 돌려보냈다.
"내 스테이크는 한우 1등급으로 2인분, 알았지? 여친 데려갈 거다."
태술이 멀어졌다.
[엄마, 나 도착.]
어머니에게 카톡을 보냈다. 답이 오지 않았다. 하는 수 없이 전화를 걸었다. 전화도 받지 않는다.
'뭐야?'
윤기 표정이 어두워졌다. 최적의 맛을 위해서도 시간 지체는 곤란했다.
재발신을 눌렀다. 그래도 응답이 없다.
'아, 진짜…….'
대문 틈으로 안쪽 상황을 살폈다. 순간, 대문이 자동으로 열렸다.
"……?"

윤기 눈이 휘둥그레졌다. 정원에 이지용의 세단이 준비되어 있었다.

"……?"

이번에는 머리카락이 쭈뼛 올라간다. 이지용 회장이었다. 사모님의 가벼운 부축과 함께 나오고 있었다. 차림을 보니 외출 포스였다.

그 뒤로 어머니 모습이 보였다. 윤기를 발견한다. 틀렸다는 사인을 보낸다. 말하지 않아도 알았다. 정원의 상황이 그랬다.

이른 새벽부터 시간을 투자한 스테이크. 이지용을 코앞에 두고 시식이 불가능해진 것이다.

그때 이지용의 핸드폰이 벨 소리를 냈다.

"여보세요."

이 회장이 전화를 받았다.

'어쩐다?'

원래의 윤기라면 포기하는 게 수순이었다. 하지만 전생들은 그렇지 않았다. 목적을 눈앞에 두고 돌아서는 일은 그들 사전에 없었다. 기회는 내일도 온다? 아니었다. 그들은 그렇게 생각하지 않았다. 기회란 왔을 때 잡아야 했다.

주머니에서 고기 향을 증류한 액체를 꺼냈다. 아직 남았다. 조금만 남기고 가슴팍에다 다 묻혔다. 이 자리가 목적이었으니 아낄 것도 없었다.

스테이크 포장도 열었다. 이 회장 뒤편의 어머니가 손을 내젓는다. 만류의 손짓이다. 윤기는 이 회장 쪽으로 가까워졌다. 사모님과 시선이 마주치자 꾸벅 인사를 했다. 그녀도 윤기를 알고 있었다. 그 순간, 윤기 손의 스테이크가 기울어지며 이 회장 뒤에 떨어지고 말았다.

철퍽.

스테이크가 거꾸로 처박혔다. 보온이 기막힌 탓에 따끈한 풍미가 밀려 나온다. 그렇다고 해도 그림 자체는 대참사였다.

"그 문제는 유 박사를 만나 본 후에 검토하겠네……?"

통화를 하던 이 회장이 돌아보았다. 등천하는 고기 냄새 때문이었다.

"죄송합니다."

흩어진 스테이크를 수습하던 윤기가 사과를 했다. 이 회장과 지척이니 냄새는 더 진해졌다. 이 회장의 코가 저절로 반응을 한다. 방독면을 쓰지 않은 한 그럴 수밖에 없었다.

"뭐지?"

이 회장이 윤기를 바라보았다. 이 회장은 아직 모르고 있었다. 바닥의 스테이크를 수습하는 척하면서 뿌린 윤기의 향 액체. 양복 상의 쪽이었으니 냄새를 피할 수 없었다.

"죄송합니다. 제 아들인데 호텔에서 요리를 배우고 있어요. 회장님이 스테이크 드시고 싶어 한다고 말했더니……."

어머니가 달려와 설명을 했다.

"스테이크… 냄새는 좋네?"

이 회장 눈이 바닥의 스테이크로 향했다.

"큼큼. 그러게요. 엎어지지만 않았으면 괜찮았을 것도 같은데?"

사모님 코도 함께 반응한다. 윤기 몸에 묻은 고기 향 때문이었다. 그런데 이 회장 옷의 냄새도 만만치 않았다.

"옷 갈아입으셔야겠어요."

"그래?"

소매 냄새를 확인한 이 회장의 대답이었다.

"윤기야, 너 미쳤어?"

회장 부부가 안으로 들어가자 어머니가 인상을 찌푸렸다.

"엄마, 나 멀쩡하거든."

"회장님 병원 가시는 참이란 말이야."

"식사는?"

"인삼죽 한 수저 드셨지."

"그럼 식탁 좀 다시 부탁해요."

"뭐어?"

"나 한번 밀어 준다고 했잖아?"

"윤기야."

"스테이크 아직 남았어. 냄새 좋다고 하신 말 들었지?"

윤기가 남은 포장을 들어 보였다.

식탁 세팅은 윤기가 직접했다. 어머니는 안절부절이다. 윤기는 그렇지 않았다. 역아의 전생은 요리에 목숨을 거는 일이 허다했다. 영웅호걸들의 견제 때문이었다. 그 서슬 푸른 칼날을 매번 요리로 극복했다. 이 일은 실패한다 해도 목이 달아나지는 않는다. 게다가 안드레아의 전생까지 더해서 만든 스테이크였다. 그런 요리에 확신을 갖지 못하면 어떤 요리를 확신할 수 있을까?

"회장님 나오신다."

어머니가 중얼거렸다.

"부탁해."

윤기가 어머니 등을 밀었다. 어머니는 조마조마한 심장을 안고 이 회장에게 다가갔다.

"회장님, 죄송하지만 제 아들이……."

어머니가 식탁을 가리켰다. 윤기는 그 앞에 있었다.

"죄송합니다. 제가 어제 용꿈을 꾸어서요. 이 요리를 먹으면 만사형통이라나요? 성의를 봐서 냄새라도 한번 맡아 주시면 고맙겠습니다."

인사와 함께 스테이크를 가리켰다.

이 회장이 스테이크를 바라보았다. 그대로 외면하나 싶더니 다시 시선이 돌아왔다.

가벼운 가니튀르가 딸린 티본스테이크.

비주얼은 마냥 투박하고 씩씩했다. 화려한 가니쉬나 플레이팅조차 없이 솔직하다. 윤기가 살짝 접시를 미니 김이 모락모락 흔들렸다. 소스도 투박한 데미글라스…….

"……."

윤기 옆의 어머니는 잔뜩 울상이었다. 백송원을 비롯해 외국의 유명 셰프들 스테이크에도 손길을 주지 않았던 이 회장. 자식 부탁이라 들어주기는 했지만 바늘방석이 아닐 수 없었다.

"죄송합니다. 회장님."

어머니가 접시를 치우려 할 때였다.

"잠깐만."

손을 내민 이 회장이 의자를 당겨 앉았다.

"우리 이모님 아들이라고?"

이 회장이 물었다. 시선은 여전히 스테이크에 있었다.

"예, 송윤기입니다."

"송윤기… 호텔에서 요리를 한다고?"

"사모님 덕분에 그랑 서울호텔 조리부에서 일하고 있습니다."

"직접 만들었나?"

"네."

"오랜만이군. 평범한 티본스테이크……."

군침을 넘긴 이 회장, 의자를 당겨 앉더니 나이프와 포크를 집었다.

스슷.

나이프가 스테이크를 두툼하게 지나갔다. 그러자 컴파운드 버터와 함께 농축된 향이 터져 나왔다.

"……?"

이 회장이 또 한 번 반응했다. 기막힌 풍미에 기막힌 핑크센터. 겉은 투박하지만 절단면의 살결은 마치 스프레이를 뿌린 것처럼 촉촉했다. 환상적인 미디움 레어의 그림이 나온 것이다.

꿀꺽.

자신도 모르게 목젖이 요동을 쳤다. 선홍의 꽃이 핀 한 점을 집으려 할 때였다. 윤기가 다가서더니 스테이크 접시를 옆으로 밀어 버렸다.

"……?"

이 회장이 윤기를 바라보았다.

어머니는 더 사색이 되었다. 유통 재벌 이지용 회장. 윤기가 허투루 대할 사람이 아니었다. 성의를 봐서 먹는 시늉을 내 주는 것만 해도 황송한 사람이다. 하물며 먹어 주려는 찰나에 자행된 이 무례함이라니…….

"죄송합니다."

윤기의 테이블 매너는 특급 호텔의 베테랑 웨이터처럼 깍듯했다. 안드레아의 경험 덕분이었다. 어이없이 바라보는 이 회장을 향해 다음 말이 이어졌다.

"이 스테이크는 샘플입니다. 회장님을 위한 스테이크는 따로 있습니다."

"따로?"

"잠깐만 기다려 주십시오."

윤기가 다시 움직였다. 포장에 남은 마지막 스테이크를 꺼냈다. 동결함침법으로 만든 스테이크가 나왔다.

"드시죠."

뚜껑을 벗긴 윤기가 스테이크를 가리켰다. 겉보기에는 조금 전의 겉과 다를 바가 없었다. 잠시 주저하던 이 회장의 손이 움직였다.

"……?"

나이프를 갖다 대던 이 회장이 움찔 흔들렸다. 스테이크 때문이었다. 나이프를 대기 무섭게 부드럽게 잘렸다. 느낌상으로는 잘렸다기보다 갈라진 것 같았다. 번거롭게 군다는 생각도 잠깐이었다. 스테이크에서 터져 나온 풍미가 후각에 밀려들었다. 아찔할 정도로 진한 풍미였다.

핑크센터는 더 요염해 보인다. 바삭하게 구워진 외모와 달리 육즙으로 촉촉하게 빛나는 핑크센터. 향에 취한 이 회장이 한 점을 집었다.

"……!"

한 입 넣기 무섭게 어깨가 흔들렸다.

'그냥 녹아?'

딱 그 느낌이었다. 질감이 부드럽기 그지없었다. 우물거리는 사이에 녹아 버렸다. 저작과 함께 밀려 나온 '달달한 감칠맛'이 연구개의 끝까지 사정없이 자극했다. 하마터면 침까지 흘릴 뻔한 이 회장이었다.

"여보."

사모님이 주의를 환기시켰다. 이상하면 먹지 말라는 뜻이었다. 이 회장이 손을 들어 그녀를 막았다. 다시 포크가 움직인다. 처음과 같은 크기의 한 점이 들어간다. 윗니로 지그시 누르자 감칠맛을 터뜨리며 씹혔다. 속살의 결은 실감 나게 살아 있는 스테이크. 그러나 육질은 삶은 감자처럼 부드러웠다.

세 번째 덩어리는 조금 컸다. 절반으로 자를까 싶었지만 그대로 들어갔다. 어머니와 사모님은 아직도 초긴장 모드지만 윤기만은 그렇지 않았다. 처음부터 확신에 찻던 시선. 이제는 여유까지 품고 있었다.

"호오, 이거……."

세 번째 목넘김을 마친 이 회장이 좀 더 다가앉았다. 이제는 표정도 풀렸다. 번거롭다는 표정조차 사라졌다. 그 손에 속도가 붙는다. 심지어는 입안의 고기를 다 넘기기도 전에 새로운 덩어리가 들어갔다. 맛에 홀린 것이다.

어머니가 비로소 윤기를 돌아보았다. 긴장은 말쑥하게 사라진

후였다.

"세상에나……."

사모님의 입도 반쯤 벌어졌다. 스테이크가 먹고싶다며 노래를 부르던 남편이었다. 난다 긴다 하는 셰프를 다 동원했었다. 이 회장은 입맛을 맞출 수 있다면 한 접시에 1억을 줘도 아깝지 않을 재력가였다. 그럼에도 불구하고 그 누구도 이루지 못한 스테이크. 전혀 기대하지 않은 찬모의 아들이 이루고 있었다.

마지막 한 점은 데미글라스 소스에 듬뿍 찍혔다. 이 회장, 뭔가 아쉬운 듯 스테이크를 바라보더니 그대로 입안으로 골인시켰다. 그걸 씹는 동안 아스파라거스도 입으로 들어갔다.

"셰프."

목 넘김도 끝나지 않은 이 회장이 윤기를 불렀다.

"아직 셰프는 아닙니다."

윤기가 답했다. 그럼에도 셰프보다 더 우아한 자세였다.

"내가 스테이크는 좀 먹어 봤거든. 이 정도 실력이면 셰프로 불리고도 남지."

"감사합니다."

"혹시 더 없나?"

"죄송합니다. 입에 맞으실지 몰라서……."

"궁금한 게 있는데?"

"말씀하시죠."

"스테이크 말이야, 어째서 두 가지였나?"

"이유는 회장님께서 잘 아실 것 같습니다."

"내가?"

"네."

"그럼 내 생각을 알고 만들었단 말인가?"

"말씀드려도 될까요?"

"물론."

이 회장은 그제야 다시 위엄을 갖췄다.

"어머니를 통해 회장님 말씀은 많이 들었습니다. 유수의 셰프들이 만든 스테이크임에도 먹지 못하신다는 것까지."

"그랬지."

"어머니가 사진을 몇 장 찍어 주셨는데 보니까 전부 회장님 몸 상태에 맞춘 것들이더군요. 떡갈비 형식으로 부드럽게 만든 환자식 말입니다."

"맞아."

"스테이크를 보다가 그 셰프들이 보지 못한 걸 보게 되었습니다."

"뭔가?"

"스테이크의 본질이죠. 회장님이 원하는 스테이크는 박력 있는, 즉 건강한 사람들이 먹는 스타일의 것이었을 겁니다. 그걸 먹어야 몸이 낫고 있다는 만족감이 들 테니까요. 그런데 셰프들은 거꾸로 병약한 사람이 먹을 수 있는 스테이크를 만들어 냈습니다. 그게 회장님의 마음에 거슬렸다고 생각했습니다. 덕분에 기분이 상하고 식욕이 떨어진 거죠."

"……?"

"그래서 샘플을 준비한 겁니다. 두툼하고 박력 있는 티본스테이크. 투박하고 솔직한 스테이크로 관심을 끈 후에 본 요리로 넘어간 겁니다. 건강하고 싶다는 열정은 이해하지만 저런 스테이크는 역시 소화에 부담이 되지요. 몸이 좋지 않을 때는 마음이 조금 양보하는 게 좋다는 생각에……."

"맙소사."

기막힌 정곡에 이 회장의 입이 쩌억 벌어졌다.

"제가 틀렸습니까?"

"아니야. 거의 맞았네. 나는 나를 환자 취급하는 게 싫었어. 그럼에도 셰프들은 하나같이 부드러운 안심 위주의 스테이크를 만들었지. 그걸 보는 순간 입맛이 떨어졌고."

"……."

"내가 원한 건 바로 이런 거였네. 투박한 티본스테이크. 완전히 야성적이지 않나? 이걸 보는 순간 내 건강이 얼마나 회복되었는지를 알 겸 한 점이라도 먹어 보고 싶었네."

"다행이군요."

"그런데 어째서 두 티본스테이크의 식감이 다른 건가? 샘플은 육질감이 있었는데 내가 먹은 건 아이스크림처럼 녹아 버렸어."

"회장님이 드신 건 분자요리의 기법을 썼기 때문입니다. 같은 티본스테이크로 호감을 끄는 대신 육질은 회장님의 건강 상태에 맞춰 연화시켰습니다. 아마도 안심이나 부채살 같은 걸 쓰면 거부감이 발동할 수 있으니까요."

"맛은? 이 스테이크 고기 재료가 뭐지? 수입산 같기도 한데 내가 암 때문에 입맛이 변해서 확신이 안 서는군. 특급 한우? 특급 와규?"

"평범한 수입산이 맞습니다."

"평범한 수입산?"

"마리네이드와 소스도 전부 평범합니다. 특별한 건 분자요리 기법을 쓴 것뿐입니다."

윤기 입가에 아련한 미소가 스쳐 갔다. 평범한 건 사실이지만 추가된 것도 있었다. 전생에서 온 노하우라 공개하지 않았다. 손님이라고 해서 모든 것을 알 권리는 없었다.

"분자요리라면 에스푸마나 과일로 만드는 파스타 같은 거 아닌가?"

"식재료의 물성을 변화시켜 맛을 좋게 만드는 것도 분자요리에 속합니다."

"허어."

이 회장이 탄식을 터뜨렸다. 윤기의 수준 때문이었다. 이제 보니 전문성에 설득력까지 갖추고 있었다.

"아무튼 맛나게 드셔서 다행입니다."

"내가 할 말이네. 뜻하지 않게 포식을 하다니… 얼마 만에 개운하게 먹은 식사인지 모르겠네. 진액이 넘치고 온몸 세포가 리뉴얼되는 느낌이야. 걱정하던 위도 부담스럽지 않은 것 같고."

"예……."

"그나저나 어쩐다? 출장비를 챙겨 줘야 할 텐데?"

"얼마를 주시겠습니까?"

윤기가 물었다. 이 태도 또한 겸손하면서도 당당했다. 실력자가 과시하고 싶을 때는 과시를 받아야 한다. 그것도 가능한 한 많이.

"말해 보게. 원하는 대로 지불하겠네."

이 회장이 웃었다. 당당한 윤기가 마음에 들었다. 그렇기에 사이즈를 볼 생각이었다.

"비싸게 불러도 될까요?"

윤기가 웃자 어머니가 옆구리를 슬쩍 찔러 왔다. 어머니 타입의 견제구였다.

"얼마든지. 위장병으로 알고 고생한 이후로 이렇게 개운한 식사는 처음이었네."

"그 전에 묻는데 한 번으로 끝내실 겁니까? 회장님의 스테이크."

"아닐세. 그래서 사례부터 말하는 거 아닌가? 가격이 맞지 않으면 다시 안 올 것 같아서 말이야."

"그럼 다음 예약부터 하시죠."

"내일은 어떤가?"

"제 생각에는 일주일 후가 좋겠습니다."

"그건 좀 아쉽군."

"죄송합니다."

"좋아. 점심인가, 저녁인가?"

"제가 쉬는 날이니 오늘처럼 점심 때 오겠습니다. 청구서도 그때 드리고요. 그때는 사모님 것도 같이 준비해 드리죠. 실은 아까 실수로 엎어 버린 게 사모님 것이었거든요."

할 말을 마친 윤기가 돌아섰다. 칼날 같은 마무리였다.

"윤기야."

뒤따라 나온 어머니가 윤기 손을 잡았다.

"왜요?"

"스테이크는 좋았는데 회장님한테 그게 뭐야? 공손하지 못하고."

"셰프로 대해 주시니 셰프처럼 행동했을 뿐인데요?"

"뭐?"

"어머니, 전에 철 지난 유머 말씀하신 거 기억나요? 대통령도 꼼짝 못 하는 직업이 뭔지 아냐?"

"이발사?"

"그래요. 대통령도 이발사가 고개 들어라 하면 들고 숙여라 하면 숙인다면서요?"

"그게 이거 하고 무슨 상관이야?"

"어머니, 오늘 같은 경우는요 고객이 왕이 아니라 요리가 왕이어야 하거든요. 그러니 그 왕을 만든 셰프가 당당하지 않으면 되겠어요?"

"……?"

"그럼 집에서 볼게요."

윤기가 대문을 나갔다. 어머니는 군소리를 달지 못했다. 이렇게 당찬 윤기의 모습은 처음이었다. 그래서 한편으로는 이질감이 들기도 했다.

어머니가 들어가자 이 회장 세단이 나왔다.

[내일은 어떤가?]

멀어지는 세단 위에 가물거리는 이 회장의 목소리였다. 냉큼 물지 않았다. 그건 하류들의 처세술이었다. 혀는 보수적이다. 인간의 신체 중에서 가장 그렇다. 그렇기에 한 번 맛나게 먹으면 열정이 식는다. 만약, 내일 다시 윤기의 스테이크를 먹는다면 만족도는 30% 이상 떨어진다.

지상에서 가장 맛난 요리는 최고의 셰프가 만든 게 아니라 시장기다. 두 번째로 맛난 요리는 오래 기다렸다가 먹는 음식이다. 맛집으로 소문난 햄버거집 줄에 서서 두 시간을 기다려 보라. 평생 잊지 못할 햄버거 맛을 보장받는다.

그래서 시간을 끌었다. 1주일은 지나야 이 회장의 혀가, 뇌가 완전하게 리세팅된다. 그래야 요리의 가치가 올라간다. 윤기의 전생들은 이 과정 또한 요리의 일부임을 잘 알고 있었다.

"흠흠……."

소매에서는 아직도 스테이크 향이 나고 있었다. 이 회장을 홀린 그 향이다. 하지만 이것만으로 이 회장의 뇌에다 만족의 깃발을 꽂은 건 아니었다. 그 안에는 또 하나의 스킬이 들어 있었으니 바로 꿀이었다.

윤기는 애당초 네 개의 스테이크를 만들었다. 넷 다 향과 컴파운드 버터를 섞은 주사액을 주입했다. 그중 이 회장의 것에만 꿀이 보태졌다.

전생 덕분이었다. 군웅이 할거하는 시대에 살았던 역아는 주특기가 요리뿐이었다. 난다 긴다 하는 지략과 검술의 달인들 틈에서 생존하려면 요리의 격을 높여야 했다. 수단과 방법을 가리지 않고.

황제의 환심을 사기 위해 아들까지 바친 사람이다. 다른 방법 또한 가리지 않았다. 요리 하나로 영웅들의 마음을 사로잡아야 했으니 중독성 강한 향신료도 불사했다.

그것만으로도 확실치 않았다. 요리에 대한 호불호는 사람에 따라 달랐으니 취향 읽는 법이 필요했다. 사람을 동원해 그 분야에 통달한 인물을 수배해 지척에 두고 배웠다. 그 결과 취향 판독이 가능해졌다. 그 노하우에 의하면 이 회장의 몸은 단맛과 맞았다. 꿀을 추가한 이유였다. 전생의 노하우는 제대로 적중했다.

스테이크의 성공과 더불어 뿌듯한 자부심은 그 때문이었다. 인간은 누구나 기호나 식성이라는 것을 가지고 있다. 그것까지 알 수 있다면 까탈스러운 미식가들의 입맛 장악도 가능했다.

[원하는 대로 지불하지.]

이 회장의 말이 산뜻한 향미처럼 아롱진다.

얼마를 부를까?

진짜 1억을 부를까?

아니면 스포츠카를 한 대 뽑아 달랄까?

미친 척 재산의 반을 달라는 건?

즐거운 상상이 더해질 때 핸드폰이 울렸다. 에르베 셰프였다. 그 역시 이 회장처럼 잔뜩 고무된 목소리였다.

제6장

요리 생태계 교란자

"21일 숙성된 티본스테이크, 샤토브리앙 소스처럼 화이트 와인이 살짝 가미된 데미글라스 소스에 디글레이징 효과 추가, 하지만 다른 게 또 있어. 대체 어떤 향신료를 썼길래 이렇게 진한 고기 풍미와 오묘한 맛이 나는 거지?"

에르베는 흥분 상태였다. 차분하던 불어의 억양이 톡톡 튀었다. 분석 수준은 기막혔다. 소고기의 숙성 정도까지 꿰고 있었다.

"송."

윤기를 닦아세운다. 테이블 위에 세팅해 두었던 스테이크는 반만 먹었다. 맛이 없어서는 아니었다. 그가 먹은 건 분석을 위해서였다.

"그 정도면 다 아는 건데 뭐가 더 궁금할까요?"

윤기는 느긋했다.

"향미 말이야. 스테이크를 썰자 센 불에 올린 것처럼 강한 향이 흘러나왔어. 하지만 아로제는 특별하지 않은 것 같았거든."

[아로제]

베이스팅의 불어다. 스테이크의 정석으로도 불리는 베이스팅. 타임이나 로즈마리 같은 향신료 향을 버터에 입혀 스테이크에 뿌리는 기법이다. 목적은 여러 가지지만 간단히 말하면 더 맛있고 더 보기 좋게 만들기 위한 작업이었다.

"인젝션이지?"

에르베가 정답에 근접해 온다. 인젝션은 주사 기법으로 필요한 버터 등을 녹여 주사기에 넣은 후에 고기 안으로 주입하는 방법이다.

"맞습니다."

"역시 컴파운드 버터였군. 하지만 고기 향을 이렇게 강하게 살려 주는 향신료는 없어."

"셰프님."

일단 주의를 환기시켜 주었다. 그런 다음 천천히 정답을 향해 나갔다.

"그걸 가능하게 하는 게 이 방 아닌가요?"

"분자요리 기법?"

"동시에 셰프님의 나라 프랑스가 잘하는 것."

"예술? 와인?"

"향수."

"향수?"

"그 기법의 하나로 스테이크 굽는 향을 모았습니다. 이제 됐습니까?"

"맙소사, 설마 했었는데… 하지만 증류기는 이 방에 없었는데?"

"셰프에게 없는 게 제게 있을 수도 있지요."

"그럼 여러 맛의 레벨이 한 단계씩 올라간 것 같은 이 향신료는?"

"제 손맛이죠."

"송."

"지금 저를 너무 몰아치고 있는 거 알고 계신가요?"

윤기가 넌지시 상황을 인지시켰다. 윤기는 죄인이 아니었다. 에르베가 아니라 그 할아버지가 온다고 해도 변하지 않을 결론이었다.

"미, 미안… 내가 워낙 궁금증이 발동하면 좀 흥분하는 성격이라서 말이야."

"……."

"처음에는 만능 향신료 하리사인가 했는데 하리사의 매콤함보다도 은은하고 기품이 넘치잖아?"

"한국산 향신료입니다. 나중에 보여 드리죠."

"한국산? 한국에도 그렇게 기막힌 향신료가 있었다고?"

"셰프, 한국도 5천 년 역사의 식문화를 가진 민족입니다."

"아, 미안."

윤기가 방점을 찍자 에르베 목소리가 내려갔다.

"그랬군. 속살 속에서 고기를 계속 굽고 있는 듯 생생한 향미… 향수의 증류기법으로 모은 스테이크의 향을……."

"……."

"동결함침법을 쓴 스테이크는?"

"필요한 분에게 배달되었습니다."

"시식용도 남기지 않고?"

"5㎝ 티본스테이크를 두 접시나 먹으실 수는 없을 것 같아서 말입니다."

"……."

"질문 끝났으면 나가 계시죠. 깨끗이 청소해 드리고 가겠습니다."

"잠깐만."

"아직 남았나요?"

"분자요리 말이야, 뭐가 또 가능한가? 아니, 아무거나 좋아. 자신 있는 걸로 하나만 더 볼 수 있을까?"

"분자요리실 사용에 대한 대가는 정산이 된 걸로 아는데요?"

"다른 옵션이 있어."

"뭐죠?"

"그 요리가 내 마음에 들면 내 조수가 되는 거야."

에르베 셰프 입에서 파격적인 제안이 나왔다. 에르베는 본사의 파견 셰프다. 주로 금, 토, 일요일에 연회장 에스뿌아의 특선요리를 담당한다. 그렇기에 조리부 직원들 중에는 그의 부사수를 꿈꾸는 사람이 많았다. 심지어는 진 부조리장도 그랬다. 실력을 인정받는 동시에 에르베의 요리 전수를 받을 수 있는 보증 수표이기 때문이었다.

"셰프님의 조수……."

"3년째 보조라면서? 내 조수가 되면 직급 조정에 연봉 조정도 건의할 수 있어."

"멋진 제안이군요."

"그렇지? 그러니까 요리를 하라고."

에르베가 자신의 전용 조리대를 가리켰다.

"그런데 말입니다. 저는 셰프가 하라면 해야 하는 겁니까?"

윤기가 되물었다. 조금 전과는 완전히 결이 다른 말투였다.

"응?"

"게다가 저는 아직 셰프님의 요리를 먹어 본 적도 없는데요?"

바로 쐐기까지 박아 버리는 윤기.

"……?"

"내리사랑은 있어도 치사랑은 없다는 한국 말이 있습니다. 그러니 셰프님 요리부터 선보이고 나서 제의를 하는 게 옳지 않을까요?"

윤기 입술 끝이 살짝 올라갔다. 거부할 수 없는 논리였다. 에르베는 대꾸할 말이 마땅치 않았으니 결국 조리대에 먼저 서고 말았다.

"뭐가 먹고 싶나?"

앞치마를 두른 에르베가 물었다.

"뭐든지 가능할까요?"

"한식과 중식을 제외하면."

"어제 우리 조리 1팀 과제가 폴 보스키의 송로버섯 수프였죠?"

"그랬지."

"오페라 좋아하세요?"

"로시니라면 요리 과제를 빼먹고도 보러 간 적이 있었어."

"잘됐군요. 그럼 폴 보스키의 '피에 드 뵈프 로시니'로 부탁합니다."

윤기 오더가 나오자 에르베 눈이 출렁거렸다.

요리.

그냥 막 하는 게 아니다. 당장 가능한 게 있고 시간이 필요한 게 있었다. 에르베의 메뉴 신청 제의에는 그런 기본이 들어 있었다. 예컨대 몇 시간씩 걸리는 요리를 주문한다면 기본이 없다는 뜻이다.

피에 드 뵈프 로시니는 그렇지 않았다. 지금 당장 가능한 요리였으니 첫 번째 테스트는 통과였다. 동시에 기묘했다. 이 메뉴는 로시니가 애정한다는 요리였다. 그러나 내용을 보면 소고기 안심을 쓰는 스테이크 요리에 속한다. 즉 윤기가 만든 스테이크의 연장 선상이었으니 자연스럽게 비교가 될 판이었다.

'이것 봐라?'

테스트를 하려다 오히려 평가대 위에 서게 되는 에르베였다.

윤기의 시선은 오롯했다. 그 지향은 에르베였다. 조리대 앞의 에르베를, 요리를 기다리는 아이처럼 바라보았다. 그 안에는 흠모의 표정도 간간히 실어 주었다.

전생이 그랬다. 유명한 셰프를 만나 요리 장면을 볼 기회를 얻으면 사심을 삭제한 눈망울로 지켜보았다. 때로는 숨도 쉬지 않았으니 셰프들이 안드레아의 존재를 잊어버릴 정도였다. 이유는 탐독이었다. CCTV 카메라처럼 셰프의 손짓과 몸짓, 칼짓을 새기는 것이다.

전생은 기억하고 있었다. 폴 보스키가 로시니 스테이크를 만들 때 푸아그라는 몇 층 탑으로 쌓았는지, 페리규 소스는 어느 비율로 더했는지, 심지어 안심은 몇 그램을 썼는지조차.

에르베는 소스부터 시작했다. 페리규(Perigueux) 소스에는 트러플이 들어간다. 여기 들어가는 건 검은 송로버섯이었다. 하고 많은 소스 중에 페리규를 쓴 건 느끼한 뒷맛 제거가 목적이었다. 안심의 고소함에 푸아그라의 고소함이 시너지를 이룬 뒷맛. 잉여 지방의 느끼함이 남을 수 있었다.

소스가 준비되는 동안 안심 손질에 들어간다. 에르베는 군더더기 없는 칼질로 힘줄을 제거했다. 마리네이드에 이어 푸아그라까지 준비되었으니 본편으로 들어갈 차례였다.

그의 팬도 무쇠였다. 파리에서 함께 왔다. 두툼한 바닥과 크고 작은 흠들이 내공을 말해 준다.

딸깍.

가스레인지에 불이 점화되었다. 버터가 투하된다.

하나, 둘, 셋…….

타이밍은 윤기가 재고 있었다.

시어링은 타고난다. 그것은 불과의 교감이다. 불을 다루지 못하는 자는 좋은 셰프가 될 수 없다. 한국에서는 손맛을 강조하지만 폴 보스키는 손보다 불을 최고로 꼽았다.

—요리는 불의 마술.

—불로 조리하지 않은 음식은 매력 없는 직업여성과 같다.

폴 보스키의 생각이었다. 두 번째 말은 프랑스의 속담 인용이다. 그만큼 불을 중요시했으니 그의 요리를 재현하려면 불을 우선시해야 했다.

바로 지금.

윤기의 카운트다운과 동시에 안심이 투하되었다.

좌아아.

발랄한 교향곡이 연주되기 시작한다. 곡명은 표면 지지기다. 불과 버터, 스테이크의 삼박자가 맞으니 불협화음이라고는 찾아볼 수 없다. 화력의 온도는 190—195℃ 사이다. 소리와 연기만으로도 알 수 있었다.

'아로제 타임.'

윤기가 살짝 앞서간다. 에르베는 어김없이 그 뒤를 따른다. 허브를 입힌 버터가 스테이크 위에 더해진다. 풍미에 겹을 입히는 것이다. 향이 후끈 진해진다.

조금은 아깝다. 향은 요리의 일부다. 식재료 안에 가두면 맛이 좋아진다. 단점이 있다. 그렇게 되면 요리에 대한 반응이 떨어진다. 입에 넣어야만 맛을 알 수 있다면 미식 자극의 방법이 사라진다. 그 모순조차도 윤기는 즐겼다. 며칠 사이에 디테일까지 강해졌다는 뜻이었다.

시어링이 끝났다. 표면은 황금빛 갈색 코팅을 두른 듯 고르게 익었다. 한 입 물면 바사삭 소리가 날 것 같은 자태였다.

레스팅이 진행되는 동안 푸아그라가 준비된다. 동그란 접시에 스테이크가 올라가고 그 위에 화이트 페퍼가 뿌려졌다. 이어 프라그라의 탑이 겹겹을 이루더니 페리규 소스가 더해지면서 요리에 마침표를 찍었다.

마무리는 바질 한 잎이었다.

"폴 보스키 스타일의 피에 드 뵈프 로시니, 나왔어."

에르베가 접시를 내려놓았다.

모락, 푸근한 김을 따라 스테이크의 향이 진하게 올라왔다. 푸아그라와 어울린 페리규 소스의 향도 미각 자극에 손색이 없었다.

찰칵.

사진부터 박았다.

"마치 오페라의 정점 한 부분을 툭 떼어다 옮겨 놓은 것 같습니다."

윤기의 소감이었다.

"그 말 멋진데?"

에르베의 반응이었다.

나이프로 자르자 핑크센터가 진했다. 그 안의 육즙이 윙크를 하는 것 같다. 한 입을 물자 불맛이 진하게 들어왔다. 에르베가 폴 보스키의 요리를 이해하고 있다는 뜻이었다. 3류 셰프였다면 마리네이드로 쓴 향신료들의 맛이 먼저 왔을 테니까.

두 번째 한 입은 푸아그라를 듬뿍 묻혀 먹었다. 담백함이 몸서리를 치는 안심에 푸근한 고소함이 폭발하는 푸아그라의 향연. 입안에 행복이 들어온 것 같았다.

전생이 고마웠다.

그들이 아니었다면 윤기가 푸아그라 맛을 제대로 알 리 없었다.

세 번째는 스테이크 조각 사이에 푸아그라를 넣어 먹었다. 혀가 느끼는 미각에 변화를 주는 이 방법은 당대 최고의 미식가 로몽이 쓰던 방법이었다. 그와는 20세기의 끝에 만났다.

전생 안드레아는 유명 셰프들의 조리법도 주목했지만 미식가들의 식사법도 두루 꿰고 있었다. 이유는 하나였다. 더 많이 알아야 더 잘 지배할 수 있는 것이다.

르몽은 20세기를 풍미하던 모리스 에드가, 즉 퀴론스키라는 필명으로 더 유명한 세기적 미식가의 아들이었다. 아버지의 미식 유전자에 미식계 자산을 물려받아 부친 못지않은 영향력을 지녔다. 그는 접시 위에서 셰프들의 요리를 또 한 번 변화시켰다. 자신만의 시식법으로 숨은 맛은 물론, 숨은 단점까지도 짚어내는 미뢰의 소유자였던 것.

시식의 끝은 소스 위에 남은 푸아그라를 끌어모아 먹는 것으로 끝났다. 맛난 요리는 흔적까지도 먹어 줘야 한다. 그게 셰프에 대한 예의였다.

"어때?"

에르베가 물었다. 느긋해 보이지만 속마음은 서두르고 있다. 윤기의 반응을 묻는 게 그 증거였다.

"최고였습니다."

윤기가 엄지척을 쾌척했다. 스테이크와 푸아그라의 비율도 좋았고 소스의 비율도 맞춤했다. 안심 스테이크로는 흠잡을 데가 없었다.

"피에 드 뵈프 로시니, 먹어 본 적이 있나?"

"……."

그 질문 앞에서 윤기가 잠시 주저했다. 당연히, 먹어 본 적이 있었다. 그것도 진짜배기로. 하지만 증명하기 어려웠다. 윤기의 몸으로는 프랑스를 다녀온 적이 없었다.

"폴 보스키의 레스토랑에서 직접 먹어 본 분의 말을 들었습니다."

살짝 방향을 틀어 답했다.

"그 평과 비교하면?"

"다 좋은데 두 가지가 달랐습니다."

"다르다고?"

에르베가 촉을 세웠다.

"첫째는 바질입니다. 폴 보스키의 로시니에는 바질이 올라가지 않습니다."

"……?"

"또 하나는 소스입니다. 그 소스는 트러플 조각을 살려, 보는 즐거움에 질감의 즐거움을 주는데 셰프의 것은 잘 보이지 않습니다."

"무슨 소리야? 나도 이 요리는 제대로 배운 건데?"

"제게 알려 주신 분은 100% 신뢰할 만합니다만."

윤기는 확신했다. 다른 사람도 아니고 전생의 기억이다. 게다가 직접 경험한 일이었다.

"다른 건 몰라도 이건 송의 오버야. 프랑스 사람은 나라고."

에르베의 자존심이 반격을 했다.

"다른 건 다 셰프께서 뛰어날 수 있지만 페리규 소스는 제 말이 맞을 겁니다."

긍정 뒤에 부정을 붙이며 정면 충돌을 피했다.

"이야, 이거 은근히 오기가 생기는데? 확인해 볼까?"

"궁금증은 병이 될 수 있으니 나쁘지 않죠."

"기다려 봐. 내 노트북에 다 기록이 되어 있거든."

에르베가 노트북 앞에 앉았다. 관련 파일이 많았다. 프랑스의 역대 유명 셰프는 물론이고 심지어 일본과 중국의 셰프들도. 더 놀라운 건 안드레아의 파일도 있다는 사실이었다. 다만 실망스럽게도 한국의 셰프에 대한 파일은 보이지 않았다.

"응?"

폴 보스키의 파일을 살피던 에르베가 잠시 넋을 놓았다. 그걸로 답이 나왔다. 윤기가 옳았다. 틀릴 수가 없는 일이었다.

"미안, 내 착각이었어. 다른 셰프가 만든 페리규 소스하고 깜빡 착각을……."

에르베는 깨끗하게 승복했다. 이런 모습은 윤기 마음에 들었다. 아마도 진 부조리장 같으면 가당찮은 권위를 내세워 우겨 댔을 일이었다.

"송, 볼수록 굉장하잖아?"

에르베는 감탄을 숨기지 않았다.

"아닙니다."

이럴 때는 겸손이 미덕이다. 그래야 상대에게 더 깊은 신뢰를 받을 수 있었다.

"이제 보니 폴 보스키 추종자야? 혹시 그의 요리도 가능해?"

"물론이죠."

"뭘 할 수 있지?"

"그의 레스토랑에 메뉴로 나온 거라면 뭐든 말씀하시죠."

"뭐든?"

"예."

윤기의 답이었다.

주방 보조 직원이다. 그것도 2년 이상이나. 그런 재능이라면 당연히, 폴 보스키의 요리를 할 수 없다. 그럼에도 이 대답에는 허세가 엿보이지 않았다.

"그렇다면 '도딘 드 카나르 아 렁시엔 피스타체'도 될까?"

"가능하죠."

윤기가 조리대 앞으로 걸었다.

"……?"

에르베의 촉각이 곤두섰다. 첫째는 윤기가 이 요리를 알고 있다는 것. 또 하나는 마스터 셰프의 그것처럼 윤기의 자태에 기품이 엿보였기 때문이었다.

* * *

지켜보는 건 이제 에르베의 몫이었다. 그는 마인드가 괜찮은 셰프였다. 졸렬한 요리사들처럼 흠이나 잡아내려는 눈빛이 아니었다.

—과연 만들어 낼까?

—제대로 만들면 좋겠는데.

그런 눈빛을 느낄 수 있었다.

윤기는 재료부터 준비했다. 이 요리의 주재료는 오리였다. 피스타치오와 푸아그라, 그리고 감자가 필요하다.

푸아그라는 에르베가 남긴 걸 썼다. 오리고기는 에르베의 허락하에 주방 식육 보관실에서 가져왔다. 감자도 몇 개 골랐다. 고구마도 집었는데 이건 덤이었다.

고구마.

에르베는 거기서 시선을 거두었다. 보조 직원의 한계를 본 것이다. 그래도 기대를 다 접지는 않았다. 프랑스 최고 레스토랑도 아닌 한국의 호텔. 그조차 체인 호텔 중에서 가장 처지는 요리 파트. 게다가 그 주방 보조의 작품이었으니 조금 틀린다고 해도 나쁠 것 없었다.

요리의 주제는 전채였다. 에르베가 이걸 택한 건 양이 적기 때문이다. 이미 스테이크를 먹은 까닭이었다. 시작은 고구마부터였다. 오븐에 깨끗한 돌을 깔고 그 위에 올렸다. 그런 다음 오리고기를 잘게 다져 피스타치오와 섞었다. 이걸 눌러 파이로 만들어야 한다.

에르베는 창가에 있었다. 윤기가 부담스러울까 봐 물러서 준 것이다.

[도딘 드 카나르 아 렁시엔 피스타체]

폴 보스키의 레스토랑에서 그걸 보았을 때 요리의 위엄은 마치 황제의 전채처럼 보였다. 아쉬운 점은 폴 보스키가 직접 한 요리가 아니라는 것. 그는 이제 노쇠했으니 주방을 비우는 날들이 많았다.

그럼에도 접시에 세팅된 자태는 메뉴판의 이미지와 같았다. 재료 본연의 맛을 깔끔하게 살려 기대감을 높였던 기억을 끌어냈다.

기억의 잔상이 아련해질 때 윤기의 요리가 끝났다.

"끝났습니다."

"……?"

에르베의 시선이 살짝 흔들렸다. 오리고기 파이와 푸아르가 한 조각, 그리고 구운 감자 한 알. 구성은 제대로였다. 하지만 연출이 틀렸다.

'역시……'

윤기의 한계로 보였다.

"굉장한데?"

칭찬과 함께 포크부터 들었다. 순간, 윤기의 가이드가 정중히 이어졌다.

"죄송하지만 파이를 뒤집어 보시죠."

"뒤집어?"

에르베가 되물었다. 오리고기와 피스타치오의 비율은 최적이었다. 그런데 왜?

'어서요.'

윤기의 눈이 한 번 더 권유를 해 왔다. 어려울 것도 없으므로 파이를 살짝 뒤집었다.

"……!"

에르베의 시선이 파이에서 멈췄다. 앞뒤의 무늬가 달랐다. 앞은 폴 보스키의 디자인이지만 뒤는… 오리고기가 위로 가고 피스타치오가 아래로 내려온 태극 문양이었다.

"너무 똑같이 베끼면 재미가 없을 것 같아서 조금 파격을 줘 보았습니다."

윤기의 설명이었다.

"……."

에르베의 뒤통수가 뜨끈해졌다. 파이는 얇았다. 앞뒤를 이중으로 만들었으니 아무나 할 수 있는 연출이 아니었다.

'그렇다면?'

에르베의 눈길이 푸아그라로 향했다. 세모 모양이었다. 원래는 네모가 맞다.

혹시 여기도 의도가?

묻지 않을 수 없었다.

"폴 보스키의 레스토랑에서는 네모로 서빙되지만 저는 세모로 잘랐습니다."

"이유는?"

"기하의 완성을 위해서요. 동그란 파이에 세모난 감자, 그렇다면 푸아그라도 세모가 되는 게 좋지 않을까 싶어서요."

그러고 보니 감자가 삼각뿔 모양이었다. 살짝 만져서 삼각 형태로 만든 후에 구워 냈다. 하지만 다른 게 또 있었다. 원래의 감자는 굽는 게 아니라 삶아서 나온다.

"감자 말이군요? 왜 삶지 않고 구웠냐고요?"

윤기가 여운을 깔았다.

"……."

"일단 드셔 보시죠."

우아한 권유에 에르베의 포크가 감자를 잡았다. 코앞까지 가져와서 잠시 주춤거렸다. 후각을 자극하는 달디단 이 냄새. 감자가 아니었다.

'고구마…….'

감자와 고구마.

윤기는 두 가지를 다 준비했었다. 둘 중 어느 것인지 자신이 없었던 걸까? 어차피 집은 것이니 입으로 들어갔다.

"……?"

지그시 깨물던 에르베가 저작을 멈췄다. 폭발적인 풍미 안에서 밀려 나온 푸근한 맛. 고구마가 아니라 감자였다. 그런데 그냥 감자와는 식감이 달랐다.

"송."

별수 없이 윤기를 바라보았다.

"셰프님의 분자요리실 아닙니까? 폴 보스키의 레스토랑에서 먹어 보셨다니 분자요리식을 가미해 보았습니다. 감자는 강판에 갈아 즙을 낸 후에 상부의 물을 버리고 녹말만 썼습니다. 고구마는 소스를 대신해서 사용했죠. 고구마를 구우면 즙이 흘러나오는 경우가 있는데 그게 굉장한 풍미를 내거든요. 그냥 굽는 것보다 돌을 이용하면 방사열로 인해 녹말을 당으로 바꿔 주는 효소작용 시간이 길어 단맛이 높아지는데 그것도 간단한 분자요리의 원리니까요."

"……."

"셰프님께서도 살짝 변형을 주었으니 저도 똑같이 카피하는 것보다 조금 변화를 주는 게 더 감동이지 않을까 싶었습니다만 평가는 셰프님에게 맡깁니다."

에르베는 감자를 문 채 굳어 버렸다.

압도.

그 단어가 어울리는 순간이었다. 테스트 테이블에 올려놓았던 에르베를 마음껏 주무르다 제자리로 돌려놓은 것이다.

윤기가 돌아간 자리에 에르베 혼자 남았다. 넋이 살짝 풀렸다. 원래는 관심도 없던 윤기였다. 주방에서 보지도 못한 인물이기 때문이었다.

분자요리실에서의 딜 이후, 윤기는 거짓말처럼 부각되었다.

두부김치와 막걸리 분자요리.

그리고 오늘의 스테이크.

방금 먹은 전채 요리.

스테이크 향을 스테이크 안에 가둔 건 에르베도 보지 못한 시도였다. 감자를 갈아 녹말만 쓴 것도 참신했다. 알고 보면 가능한 시도. 그러나 그게 쉽지 않은 셰프들. 그렇기에 남보다 앞서간다는 건 쉬운 일이 아니었다. 대가의 칭호를 받는 셰프도 그럴진대…….

코리아.

'작지만 신비한 나라라더니.'

한국 요리사의 저력에 한 방 제대로 얻어맞은 느낌이었다. 특별한 인재가 없다고 생각하던 차에 만난 거목이었다.

3년차 조리 보조 송윤기.

타이틀을 무색하게 만드는 놀라운 기량에 에르베는 오싹한 한기를 느꼈다.

"셰프님."

윤기가 들어서자 어머니가 반갑게 맞았다.

"셰프님?"

"아니면? 우리 회장님하고 사모님도 너를 셰프님이라고 불렀는걸."

"그래?"

"특히 사모님 말이야, 어찌나 칭찬을 하시는지… 그래서 내가 다 사모님 덕분이라고 했어. 사모님이 그랑 호텔에 취직시켜 주는 바람에 그렇게 된 거라고."

"그건 맞네."

윤기가 웃었다. 호텔 덕분은 아니었다. 눈물겨운 빵을 2년 넘게 씹었다. 조리실 직원들이 주는 무시와 냉소였다. 윤기가 장담컨대 그 빵은 발암물질에 가까웠다.

그럼에도 어머니 말에 동의한 건 기인 셰프 특별전 때문이었다. 거기서 전생을 알았고 그 기량의 봉인이 풀렸다. 그랑 호텔 덕분이라는 건 거기에 대한 인정일 뿐이었다.

"병원 다녀오신 회장님도 네 얘기를 하셨어. 샘플로 내놓은 스테이크도 멋졌고 나중에 내놓은 진짜는 더 멋졌다고. 아직도 스테이크 향이 콧가에 아련해서 며칠 굶어도 힘이 날 것 같다고 하시더라."

"회장님은 완치될 거야."

"그러셔야지. 너한테 한 말 농담 아니라면서 잘 생각해 두라고 하셨어. 내가 괜찮다고 했는데도 말이야."

"나도 농담 아니었어."

"송윤기, 뭘 받고 싶은데?"

"생각 중이야."

"엄마 생각에는 그냥 지갑이나 구두 한 켤레 정도 사례 받고 끝나면 좋을 것 같은데?"

"엄마."

듣고 있던 윤기 표정이 굳었다.

"왜?"

"그건 엄마가 결정할 일이 아니야."

"응?"

"내가 결정한다고."

"윤기야?"

어머니가 뜨악해졌다. 윤기의 표정이 돌변한 까닭이었다.

"회장님이 스테이크를 먹은 건 우연이 아니야. 그러니까 회장님이 약속한 대가는 받아 주는 게 맞아."

"윤기야."

"유명한 셰프들은 거액을 받고 출장 나왔었다면서? 그런데 그들은 전부 실패했잖아?"

"하지만 너는 그런 셰프가 아니잖니?"

"성공한 건 나니까 그들보다 더 유명한 셰프로 봐주면 안 돼?"

"……?"

"이제부터는 회장님과 내 일이니까 엄마는 개입하지 말아 줘."

대화를 자른 윤기가 화장실로 들어갔다.

옷을 벗고 차가운 물을 틀었다. 머리를 적신 물이 어깨를 따라 흘러내렸다. 짜릿하게 시원했다. 고루 비누를 칠하고 해바라기 샤워기로 물줄기를 바꿨다. 하루의 노폐물이 씻겨 나간다.

두 손을 보았다. 주먹을 불끈 쥐어도, 가볍게 펴도, 경련하지 않았다. 손목 경련 때문에 수전증 환자로 불리며 살아온 서러움. 그건 어머니조차도 잘 모른다. 속상해할까 봐 참고 넘긴 게 한두 번이 아니기 때문이었다.

이제 그 반전의 증거를 확인했다.

이지용 회장 집에서의 쾌거가 그랬고 에르베가 그랬다.

에르베.

그가 넋을 놓은 것을 보았다. 사실은 그의 충격을 더 몰아세울 수도 있었다. 그럼에도 이 회장에게 쓴 맞춤형 스킬은 아껴두었다.

천상천하유아독존.

일인지하만인지상.

역아가 그랬고 안드레아가 그러했다. 황제나 대통령조차 좌지우지하던 레전드 요리사. 요리가 곧 권력이자 명예였던 그들.

그 전생이 윤기 것이 되었다.

'차근차근…….'

자신을 업신여긴 그랑 호텔 스태프와 이 세상의 모든 이들에게 이 불꽃 위력을 보여 줄 각오를 다진다. 그리고 모두가 보란 듯이 최고의 길을 걸어갈 생각이었다.

다시 물을 틀어 남은 비누를 닦았다. 그 때문에 윤기는 보지 못했다. 습기 서린 거울에 비친 윤기의 얼굴. 비누 거품보다 더 반질거리는 야심과 권능의 욕망이 그 얼굴에 꿈틀거리고 있었다.

*　　　*　　　*

"윤기 형."

명규가 잠시 보조실로 나왔다. 윤기는 런치 타임에 필요한 식재료 준비를 마친 후였다.

"뭐야? 벌써 다 끝냈어?"

가지런하게 정리된 채소와 무, 감자, 당근을 본 명규 입이 벌어졌다. 세척이 끝난 조리 도구들도 새것처럼 반짝거렸다.

"뭐, 더 시킬 거 있냐?"

"아니, 그게……."

"그럼 가 봐. 오프 다음 날은 바쁘잖아?"

"그게 아니고… 조리부장님이 마케팅 부장님실로 보내라고 해서."

"그렇잖아도 식재료 검사받고 올라가 볼 생각이었다."

윤기가 앞치마를 벗었다. 조리실 복도로 나오자 통화 중인 진 부조리장이 보였다.

"또 119 불렀다고?"

얼굴이 사색이다. 희귀병 딸이 또 실려 가는 모양이었다.

"알았어. 무슨 일 생기면 바로 전화해."

그가 전화를 끊었다.

"뭐야?"

윤기가 인사하자 짜증부터 폭발한다.

"황 부장님 호출받고 가는 길에……."

"마케팅 황 부장님?"

"예."

"올 게 왔군. 그러게 좋은 말 할 때 사표 냈으면 다 좋잖아? 에이."

진 부조리장이 조리실로 들어갔다. 개의치 않고 걸었다. 바다는 한 방울의 파문에 흔들리지 않는다. 바다를 흔들려면 최소한 바다와 비슷한 수준이어야 했으니 진규태는 더 이상 윤기의 상대가 아니었다.

노크를 하고 마케팅 부장실 문을 열었다. 황병설 부장은 VIP 고객과 통화를 하고 있었다.

"면목 없습니다. 다음에 더 좋은 기회로 모시겠습니다."

고개를 숙여 대는 걸 보니 기인 셰프 특별전 일이다. 그 여파가 아직 남은 모양이었다.

"송윤기?"

전화를 놓기 무섭게 눈살부터 찌푸렸다.

"부르셨다고 들었습니다."
"핸드폰 꺼내 놔."
"예?"
"핸드폰 꺼내 놓으라고."
다짜고짜 닦아세우니 윤기가 그 말에 따랐다.
"요즘 젊은 놈들은 툭하면 동영상에 녹음까지 해서 사람 뒤통수를 치니… 야, 송윤기, 너 뭐 하는 놈이야?"
핸드폰을 확인한 황 부장이 핏대를 올리기 시작했다.
"그날 일은 죄송하게 생각합니다."
"죄송? 그걸로 끝나는 일인 줄 알아? 너, 그게 얼마나 공들인 전시회인 줄 알아? 게다가 하필이면 VIP 초청 시간에 초를 쳐?"
"죄송합니다."
"닥쳐. 대체 무슨 낯짝으로 아직도 나오고 있는 거야? 조리부장과 부조리장 말 듣자니 조리실에서도 TO나 축내는 인간이라던데?"
"……."
"긴말할 거 없고 당장 사표 내. 아니면 손해배상 청구할지도 몰라."
"부장님."
"호텔 홍보하려다 오히려 이미지 망치고 말았잖아? 문화부 기자들에 맛 칼럼니스트, 저명 인사에 미식가들… 내가 그때 생각만 하면 지금도 혈압이 오른다고."
"저 때문에 불운했다고 생각하시는군요?"
"그걸 말이라고 해? 밥값도 못 하는 직원이면 사고라도 치지 말아야지."

"저는 반대로 생각합니다."

"반대?"

"그날은 황 부장님 최대 행운의 날이었습니다."

윤기 목소리에 힘이 들어갔다. 펄펄 뛰는 간부 앞이었다. 하나도 무섭지 않았다. 이만한 일로 흥분하니 오히려 가엾다는 생각까지 들었다.

"뭐야?"

"그 VIP 고객들에게 저희 호텔 요리를 대접하고 홍보로 삼을 생각이셨지요?"

"그래서?"

"그중에서 가장 심혈을 기울여 초대한 분은 황교일과 김민영이었을 테고요."

"……?"

"그분들 입맛, 제가 잡아 드리겠습니다."

윤기의 선언이 나왔다. 티끌의 위축도 없이 당당한 말투였다. 황 부장은 그 태도에 더 약이 올랐다. 알고 보니 고작 주방 보조. 그런데 감히 요리의 대가처럼 굴고 있었다.

"이놈이 이제 보니 정신 줄 제대로 꼬인 놈이구만. 뭐? 그분들 입맛을 잡아? 야, 밖에 누구 없어?"

황 부장이 소리치자 남자 직원 두 명이 들어왔다.

"이 자식 끌어내. 제정신이 아니야."

황 부장 지시가 떨어질 때 책상의 전화기가 울렸다.

"여보세요?"

격앙된 목소리로 전화를 받던 황 부장이 이내 자세를 가다듬었다.

"대, 대표이사님?"

쉬잇.

다들 조용하라는 사인을 날린 황 부장이 통화를 이어 나갔다.

"조리실 송윤기요? 지금 제 방에 있습니다만. 예? 지금 내려오신다고요?"

황 부장의 통화가 끝났다.

"부장님."

직원들이 윤기의 처리 문제를 물었다.

"잠깐 기다려. 대표이사님도 화가 단단히 나신 모양이야."

"하긴 이 친구가 우리 호텔 이미지 제대로 망치긴 했죠."

마케팅부 직원들도 윤기에게 호의적이지 않았다.

"최 조리부장 이 양반도 참… 할 줄 아는 게 요리뿐이라지만 이렇게 눈치가 없어서야……."

황 부장이 숨을 고를 때 대표이사 설규봉이 들어섰다.

"대표님."

황 부장과 직원들이 고개를 숙였다.

"이 친구가 송윤기 셰프?"

설 대표가 윤기를 바라보았다. 윤기 혼자 조리복을 입고 있으니 저절로 표시가 났다.

"셰프가 아니라 주방 보조입니다. 저희가 공을 들인 기인 셰프전을 망친……."

황 부장이 대표의 말을 바로잡았다.

"셰프가 맞아. 내가 어제 우리 누님 전화를 받았는데 이 친구가 만든 스테이크를 우리 매형께서 먹었다는 거야. 그것도 소스까지 싹."

"예?"

황 부장과 직원들 눈에 파문이 일었다. 설 대표의 매형이라면 이지용 회장이다. 이지용 회장의 스테이크 건은 그들도 잘 알고 있었다. 매형의 쾌유를 바라는 설 대표가 호텔에서 만든 스테이크를 보낸 적도 있기 때문이었다.

그 스테이크는 그냥 버려졌다. 이지용은 입도 대지 않았다.

그 후로 난다 긴다 하는 스테이크의 달인들과 유명 셰프들이 불려 다니는 것. 알 만한 사람은 다 알고 있었다.

"대표님, 이 회장님 스테이크는?"

그러니 믿지 않았다. 조리부장이라도 못 믿을 판에 윤기?

"위암 때문에 굉장히 예민하셔서 아무도 성공하지 못했지. 심지어는 외국에서 온 셰프들과 일본의 셰프, 우리나라의 백송원까지도."

"백송원 씨도 다녀갔습니까?"

"그러니까 우리 송윤기 셰프가 대단하다는 거 아닌가? 쟁쟁한 대가들이 다 실패한 스테이크를 여기 송윤기 셰프가 성공했다고 하더군. 그런데 셰프 호칭 하나 못 붙일까?"

"대표님……."

"왜? 내 말 못 믿겠어?"

"아, 아닙니다만 송윤기는……."

"기인 셰프전을 제대로 망쳤다고?"

"하필이면 VIP들 초대 시간에 소란을 피우는 바람에……."

"그 보고는 이미 받았고… 송 셰프."

"여기서는 아직 셰프가 아닙니다. 대표님."

"됐어. 내가 셰프라면 셰프인 거야. 더구나 우리 매형께서 인정한 실력 아닌가?"

"고맙습니다."

이쯤에서 대표의 칭호를 수락했다. 황 부장에 대한 견제구였다. 대표가 직접 내린 칭호. 윤기가 받았으니 나중에라도 다른 소리가 나올 수 없었다. 그렇게 되면 대표에 대한 부정이 되는 것이다.

"주특기가 스테이크인가?"

"모든 요리가 다 가능합니다."

"모든 요리?"

"양식에서 중식까지."

윤기가 쐐기를 박았다. 기회가 왔을 때 살리는 것, 윤기에게는 이미 낯선 일이 아니었다.

"그럼 말이야, 오늘 내 점심, 한 번 부탁할 수 있을까?"

"뭘 드시고 싶으십니까?"

"매형이 먹었다는 그 스테이크. 똑같이 말일세."

"그거라면 분자요리 기법 때문에 서둘러야 하는데 죄송하지만 저는 주방 출입이 금지되어 있습니다."

"분자요리도 가능한가?"

"말씀드리지 않았습니까? 모든 요리가 다 가능하다고."

"그런데 왜 주방 출입이 금지되었나?"

"그건 조리부장님이나 조리 1팀 부조리장님들이 대답할 문제입니다."

"알았어. 내가 조치할 테니까 내려가서 기다리도록."

설 대표의 정리는 산뜻했다.

"송."

보조실로 내려오자 에르베가 윤기를 불렀다. 출근 때 보이지 않아 인사도 못 했던 윤기였다.

"봉주르, 셰프."

인사부터 챙겼다.

"잠깐만."

그가 분자요리실 안으로 윤기를 불러들였다.

"어디 다녀오는 거야?"

"마케팅 부장님 좀 뵙느라고요."

"일단 앉아 봐."

에르베가 의자를 권했다.

"대체 무슨 일인지 모르겠어."

에르베가 난색을 표한다.

"뭐가 말이죠?"

"송 말이야. 내가 보기에는 굉장한 실력자인데 최 조리부장이 펄쩍 뛰더라고."

"우리 부장님 만났어요?"

"그래. 내가 제의를 했어. 송이 요리는 물론이고 불어도 잘하고 하니 나한테 붙여 달라고 말이야. 그랬더니 송은 곧 그만둘 사람이니 다른 사람을 고르라는 거야."

"……"

"송이 손을 떤다면서? 그래서 요리의 간도 제대로 맞추지 못하고. 내가 아니라고 해도 막무가내야. 대체 내가 본 송과 조리부장이 본 송은 왜 다르지? 그러고 보니 진 부조리장도 마찬가지더라고."

"둘 다 맞습니다."

"송."

"그분들은 저를 싫어해서 제 단점만 보거든요. 반대로 셰프께서는 좋은 점만 본 거죠."

"말도 안 돼. 두부김치 분자요리와 스테이크, 도딘 드 카나르 아 렁시언 피스타체는 아예 믿지도 않더라고. 송이 나를 속인 걸 거라나?"

"셰프 생각은 어떻습니까?"

"내가 바보야? 더구나 요리에 속을 사람이냐고?"

"저를 보증하시겠습니까?"

"다른 건 몰라도 요리와 불어만은."

"그럼 되었습니다."

"송."

"조금만 기다리세요. 곧 알게 될 겁니다."

윤기가 분자요리실을 나왔다. 그러자 진 부조리장이 거만한 손짓을 해 왔다.

"마케팅 부장님 만나 뵈었어?"

스테이크에 마리네이드를 하던 그가 물었다.

"예."

"사표 내라지?"

"그러더군요."

"네 후임은 창혁이다. 손목 장애도 지긋지긋한데 이번에는 다리 장애네. 다른 사람은 못 준다니 어쩔까? 보조실에 불러다 놨으니까 가서 인수인계나 해."

"후임을 받아 온 건 잘하신 거네요."

"뭐야?"

"인수인계는 어차피 해야 할 거 같으니까요."

"헛소리 말고 깔끔하게 끝내고 가라."

"가라는 말까지는 잘 모르겠습니다."

"뭐야?"

"황 부장님 말입니다. 제 사표 얘기를 매듭짓지 않았거든요."

"지금 나랑 장난하냐? 조리부장님한테 미리 통보한 모양이던데 무슨 매듭?"

"매듭지을 시간에 설 대표님이 들어오셔서요."

"뭐?"

"아무튼 그렇다고요."

"아, 이 자식, 볼수록 질척거리네. 주제에 대표이사님까지 들먹여?"

진 부조리장이 흥분할 때였다. 윤기 뒤로 조리부장이 들어섰다.

"부장님."

진 부조리장이 바로 예의를 갖춘다. 하지만 조리부장의 시선은 윤기에게 있었다.

"송윤기."

"예."

"그게 정말이냐?"

"뭐가 말입니까?"

"네가 이지용 회장님 스테이크 미션에 성공했다는 거."

"예? 이지용 회장님요?"

옆에 있던 진 부조리장이 먼저 반응했다.

"부장님, 그게 무슨 말입니까? 조리 보조도 제대로 못 하는 송윤기가 이지용 회장님 스테이크라니요?"

"자넨 좀 빠져."

"……."

"맞습니다."

윤기가 답했다. 촉을 겨누고 있던 주방 직원들이 모두 소스라쳤다. 채소 손질도 제대로 못 하던 윤기. 그런데 쟁쟁한 셰프들이 실패한 이지용 회장의 스테이크에 성공?

"송윤기, 이거 중요한 일이야."

"물어보셨으니 대답했을 뿐입니다."

"얀마, 그게 말이 돼? 네가 무슨 수로?"

진 부조리장이 또 폭발했다.

"인수인계 하고 가라니 사표는 인계 끝나는 대로 내겠습니다."

윤기가 돌아섰다. 그러자 조리부장 얼굴이 사색으로 변했다.

"뭔가 잘못되었을 겁니다. 저놈이 이지용 회장님 스테이크에 성공했으면 제 손에 장을 지지죠. 그나저나 눈치 없는 놈이 이제야 겨우 정리되는군요."

진 부조리장이 웃었다.

"이봐. 지금 눈치 없는 게 누군데 그래? 방금 대표님이 나 불러서 뭐라고 한 줄 알아?"

"왜요? 저놈이 또 그 잘난 찬모 엄마 찬스라도 썼습니까?"

"이 친구가 정말, 오늘 대표님 점심 식사 말이야 송윤기에게 맡기라는 특명이 떨어졌어."

"예?"

진 부조리장 눈이 하얗게 뒤집어졌다. 한마디로 청천벽력이 아닐 수 없었다.

"부조리장, 딸 때문에 직원들 관리 제대로 안 하는 거 아니야?"

"부장님."

"아니면? 좀 이상하잖아? 얼마 전의 불어도 그렇고."

"불어야……."

"그게 그냥 불어였어? 에르베 셰프가 나한테 공식적으로 요청을 해 왔어. 송윤기를 자기한테 붙여 달라고. 그래서 윤기는 손의 장애에다 요리에 자질도 없고 곧 해직당할 거라서 안 된다고 했는데 이게 뭔가?"

"에르베 셰프가요?"

"오늘 아침에 한 말이야. 어제 자기랑 같이 요리를 했는데 송씨가 천재적이었다는 거야."

"말도 안 되는… 저놈이 천재면 저는 요리의 신입니다."

"제발 그러길 바라네. 만약 자네 말이 틀리면 내가 곤란해질 테니까."

"걱정 마십시오. 저놈이 무슨 잔머리를 굴렸나 본데 그게 말이 됩니까? 이지용 회장님 스테이크에 에르베 셰프의 인정이라뇨?"

"아무튼 빨리 가서 데려와. 스테이크가 분자요리 기법이라 시간이 걸린다고 했대. 자칫 식사시간 늦으면 다 우리 책임이 될 테니까."

"야, 송윤기."

혈압이 정수리까지 뻗친 진 부조리장이 보조실로 나왔다.

"너 뭐야? 지금 뭐 하자는 거야?"

"지시대로 인수인계 중입니다만."

식재료 창고 안의 윤기가 답했다.

"그거 말고, 이지용 회장님 스테이크 말이야. 그리고 에르베 셰프하고 요리? 그거 왜 나한테 보고 안 했어?"

"분자요리실은 진 부조리장님 권한이 아니지 않습니까? 게다가 쉬는 날이었고요."

"뭐야?"

"사표 여기 있습니다. 그렇게 원하셨으니 대신 내 주시죠."

"야, 송윤기."

진 부조리장이 윤기 손을 밀어냈다.

"야, 이 자식 지능적이네? 너 대체 무슨 수를 쓴 거야? 이지용 회장님 스테이크에 에르베 셰프의 인정? 그게 말이 되는 소리야?"

"저는 발전 좀 하면 안 됩니까?"

"뭐어?"

"전에 그런 말씀 하셨죠? 처음 조리실 수습할 때 몇 달이나 실력이 안 늘더니 어느 날 부조리장님도 모르게 일취월장을 하더라고. 그게 부조리장님에게만 일어나야 하는 일입니까?"

"야."

"인계 다 끝났습니다. 이제 비켜 주시죠."

마지막 선반을 체크한 윤기가 조리복을 벗고 진 부조리장을 바라보았다. 눈빛이 매웠다.

진 부조리장은 자신도 몰래 등골이 오싹해지는 걸 느꼈다. 그 앞에 선 건 너무나 만만해서 화풀이의 대상이던 윤기가 아니었다.

"사표를 냈으니 이제 부조리장님 지시를 따를 필요 없습니다. 그러니 비켜 주세요."

윤기가 한 번 더 강조했다. 진 부조리장은 자신도 모르게 한 발 물러섰다.

"송윤기… 내 말은……."

진 부조리장은 말까지 더듬었다. 윤기는 그 몸을 밀고 선반 사이를 지나갔다.

"송윤기."

진 부조리장의 손이 그 팔을 잡았다. 윤기가 가 버리면 덤터기는 자신의 몫이 되기 때문이었다.

"좋아. 그동안 절치부심 노력했을 수도 있지. 실력이나 한번 보자고."

"부조리장님."

운을 뗀 윤기의 눈은 더 오싹하게 변했다.

"제 말 못 들었습니까? 사표를 냈으니 더 이상 저한테 이래라 저래라 하지 마십시오."

"사표?"

당황한 진 부조리장이 주머니를 보았다. 사표는 거기 꽂혀 있었다.

"이러면?"

진 부조리장이 윤기 사표를 찢었다.

"갑자기 엄청나게 당당해졌군. 그럼 증명해 봐. 나는 정말이지 믿을 수가 없으니까."

"왜 못 믿죠? 분명히 손목의 경련이 나았다고 말했을 텐데요?"

"2년도 넘게 떨던 손이었어. 게다가 네 입으로 몇 번이고 말했잖아? 그 손은 서울대학병원이나 삼성병원에서도 고칠 수 없다고."

"기적도 있는 법이죠."

"기적?"

"진 부조리장님도 그걸 바라고 있지 않습니까? 딸 은서에게 기적이 생기길."

"……?"

"좋아요. 대표이사님 부탁이니 스테이크를 만들겠습니다. 대신 그분이 만족하시면 손에 장 지지는 건 잊지 마시기 바랍니다."

윤기의 매조지였다.

"형, 형이 정말 이지용 회장님 스테이크에 성공했어요?"

진 부조리장이 나가자 창혁이 물었다. 그 또한 잔뜩 들뜬 목소리였다.

"그래."

"그리고 지금은 대표이사님 런치 스테이크를 하러 가는 거고요?"

"좋아할 거 없어. 이것도 테스트일 테니까."

"안 떨려요?"

"내가 왜?"

"형……."

"떨어야 할 건 다른 사람들 아니야? 내가 대표이사님을 만족시킬까 봐."

"잠깐만요."

윤기가 조리복을 집자 창혁이 그걸 막았다. 밖으로 나간 창혁이 새 조리복을 가지고 돌아왔다.

"저 지난주에 지급받은 새거예요. 대표이사님 요리 한다면서 기왕이면 새 옷이 좋잖아요."

창혁이 새 조리복을 내밀었다.

"고맙다."

"형, 파이팅하세요. 불어에 스테이크에… 뭐가 뭔지 잘 모르겠지만 보란 듯이 성공해서 그동안 형 무시한 사람들 콧등을 시원하게 깨 버리세요."

창혁의 응원을 받은 윤기가 조리 1팀 주방 문을 열고 들어섰다. 모두의 시선이 윤기에게 쏠렸다.

제7장

첫 번째 ★★★★★

"에르베 셰프님."

윤기가 에르베 앞에 섰다.

"송."

"한 번 더 분자요리실 사용을 요청합니다."

윤기가 말하자 에르베의 시선이 조리부장에게 건너갔다.

"우리 대표이사님께서 송윤기에게 런치 스테이크를 맡기셨습니다."

조리부장이 사연을 전했다.

"혹시 그 스테이크?"

에르베가 윤기에게 물었다.

"맞습니다. 저에 대한 테스트인 것 같습니다."

"그렇다면 백 번이라도 써야지."

에르베의 반응은 몹시 기꺼웠다.

"티본스테이크가 필요한데 써도 되겠습니까?"

윤기가 조리부장을 바라보았다. 이지용의 스테이크는 사적인 것이라 윤기가 따로 준비했다. 하지만 오늘은 공적이니 식재료실의 것을 쓰는 게 옳았다.

"진 부조리장, 송윤기 육류 보관실 좀 열어 줘."

조리부장의 지시가 떨어졌다.

스릉.

육류 보관실의 자동문이 열렸다. 티본스테이크는 몇 개 없었다. 하나하나 확인을 마친 윤기가 빈손으로 나왔다.

"……?"

조리부장과 진 부조리장 눈빛이 뜨악해졌다.

"저는 21일 숙성육이 필요합니다. 안에 있는 건 14일과 24일짜리네요."

14일은 숙성 부족이고 24일은 과숙성이었다. 요리에 문제가 있는 건 아니지만 감칠맛을 제대로 내기에는 미흡했다.

"뭐야?"

"21일 숙성육이 필요합니다."

발끈하는 진 부조리장 앞에서도 윤기는 냉정했다.

"야, 그 정도면 문제없어. 나머지는 요리사 실력이지."

"숙성은 시간이 하는 거지 요리사가 하는 게 아니거든요."

"뭐야?"

"제가 알기로 0도 언저리의 진공 상태에서 15일을 숙성하면 유리 아미노산과 정미 성분이 높아집니다. 이 맛은 21일이 되었을 때 최고치에 달한 후에 서서히 감소합니다. 틀렸습니까?"

"그래서? 지금 당장 21일 숙성육을 구해 와라?"

"4개가 필요합니다. 5㎝도 맞춰 주십시오."

"송윤기, 설 대표님은 소식주의자야. 그런데 웬 4개?"

"그건 진 부조리장의 요리일 경우죠. 제 앞에서는 소식주의가 아닐 수도 있습니다."

"야."

"대표이사님께 이지용 회장님과 같은 스테이크를 약속했습니다. 그렇다면 같은 식재료를 써야 하지 않을까요?"

"너 지금 장난해? 자신 없으니까 식재료 핑계 대는 거 아니냐고?"

"아닙니다만."

"우어."

"구해 줘."

뒤에 있던 조리부장이 나지막이 말했다. 다들 윤기의 행동이 거슬렸다. 윤기도 이럴 생각까지는 없었다. 웻 진공 숙성 21일 차가 최고치의 맛을 낸다는 건 과학적 팩트다. 진 부조리장 말대로 약간의 플러스 마이너스쯤은 얼마든지 커버할 수 있었다. 그럼에도 고집을 부리는 건 진 부조리장에 대한 응징이었다.

내로남불이 루틴이 된 세상이다. 진 부조리장은 모르고 있었다. 그가 사사건건 이런 식으로 윤기를 괴롭혀 왔다는 사실.

30분 후에 21일 숙성 티본스테이크 4개가 도착했다. 그제야 윤기가 분자요리실로 들어갔다.

"저 자식 아주 뭐나 된 거 같은데요?"

경모가 진 부조리장의 편을 들고 나섰다. 자칭 그랑 호텔 요리의 미래다. 더구나 진 부조리장의 부사수 출신이니 그냥 넘어갈 리가 없었다.

"내 잘못이야. 진작 잘랐어야 하는 건데……."

"그나저나 제깟 게 무슨 분자요리를 하겠다고 저러는 겁니까? 분자요리 아무나 하나?"

"부조리장님."

둘의 대화에 명규가 끼어들었다.

"뭐?"

"실은……."

"아, 뭐? 지금 열받았으니까 빨리 말해."

"실은 저번에 윤기가 분자요리 하는 걸 봤습니다."

"뭐야?"

진 부조리장과 경모가 동시에 뒤집어졌다.

"두부김치하고 막걸리가 식재료였는데 조리장님 조리대에서 분자요리 흉내를 내고 있더라고요. 해서 제가 무슨 짓이냐고 뭐라 했는데 에르베 셰프께서 자기가 허락한 거라고 해서……."

"진짜야? 분자요리 하는 걸 직접 봤어?"

경모가 명규를 다그쳤다.

"조리복 갈아입으러 탈의실로 가는 바람에 요리하는 건 못 봤어요. 아무튼 그랬다고요."

"그럼 그날 분자요리실에 있던 두부김치 막걸리 분자요리가?"

조리부장이 턱을 괴며 중얼거렸다.

"아이고, 부장님까지 왜 이러십니까? 송윤기의 수전증을 저만 압니까? 저놈이 무슨 수작을 부리고 있는 모양인데 오래 못 갑니다. 게다가 이지용 회장님 스테이크라뇨? 만약 그분이 먹었다면 지 어머니가 찬모라니 마지못해 한 점 먹은 걸 겁니다. 틀림없어요."

진 부조리장 목소리는 절규에 가까웠다.

찬모의 성의를 봐서 한두 점 시식?

가능성이 높은 얘기였다.

티본스테이크 재료는 4개였다. 노릇하게 구워진 두 덩어리가 동결에 들어갔다. 또 하나는 마리네이드 후에 수비드 수조로 들어갔다. 나머지 하나는 그대로 남았다. 이미 사용한 세 개보다 마리네이드가 조금 강하게 입혀졌다.

다른 것은 함초였다. 에르베가 처음 보는 것이었다. 그건 건조기로 들어갔다. 얇게 펴서 넣은 건 시간을 아끼려는 생각이었다. 또 하나는 숯이었다.

'오늘은 숯불에 구우려는 건가?'

나쁘지 않았다. 스테이크에 있어 숯은 진리와도 같았다. 그렇기에 프랑스나 이탈리아의 스테이크 대가들 중에는 숯불만 사용하는 경우가 많았다.

오늘은 기웃거리는 관전자가 많았다. 조리부장과 조리실 직원들이다. 바쁜 와중에도 오가는 길에 눈길을 던지고 있었다.

"들어오시죠."

윤기가 조리부장을 불러들였다. 그는 그랑 호텔 요리의 총책임자. 창밖에 두는 건 예의가 아니었지만 진짜 이유는 따로 있었다. 조리부장은 윤기의 요리 실력을 모르고 있었다. 그렇기에 확인시켜 주려는 의도였다.

요리는 아직은 절정이 아니었다. 그렇기에 조리부장의 시선은 여전히 의심이 절반이었다.

11시 55분.

조리부장에게 카톡이 들어왔다.

[대표님이 레스토랑에 내려오셨습니다.]

조리부장이 고개를 들었다. 묵직한 한마디로 주의를 환기시키려 했지만 그러지 못했다. 느닷없는 소스 때문이었다. 윤기가 곱게 갈아 낸 건 초록 함초였다.

'함초 소스?'

어이가 조리부장의 뇌에서 가출할 준비를 할 때 함초는 설탕 속으로 들어갔다. 설탕의 양은 1인분이라고 볼 수 없도록 많았다.

'내가 이걸 보고 있어야 하다니. 미치겠군.'

조리부장의 얼굴이 구겨지기 시작했다. 저게 만약 소스라면 설 대표는 초록 달고나를 먹는 꼴이 된다. 하지만 옆에는 에르베 셰프가 있었다. 그는 여전히 넋을 놓고 있다. 그러니 어찌어찌 흥분을 달래는 조리부장이었다.

설탕 졸아드는 냄새는 조리부장의 아드레날린을 더욱 자극했다. 당장이라도 조리대를 엎어 버리고 윤기를 끌어내고 싶을 정도였다.

반대로 윤기는 오직 요리 삼매경이었다. 함초 설탕 농도가 진해지자 속이 깊은 유리 볼을 준비했다. 저 안에 털어 넣고 와인과 우유, 향신료 등을 추가하면 소스가 된다.

하지만 윤기가 다음에 픽한 건 소스 재료가 아니라 두 개의 포크였다.

'포크?'

이제는 에르베의 촉각도 같이 반응을 했다. 한 번도 보지 못한 풍경 때문이었다.

포크가 꿀보다 진한 농도의 함초 설탕 용해액으로 들어갔다 나왔다. 윤기의 손이 유려하게 움직인 건 그다음이었다. 입이 넓은 유리 볼 위였다. 포크를 가장자리에 대고 들어올리자 거미줄처럼 가는 초록 실이 딸려 나왔다.

초록의 마법.

에르베의 눈에는 그렇게 보였다. 포크가 유리볼 위에서 왕복운동을 할 때마다 초록실이 환상처럼 쌓였다.

"……?"

에르베가 일어섰다. 더는 참을 수 없었으니 조금이라도 가까이에서 볼 생각이었다.

수십 회의 왕복운동이 끝나자 가위가 동원되었다. 가장자리를 자르고 모양을 잡은 후에 접시에 놓았다. 함초의 초록과 설탕의 흰 빛이 어우러지니 한 편의 동화 연출이 아닐 수 없었다.

"……?"

조리부장의 눈도 비슷했다. 조리대 앞에 있는 건 에르베가 아니라 윤기였다. 하지만 조리부장이 아는 윤기가 아니었다. 손을 떨지 않았다. 떨기는커녕 베테랑 셰프처럼 노련하고 유려했다.

그사이, 스테이크가 절정을 향해 달려갔다. 수비드 수조에서 나온 티본이 불판 위로 올라갔다.

쏴아아.

귓전을 때리는 소리에 조리부장은 시야가 아찔해졌다. 그도 30년 가까이 요리를 해 온 사람이다. 전공은 일식이지만 소리만 들어도 실력을 알 수 있다. 우연이 아니라면, 이건 대가만이 낼 수 있는 소리였다. 불의 대가만이 낼 수 있는……

더 놀라운 건 고기의 중심 온도를 재는 탐침기조차 없다는 사실. 그 또한 대가만이 할 수 있는 일이었으니 윤기가 다루는 건 무려 5㎝ 두께의 스테이크였다.

숯에 불을 당긴 윤기가 다음 스테이크를 꺼냈다. 동결함침법을 쓴 그것이다. 이미 한 번 구웠으니 마무리 시어링이었다.

윤기 대신 조리부장의 손이 떨고 있었다. 군더더기라고는 찾아볼 데가 없기 때문이었다.

윤기의 스테이크는 이제 레스팅에 들어갔다. 마무리 단계였다. 여기서 색다른 풍경이 나왔다. 남은 생 티본스테이크에 칼을 넣어 세 겹으로 포를 뜬 것이다.

궁금해하던 숯불이 여기서 쓰였다. 이중 석쇠를 장치하더니 숯불 위에 포 뜬 고기를 올렸다. 숯불을 맞은 고기들이 향의 축제를 벌이기 시작했다. 그 향의 방향은 위 칸에 놓인 세 스테이크에 집중되었다.

'향 가미…….'

에르베는 이유를 알았다. 구울 때 날아간 향을 다시 입혀 주는 작업이었다.

두 개의 접시가 먼저 나왔다. 둘 다 덮개를 씌웠다. 웨이터에게 넘긴 윤기가 그 뒤를 따랐다.

"부장님."

진 부조리장이 조리부장 옆으로 다가왔다. 조리부장은 부조리장을 밀어내고 윤기를 따라갔다. 분자요리실 안에 남은 건 에르베 혼자였다. 조리대 앞에서 함초 설탕의 초록 조각을 들고 있다. 아까는 액체이던 것, 이제는 고체가 되었다. 윤기 방식의 분자요리였다.

조명에 비춰 보니 색감이 차마 예술이었다. 그것만으로 놀란 건 아니었다. 설탕은 시간이 경과되면 결정이 생기기 시작한다. 더 안정된 상태로 돌아가려는 화학작용이다. 따라서 설탕으로 만든 결정 상태를 투명하게 유지하려면 순수 글루코스나 전화당을 섞어야 한다. 윤기의 설탕 결정이 그랬다. 비율조차 완벽하니 분자요리의 원리를 적확하게 안다는 증거였다.

'송…….'

에르베의 머리카락은 쭈뼛쭈뼛 올라가고 있었다.

"드시죠."

설 대표 앞에서 윤기가 덮개를 벗겼다. 시어링의 자태는 조금 진했으니 금갈색을 넘어 검은빛이 살짝 감돌았다.

"……?"

설 대표는 스테이크의 향미에 압도 당했다. 뚜껑이 열리자 그 안에 그득한 스테이크 향이 폭풍처럼 밀려 나왔다.

"와우, 냄새부터 기막히군."

설 대표는 두 손을 가볍게 비볐다. 파리만 음식 앞에서 손을 비비는 게 아니다. 인간도 맛에 대한 기대가 클 때 두 손을 비빈다.

테이블을 지켜보는 눈은 많았다. 에르베에 마케팅 황 부장은 물론이고 조리부장과 연회 팀장, 서빙 팀장의 이목까지 쏠렸다. 그새 소문이 난 모양이었다.

스테이크는 두 접시였다. 두툼한 위엄 위에 데미글라스 소스를 곁들였다. 구운 아스파라거스와 아보카드, 작은 레몬 반쪽 외에는 특별한 고명이나 곁들임도 없었으니 전과 다른 건 스테이크 위에 비스듬히 찔러 놓은 함초 설탕 조각뿐이었다.

"그런데 두 개?"

설 대표가 윤기를 바라보았다.

"왼쪽 것은 샘플용이었고 오른쪽 것이 이지용 회장님을 위한 특선이었습니다. 대표님의 경우에는 아무거나 드셔도 상관없습니다."

"두 개가 다르다?"

"예."

"그냥 보기엔 똑같은데……."

"……."

"일단 맛부터 볼까?"

설 대표가 나이프를 들었다.

"그 전에 고명부터 맛을 보시기 바랍니다."

"이거?"

설 대표가 함초 설탕 조각을 집어 들었다. 한 번 외양을 살피고는 가볍게 깨물어 본다.

아작.

바스라지는 소리와 함께 침이 고이기 시작했다. 설탕이었다. 그런데 설탕만이 아니었다. 편안한 짠맛이 이어진다. 담백한 뒷맛이 좋았다.

문득 열려 버린 침샘을 달랜 설 대표가 왼쪽 스테이크를 갈랐다. 속살이 드러나자 또 한 번의 풍미가 뭉긋하게 피어올랐다. 그와 함께 드러난 중심부의 핑크센터는 갓 피어난 백일홍처럼 선명했다. 설 대표의 포크가 한 점을 찍었다. 그대로 입으로 들어간다.

두어 번 음미한 후에 또 한 점이 들어갔다. 그리고 또 한 점…….

평가는 그 후에 나왔다.

"기막히군. 적당한 육질감에 풍부한 육즙, 육향을 머금은 정미가 깊고 정갈해."

윤기를 한 번 쳐다본 설 대표가 옆 접시를 당겨 놓았다. 윤기의 가이드를 잊지 않았으니 초록 장식부터 먼저 먹었다. 달콤 짭짜름한 맛이 입 안을 정리하니 아까보다 만족도가 높았다.

"……?"

스테이크를 가르던 설 대표의 동작이 멈췄다. 멀리서 지켜보는 간부들의 시선이 함께 멈춘다.

사고다.

그들의 생각은 그랬지만 설 대표의 눈빛은 그것과 달랐다. 두 번째 나이프는 천천히 움직였다. 스테이크의 반응은 처음과 같았다. 검은빛이 감도는 투박한 시어링의 스테이크가 홍해의 기적처럼 갈라졌다. 그렇다고 다진 고기로 티본의 모양을 잡아 놓은 것도 아니었다. 갈라진 면의 살결 구조로 보아 칼질 따위는 들어가지 않았다. 그럼에도 몇 시간을 고아낸 육질처럼 부드러웠으니 마치 연두부나 푸딩의 식감에 비견되었다.

안에서 터져 나온 풍미는 또 어떤가? 조금 전의 것과는 또 달랐으니 부드럽기가 비단결 이상이었다.

"으음."

한 입을 문 설 대표 입에서 신음이 쏟아져 나왔다. 그걸 넘긴 후부터 포크질에 속도가 붙었다. 5㎝ 위엄의 스테이크였건만 눈 깜짝할 사이에 접시가 비워지고 말았다.

그 후로도 한동안 설 대표의 시선은 빈 접시에 있었다. 눈동자가 못내 허전했다. 요리의 양에 대한 아쉬움이었다.

윤기 입가에 야릇한 미소가 피어올랐다. 설 대표는 더 이상 평가자의 입장이 아니었다. 맛에 홀린 가엾은 어린 양. 윤기에게는 그 이상도 이하도 아니었으니 윤기가 확인에 들어갔다.

"이지용 회장님 스타일 스테이크는 한 접시가 더 있습니다만."

한 판 더?

윤기 목소리는 거의 치명적인 유혹처럼 들렸다.

*　　　*　　　*

"……?"

눈알이 흔들리는 사람은 진 부조리장이었다. 윤기가 한 접시를 더 들고 나간 것이다. 그 스테이크는 그때까지 은근한 숯불 석쇠의 윗칸에 있었다. 소스와 함초 설탕 장식을 꽂는 데는 시간이 걸리지 않았다.

스테이크가 추가되자 설 대표가 의자를 당겨 앉았다. 이번에는 처음부터 반으로 나누었다. 그러더니 마케팅부장과 조리부장을 불렀다.

"맛 좀 보세요."

둘에게 권하니 두 부장도 포크를 잡았다.

"……!"

두 사람의 표정은 비슷하게 연출되었다. 입이 살짝 벌어지면서 눈이 풀렸다. 둘은 재빨리 표정을 수습했지만 침샘이 말을 듣지 않았다. 부드러우면서도 풍후한 감칠맛과 담백함에 미각이 터질 지경이었다.

"이게 바로 이지용 회장님을 녹였다는 그 스테이크야."

설명하는 설 대표의 볼이 미어지고 있었다. 입안 가득 스테이크를 문 것이다.

"……."

"맛이 어떤가?"

"……."

"맛이 어떠냐고 물었네만?"

"좋습니다."

"어떻게?"

"육질이 아이스크림처럼 부드럽고, 풍미 또한……."

두 부장의 대답이 버벅거렸다.

"그런데 왜 여태껏 모르고 살았나?"

"……."

"송 셰프."

설 대표가 윤기를 바라보며 말을 이었다.

"처음에 먹은 장식 말일세. 내가 알기로 이지용 회장님 것에는 없다고 들었는데?"

"맞습니다. 대표님을 위한 특선이었습니다."

"설탕에 소금… 그리고 허브였나?"

"함초 분자요리였습니다."

"함초 분자요리?"

"설 대표님의 미각을 끌어올리기 위한 방편이었는데 과식을 하시게 해서 죄송합니다."

"그러고 보니 짭쪼름 달달한 그걸 먹고 나니 식욕이 확 당겼어."

"……."

"맙소사. 설마 송 셰프가 사람의 미식 취향까지 알 수 있는 건가?"

"같이 공부를 했습니다."

"이런, 이런… 등잔 밑이 어둡다더니……."

설 대표가 테이블을 두드렸다.

"조리부장은 내 방으로 좀 올라오세요."

입을 닦은 설 대표가 옷깃을 여미며 일어섰다. 느닷없는 존댓말이었으니 조리부장의 안색이 파랗게 변해 버렸다.

"아차"

그대로 나가던 설 대표가 윤기를 돌아보며 엄지척을 쾌척했다. 모두가 그 장면을 보았다.

"송."

에르베가 다가와 손을 내밀었다.

짝.

하이 파이브를 날려 주었다.

"잘된 거지?"

그가 불어로 물었다.

"아마도요."

"깨끗하군."

에르베가 빈 접시를 바라보았다.

"그런데 내 머리는 깨끗하지 못해."

"뭐가 궁금한데요?"

"아까 그 설탕 허브 용액 말이야."

"간단한 분자요리였어요. 설탕을 이용한."

"고체에서 액체, 다시 고체… 당연히 분자요리지. 그런데 단순한 데코는 아니었지?"

"일종의 식욕 자극제였죠. 설 대표님은 짭쪼름한 맛을 좋아한다고 들었는데 단맛을 가미해 주면 식욕이 더 올라가거든요."

윤기의 해명은 거짓말이었다. 설 대표의 식성은 들은 바가 없었다.

"숯불로 지핀 향은?"

"갑작스러운 요청이라 스테이크 향을 만들 시간이 없었어요. 그렇게 되면 내부에 주입한 컴파운드 버터의 풍미가 떨어지잖아요. 보완책으로 속으로 들어갈 향을 겉에다 입힌 거죠."

"와우."

에르베는 윤기 이상으로 환호했다. 자신이 아는 윤기와 조리실 직원들이 아는 윤기의 괴리감이 사라진 까닭이었다. 한마디로 멋진 증명이었다.

"형."

창혁이도 싱글벙글이다.

"조리복 고마웠다."

윤기는 인사를 잊지 않았다.

그렇다고 모든 사람들이 반색하는 건 아니었다. 진 부조리장의 얼굴이 특히 그랬다. 그는 도무지 납득하기 어렵다는 표정이었다. 그게 요리에 영향을 미쳤다. 덕분에 런치 타임 메뉴에 컴플레인이 이어졌다.

"정말 장 지질까요?"

유리창 사이로 조리실을 넘겨 보며 창혁이 웃음을 참았다.

"지져야지."

윤기가 잘라 말했다.

최 조리부장은 잔뜩 깨지고 내려왔다. 얼마나 깨졌는지 얼굴이 당근처럼 변해 있었다.

"하루 이틀도 아니고 2년도 넘게 데리고 계시면서 자질을 몰랐다는 겁니까? 그 정도면 백락이 아니더라도 천리마의 자질을 알 수 있는 거 아닙니까?"

설 대표의 질책이 귓속에 생생했다. 백락은 천리마를 알아보는 사람이다. 2년이라는 시간이 조리부장을 더 할 말 없게 만들어 버렸다.

그 이면에는 조리부장의 위상도 한몫을 했다.

그랑 호텔.

본사가 직접 신축한 5성의 '그랑 여수'와 달리 일본 재력가가 세운 호텔이었다. 일본이 장기 불황에 빠져들면서 관광객의 씀씀이가 줄었다. 양국 정부 간의 사이도 틀어지면서 비즈니스맨의 출장도 줄었다. 그때 프랑스의 호텔 체인점이 인수를 했다. 처음부터 유럽 지향의 실내 장식이었던 탓에 이질감도 거의 없었다.

다만 옵션이 있었으니 그때까지 근무하던 프런트 오피스와 백 오피스의 직원들을 정리하지 않는다는 조건이었다. 최현식이 조리부장 자리를 보전한 건 그 덕분이었다.

호텔의 경영진이 바뀌자 투숙객 분포도 변해 갔다. 일본 손님이 주를 이루던 때와 달리 유럽 손님이 늘어났다. 그러나 조리부장은 일식 전공. 유럽풍을 지향하는 호텔 방침과 살짝 달랐으니 조리부장의 위상은 높지 않았다.

본사에서 유럽 정통 셰프를 파견한 것도 그와 궤를 같이했다. 그러던 차에 윤기 일이 터진 것이다. 조리부장은 이제 조리 직원의 관리 능력까지 의심 받을 지경이었다.

"부장님."

레드와인 소스에 양갈비구이 요리를 마친 진 부조리장이 그를 맞이했다.

"진규태."

조리부장의 목소리가 바로 높아졌다.

"사람을 이렇게 망신을 시켜?"

"부장님."

"뭐? 송윤기가 수전증? 요리는커녕 기본 소스도 제대로 못 만든다고?"

"부장님……."

"자네, 대체 뭐 하는 사람이야? 나야 같이 일하지 않으니까 그렇다고 쳐. 자네는 바로 옆에서 데리고 있었잖아? 그것도 2년도 넘게?"

"……."

"스테이크 말이야, 소식파인 대표님이 2인분도 넘게 먹었어. 송윤기가 스테이크 굽는 거 봤어? 탐침기조차 없이 스테이크를 구워 내더라고. 그것도 무려 5㎝짜리 티본스테이크를."

"부장님……."

"아, 내가 진짜 대표님 보기 무안해서……."

"윤기 일은 부장님도 아시다시피……."

"내가 뭐? 이 마당에 그런 게 중요해? 현실이 이런데."

"……."

"송윤기 불러와."

"……."

"내 말 안 들려?"

"알겠습니다."

진 부조리장이 돌아섰다. 다른 때 같으면 명규에게 시켰을 일. 조리부장이 노도와 같으니 직접 갈 수밖에 없었다.

조리실 문을 열자 윤기가 보였다.

들어가 봐.

아직도 자존심이 남았으니 턱짓으로 사인을 보냈다.

윤기가 조리부장 앞에 섰다. 주방의 시선이 일제히 쏠렸다.

"뭐 해? 요리들 안 하고?"

진 부조리장의 화풀이가 그냥 넘어가지 않았다.

"송윤기."

숨을 고른 조리부장이 입을 열었다.

"예."

"왜 말하지 않았나? 불어에 요리 실력에……."

"말했으면 믿어 주셨을까요?"

윤기가 되물었다. 입이 열 개 있어도 할 말이 없었으니 지금까지의 분위기가 그랬었다.

"좋아. 다 내 불찰이었다."

"……."

"곧 대표님이 부르실 거야. 미안하지만 우리 조리부에 오해가 없도록 잘 얘기해 주면 좋겠다."

"그러죠."
"그래, 좋은 게 좋은 거야."
"아직 정리가 끝난 건 아닙니다만."
"……?"
"진 부조리장님."
윤기 시선이 진규태에게 돌아갔다.
"부장님 말씀 들으셨습니까?"
"……."
"다른 건 몰라도 한 가지는 지켜 주시죠."
"뭐?"
"손에 장 지진다는 거요."
"야, 송윤기."
"농담이 아닌 걸로 들렸습니다만."
"뭐야? 지금 그게 중요해?"
"예."
각을 세우는 진 부조리장 앞에 장을 가져다 놓았다. 펄펄 끓는 소스 육수에 된장을 풀어 버린 것이다.
"야, 송윤기, 너 내가 진짜 지지면 어쩔 건데?"
진 부조리장이 새끼손가락을 장 가까이 대며 소리쳤다. 그때 조리실 인터폰이 울렸다.
"윤기야, 대표님실 호출."
인터폰을 받은 상일이 말을 전달할 때였다. 변죽을 울리는 진 부조리장의 손을 윤기가 장 속으로 밀어 넣어 버렸다.
"으아악."

놀란 진 부조리장이 몸서리를 쳤다.

윤기는 벌써 복도로 나가고 없었다. 진 부조리장은 평소 같은 독설을 퍼붓지 못했다. 손을 데어서가 아니었다. 요리사 밥을 먹는 한 이 정도는 별것도 아니었다. 고온의 기름 속에서 잡티를 건져 내는 일도 허다하기 때문이었다.

그렇다고 죄책감 때문도 아니었다. 이유는 다른 데 있었으니 윤기에게서 엿보인 오싹함이었다. 특별히 눈에 힘을 주지도 않았지만 분명히 그랬다.

—나대지 마세요.

윤기의 눈은 그렇게 말하고 있었다.

"세 살 난 아이와 88세 노인요?"

대표실로 불려 간 윤기가 차분하게 되물었다. 설 대표의 질문이었다.

"될까?"

"어려울 것은 없습니다만."

윤기의 답이었다.

대표의 오더는 미수를 맞이하는 지인 미술관장이자 고미술 수집상의 어머니를 위한 것이었다. 마침 손자도 세 살의 생일이란다. 그 관장이 바로 사교계에서 알아주는 미식가였다.

[어머니 미수 생신상에 더불어 세 살 증손자를 위한 스페셜

스테이크]

타이틀을 그렇게 붙였다.

여기에는 설 대표의 복안이 깔려 있었다. 윤기의 요리 솜씨는 납득하기 어려운 부분이 있었다. 요리란 하루아침에 이루어지지 않는다. 만약 윤기가 천재였다면 처음부터 두각을 나타냈어야 했다.

그렇지는 않았다. 그건 누나 설지아의 부탁으로도 알 수 있었다. 조리 보조로 추천할 때 흠이 좀 있다고 말했던 기억이 났다.

조리부장을 질책하기는 했지만 그의 잘못으로 치부하기는 무리였다.

지금까지의 최 부장은 무난한 사람이었다. 일식 솜씨도 큰 흠이 없었고 조리 직원들 장악력도 크게 나쁘지 않았다.

윤기 역시 이해할 수 없는 부분이 있었다. 입사 후에 실력을 갈고닦았을 수는 있었다. 문제는 그런 실력이 '전혀' 드러나지 않았다는 거였다.

"죄송하지만 객관적인 평가가 필요합니다."

조리부장의 의견이었다.

질책 뒤에 의견을 받아들였다.

경영자로서 두 접점을 이어줄 만한 인물을 탐색했다. 사교계의 미식 대표로 불리는 장대방 관장이 적격이었다. 설 대표와는 고등학교 후배 사이였다. 그가 미식가가 된 사연은 엉뚱했다. 바로 MSG 때문이었다. 그 어머니가 '미'자로 시작되는 MSG를 퍼붓는 스타일이었다. 거기에 질려 MSG 안 들어간 음식을 먹다 보니 자연스럽게 참맛을 알게 되었다.

그는 고미술품 수집을 위해 세계를 유람한다. 가장 애정하는 작가는 레오나르도 다 빈치다. 그 예술가의 식성까지 꿰뚫고 있다.

사실 외국 나가면 가장 만만한 게 스테이크다. 그러다 보니 스테이크에 대한 조예가 남달랐다.

이지용 회장에게 통한 건 놀라웠지만 환자라는 특수 상황이 있었다. 요리 실력으로 인정하기에는 변수가 있다. 설 대표 자신의 인정도 한계가 있었다. 그래서 점찍은 게 장대방이었다. 그라면 윤기의 실력에 객관성이라는 보증을 붙여 줄 것 같았다.

그는 그랑 호텔에 두 번 왔었다.

"우리 요리 어때?"

설 대표가 물을 때마다 야속한 답이 나왔다.

"별 다섯에 두 개 반요."

딱 기본이었다.

이제 다시 초대하기도 무안하지만 핑계가 있었다. 그의 모친은 요양병원에 있다. 소위 말하는 예쁜 치매로, 경증 치매환자였다. 아무튼 치매환자이다 보니 특급 호텔로 모시기 어려웠다. 그럼에도 내년을 기약할 수 없는 88세의 생일.

—우리 매형 이지용 회장님도 OK한 스테이크.

—뉴 페이스 셰프인데 시식 한번 어때?

설 대표의 제안은 제대로 먹혔다. 이지용 회장의 지명도가 장대방의 호기심을 자극했다. 스테이크라는 메뉴도 그랬고 치매환자인 어머니를 주빈으로 모신다는 점. 세 살 먹은 손자까지 부담 없이 먹을 수 있는 분자요리 이벤트라니 수락을 한 것이다.

"이것저것 체크해 보니 자네에 대한 답이 나오지 않더군. 주방에서는 있을 수 없는 일이라고 하는데 나는 직접 체험을 했고… 하지만 나는 자네 요리 솜씨가 우연이라고 생각하지 않아. 내가 알기로 요리에는 우연이 없거든."

"……."

"시도해 보겠나? 만약 장대방 관장의 입맛까지 사로잡으면 자네에게 중책을 맡길 수도 있어."

'중책?'

"자네가 오기 전에 에르베 셰프가 통역을 대동하고 찾아왔더군. 그랑 서울을 살리려면 자네를 키워야 한다고. 그러자면 식견을 갖춘 제3자의 냉정한 평가가 필요하네."

"그 어르신 생신이 언제일까요?"

"모레네. 자네가 확답하면 장 관장이 우리 호텔로 스케줄을 돌리게 될 걸세."

"이지용 회장님표 스테이크와 똑같아야 합니까?"

"자네라면 다른 요리도 수준급일 거라고 하더군. 에르베 셰프가."

"그렇습니다만."

"일단은 스테이크로 밀어 보자고. 그게 대표성도 있고 좋지 않겠나?"

"그럴 수 있겠군요."

윤기도 공감했다. 윤기는 유명한 셰프가 아니었다. 그렇기에 대표작도 없다. 모든 것이 가능한 윤기지만 세상은 아직 그걸 몰랐다.

"뭐 곁들임과 고명, 즉 가니튀르나 가니쉬 같은 건 가감해도 상관없겠지. 문제는……."

설 대표 표정에 그늘이 드리워졌다. 이유가 이어졌다.

"장 관장이 몬도가네로 소문날 만큼 가리는 게 없었는데 경계성 당뇨 진단을 받은 후로 단 것과 주류를 싫어한다는 거야. 원래는 단맛과 꼬냑에 환장을 하는 사람이었는데……."

단맛 배제, 꼬냑 비호감.

참고하죠.

머리에 입력하고 대화를 이어 나갔다.

"모든 것을 종합할 때 제 성공률이 얼마나 된다고 보십니까?"

"오늘 먹은 스테이크만 봐서는 90% 정도?"

"기왕 모험하는 거라면 10% 더 써서 밀어붙여 주십시오. 반드시 기대에 부응해 드리겠습니다."

"100%?"

"대표님이 확신을 하셔야 저도 신이 날 것 아닙니까?"

"식성이 어떻든 상관없다?"

"그걸 가리면 요리사가 아니죠."

"평판과 달리 시원시원하군."

설 대표가 윤기의 딜을 받았다.

장대방 관장이라면 대한민국 미식 10걸에 꼽히는 사람이었다. 인지도가 필요한 사항이니 메뉴나 옵션 따위는 가릴 것 없었다. 윤기에게는 테이블에 어떤 요리를 올리는가보다 그 의자에 누가 앉는가가 더 중요했다. 전생들도 그랬으므로.

"……!"

진 부조리장의 표정은 쥐었다가 놓은 휴지처럼 구겨졌다. 최현식 부장의 추가 지시가 이어졌다.

"대표님 특별 지시니까 송윤기가 뭐든 사용할 수 있게 편의를 봐주도록."

"뭐든 말입니까?"

진 부조리장이 물었다.

"두 번 말하게 할 건가?"

"……."

"송윤기."

조리부장이 윤기를 바라보았다.

"예."

"원하는 재료 있으면 여기 진 부조리장에게 요청하도록 해."

"그러죠."

"모레라고 했나?"

"예."

"필요하면 1팀 조리장 조리대를 쓰고 그때까지는 보조 일 안

해도 돼. 그것도 대표님 지시니까."

"알겠습니다만 새 조리복이 필요합니다."

"조리복 받은 거 없어?"

"올해는 아직 지급받지 못했습니다."

"진 부조리장."

"알겠습니다."

조리부장 눈에 힘이 들어가자 진 부조리장이 쓴 물을 넘겼다.

"송윤기."

진 부조리장이 윤기를 노려보았다. 조리부장이 조리실을 나간 직후였다.

"뭐죠?"

"그래? 잘나가시는 분이 뭐가 필요하신데?"

목소리는 꼬이고 눈빛은 고슴도치 가시보다 까칠하게 변했다.

"일단 꼬냑부터 한 병 내주세요. 최상급 랍스터와 푸아그라도 쓸 겁니다."

"스테이크에 웬 꼬냑과 랍스터, 게다가 푸아그라까지?"

"설명은 대표님께 드렸습니다만."

"……."

대표님.

그 단어가 진 부조리장의 입을 막았다. 그는 독대조차 하기 어려운 지위기 때문이었다.

"제가 직접 고르겠습니다."

윤기가 주류 보관실을 바라보았다. 여기만큼은 조리장 소관이었다. 조리 1팀은 조리장이 공석이라 진 부조리장이 담당하고 있었다.

"따라와."

진 부조리장이 앞장을 섰다. 주류실 안에는 술이 많았다. 최고급 사케와 와인도 있다. 윤기가 고른 건 EXTRA급 꼬냑이었다.

"야, 송윤기."

진 부조리장의 태클이 들어왔다. 꼬냑의 등급은 대개 5단계로 나뉜다. VS를 시작으로 VSOP, NP, XO, X까지. 보관소에 X급은 없으니 최상급에 해당되었다.

"뭐든 마음대로 사용하라고 했습니다만."

"허어."

"대신 랍스터는 중간급이면 되고… 고기는 21일 숙성 티본 스테이크 3인분에 양지와 사태, 힘줄 살 넉넉히, 기타 식재료와 향신료는 제가 고르면 되지만 오미자와 미라쿨린이 없는 것 같으니 부탁합니다. 미라쿨린 잘 모르시면 검색해서 구매하시고요."

"야."

"나머지는 에르베 셰프께 부탁하면 될 것 같네요."

꼬냑을 집어 든 윤기가 주류 보관실을 나갔다.

"아오, 진짜……."

핏대가 오른 진 부조리장이 벽을 후려쳤다.

"저거 꼬냑이잖아요?"

경모가 다가왔다.

"저 자식 위세 좀 봐라. 지가 무슨 엠불리나 팻덕의 오너 셰프 쯤 된 것처럼 군다. 무려 EXTRA를 들고 나갔어. 그것도 새 병으로."

"신들린 거 아닐까요?"

"신?"

"그런 거 있잖습니까? 너무 간절한데 이룰 수 없다 보니 잠깐 동안 뭔가에 빙의가 되어 발악하다 죽어 버리는."

"지금 장난해?"

"아니면 뭘로 설명합니까? 제가 장담하건대 저놈 큰 사고 치고 혼이 빠져 병원에 실려 갈 겁니다."

"그건 좀 심한 말 아니야?"

지나가던 이원익이 슬쩍 핀잔을 주었다.

"심하긴요? 주제에 부조리장님들 머리 위에서 나대고 있지 않습니까?"

"그래도 우리 직원인데 잘하길 바라야지. 윤기가 잘돼서 우리에게 나쁠 거 없잖아?"

이원익이 멀어졌다.

"아주 부처님 나셨네."

진 부조리장이 빈정을 날렸다. 두 사람은 나름 경쟁 관계였다.

"그러게요."

"그런데 내 앞에서 병원 얘기 하지 마. 우리 은서 생각나니까."

"아, 은서 오늘 퇴원한다고 하지 않았습니까?"

"이따가 하겠지만 퇴원하면 뭐 하냐? 치료제 한 번 더 투약해야 걱정을 던다는데 돈 나올 구멍은 없고……."

"저번에 사신 로또는요?"

"내 복에 그게 맞겠냐? 아무튼 미라쿨린인지 뭔지 하는 향신료가 있단다. 어디서 주워 들은 모양인데 그거 구매 발주나 내 줘라."

"미라쿨린요? 그건 보통 잘 안 쓰잖아요?"

"누가 아니라냐? 내가 저 자식, 구 조리장님 그만두었을 때 잘랐어야 하는 건데……."

진 부조리장의 몸서리와 달리 분자요리실의 윤기와 에르베는 화기애애한 분위기였다.

"뭘 도와줄까?"

에르베는 기대감으로 가득했다.

"분자요리실만 쓰게 해 주시면 됩니다."

"삼대의 스테이크라고?"

"예."

"꼬냑을 안고 온 걸 보니 특별한 플랜이 있는 모양인데 좀 들을 수 있을까?"

"미리 알면 재미가 없지요."

윤기는 에르베의 호기심마저 일축해 버렸다.

"어, 형?"

보조실로 나오자 창혁이 윤기를 반겼다.

"대표님 호출은 어떻게 되었어요?"

"미션 하나 받았어."

"미션요?"

"대표님 지인 중에 미식가가 계신데 그분 스테이크 한번 맡아

보란다."

"우와, 그럼 잘된 거네요?"

"결과에 따라."

대화 중에 따가운 기척이 느껴졌다. 경모였다.

"아주 살판났구나, 살판났어."

바로 비웃음부터 내쏘았다.

"야, 송윤기."

"예?"

"선배로서 충고하는데 네 주제를 알아라. 너 지금 한참 잘못 나가고 있는 거 모르지?"

"모르겠는데요?"

"뭐야?"

"그 말 하려고 불렀습니까?"

"됐고, 지하실에나 가 봐."

"지하실요?"

"마케팅부에서 기인 셰프 전시회 끝난 자료 반출 도와 달라는데 내가 갈 수는 없잖아?"

"윤기 형은 요리 준비해야 하니까 제가 갈게요."

창혁이 손을 들었다.

"그 다리로?"

경모가 창혁을 일축해 버렸다.

"제가 가죠."

윤기가 나섰다.

"이번에는 기절하지 말고."

"그러죠."

윤기가 오더를 접수했다. 기인 셰프전 자료들이라면 한 번 더 보고 싶은 마음도 있었다. 그러니 잘된 일이었다.

지하실로 향했다. 전시 자료를 보관한 방문은 열려 있었다. 안으로 들어섰다. 담당 직원은 보이지 않았다. 겹겹이 세워진 액자와 판넬 사이에서 전생 안드레아를 찾아냈다. 역아의 액자는 바로 뒤에 있었다. 둘을 나란히 놓으니 감회가 새로웠다.

[한 사람은 중국 사람, 또 한 사람은 프랑스 사람]

얼핏 보면 다르지만 둘은 닮아 있었다. 특히 불타는 눈이 그랬다. 요리에 대한 야망이다. 요리로 세상을 휘어잡으려는 야망. 야망을 품은 두 액자 사이에 서서 셀피를 찍었다.

"어머?"

안으로 들어서던 마케팅부 여직원 백지수가 움찔거렸다. 윤기와 안드레아, 그리고 역아. 그날의 대형 사고가 소환되는 모양이었다.

"괜찮아요?"

그녀가 물었다.

"네."

"그날은 갑자기 기절을 해서……."

"보셨습니까?"

"제가 이 전시회 실무 담당자예요. 원래는 VIP 가이드도 제가 하기로 했었는데 황 부장님이 원하시길래 양보해 드렸던 거죠."

"예……."

"그때는 기절까지 하더니 오늘은 아무렇지 않은가 봐요?"

"그렇네요."

"이유 좀 물어봐도 되요?"

"예?"

"그날 제가 지켜봤는데 처음에는 안드레아 셰프를 보고 놀라더군요. 그러다 하고많은 셰프들 다 제치고 역아에게 갔어요. 거기서 기절해 버렸고."

"……."

"그 역아 셰프 말이에요. 전시회에 딸려 온 사연도 재미나거든요. 원래는 목록에 없었던 건데 안드레아 셰프의 사진 뒤에 붙어 있었어요. 그래서 그냥 끼워 넣었던 거죠."

"……?"

"그런데 그쪽이 두 셰프 앞에서 쓰러졌으니 왠지 귀신 붙은 것 같기도 하고……."

"기묘하기는 하군요."

"더 기묘한 게 뭔지 아세요?"

"……?"

"방금 두 셰프들 사이에서 셀피 찍었잖아요?"

"네."

"순간적으로 든 생각인데 셋이 닮았다는 느낌이 들었어요. 분위기가요."

"네……."

"실례가 되었다면 미안해요."

"괜찮습니다."

"근데 아직 제 질문에는 답하지 않았어요."

"뭐, 특별한 건 없었습니다. 그냥 이 두 셰프가 멋지게 보인 것뿐이에요."

"멋지긴 하죠. 두 사람 다 요리 솜씨는 당대 최고였어요. 빌런스러운 역대급 악행이 문제였지."

"어디로 옮기죠?"

윤기가 화제를 돌렸다. 이미 다 알고 있는 사실이었다.

"엘리베이터요. 후문 쪽에 내놓으면 차가 와서 싣고 갈 거예요."

"알겠습니다."

윤기는 역아의 액자부터 들었다. 정년을 앞둔 고등학교 요리 실기 교사가 말했다. 똥물도 파도가 있다고. 그러니 1생부터 나가는 게 맞을 것 같았다. 안드레아의 액자는 그다음이었다. 두 개를 내가자 백오피스에서 온 남자 직원 둘이 가세했다.

상차도 도왔다. 이번에도 역아가 먼저였고 안드레아가 다음이었다.

'고마워.'

차량이 출발할 때 윤기가 손을 들어 보였다.

빌런스러운 역대급 악행?

일방적인 비난을 받을 일만은 아니었다. 황제가 원했고 상류층들이 원했다. 두 셰프는 그들의 미각을 선도했을 뿐이다. 그러니 평가 따위는 상관없었다. 두 전생의 평가는 윤기가 한다. 어쨌든 두 전생은 윤기에게 있어 구세주였다. 이론의 여지가 없었다.

집으로 돌아오기 무섭게 꼬냑 증류부터 시작했다. 분자요리 기법으로 꼬냑 물을 만드는 과정이었다. 꼬냑을 끓이면 78℃ 언저리에서 증발이 시작된다. 이 온도를 유지하면 성분 분리가 일어난다. 에탄올이 풍부하면서 가벼운 향을 포함한 용액과 타닌과 비휘발성 향을 포함한 용액으로 나눠는 것이다.

이 용액에 과일을 넣고 졸이면 알코올이 없는 꼬냑맛을 낼 수 있다. 이 물에 랍스터를 재울 계획이었다.

이 요리는 누벨퀴진의 대가로 불리는 미셸 셰프의 방식이다. 멋진 요리지만 조금 약하다. 윤기는 여기다 스토리를 입힐 생각이었다. 전생들의 실력이라면 당연히 그래야 했다.

호텔에서 가져온 랍스터가 증류된 꼬냑 용액에 들어갔다. 두 번째는 스테이크 향 추출이다. 증류관 청소를 한 후에 티본스테이크를 구워 댔다.

어머니는 흐뭇한 표정이었다. 아마도 이지용 회장 것을 준비하는 것으로 안 모양이었다. 그렇기도 했다. 스테이크 향은 두고두고 쓸 수 있으니까.

딸깍.

조리실의 가스레인지를 점화했다. 안에 든 건 양지와 사태, 힘줄 부위였다. 센 불로 한 번 끓여 낸 후에 그 물을 버리고 다시 찬물을 채웠다. 뚜껑을 닫고 고아 내기 시작했다. 푹 고우면 감칠맛 폭탄이 된다. 젤라틴 소스를 만들 뼈대였다.

"뭐야?"

두 번째로 출근한 진 부조리장이 뚜껑을 잡았다. 윤기가 그 손을 막았다.

"제 요리에 손대지 마시죠."

윤기가 경고를 날렸다.

"얀마, 스테이크 한다며? 그런데 이런 게 왜 필요해?"

"특별한 스테이크니까요."

"아주 개폼은 다 잡는구나?"

"미라쿨린은요?"

"이따 올 거다."

"수이트 아시죠?"

"콩팥에 붙은 지방?"

"송아지 것으로 수이트가 잘 붙은 콩팥 하나 부탁합니다. 사이즈는 적어도 되지만 특유의 냄새가 덜한 걸로 준비하세요."

"야."

"오미자는 아직 준비가 안 되었더군요."

"곧 도착한다, 도착해."

"수고하셨습니다."

요청을 끝낸 윤기가 육류 보관실로 향했다.

진 부조리장이 비웃지만 상관없었다. 콩팥은 장대방의 호감을 낚을 아이템이었다. 이유는 '레오나르도 다 빈치' 때문이었다. 장대방은 다 빈치 덕후. 덕후라는 호칭을 가질 정도면 다 빈치의 식성도 알고 있을 것이다. 모르면 교육시키면 된다. 그런 일은 전생들 즐거움의 하나였다.

티본스테이크 재료는 들어와 있었다. 21일 숙성이 맞았다. 두 개를 집어 들고 분자 요리실로 들어섰다. 에르베는 샤르도네 와인에 바닷가재를 적시고 있었다. 식용 꽃과 에멘탈 치즈로 보아 수비드 바닷가재를 준비 중으로 보였다.

소리 없이 한쪽으로 가서 티본스테이크의 동결 준비를 했다. 에르베는 자신의 일에 몰입 중이다. 매사 남의 요리에 참견하는 진 부조리장과는 달랐다.

동결 준비 후에 소스 제조에 들어갔다. 이번에는 다섯 가지 소스가 필요했다. 어린아이용으로 두 가지, 어르신용으로 두 가지, 나머지 하나는 장대방 관장의 몫이었다.

미수를 맞이하는 어르신의 생일.

그분을 위한 소스는 부드러워야 했다. 나이가 들면 센 맛이 탐탁지 않기 때문이었다.

[참깨, 아마, 샤프란, 야자수, 바닐라, 오렌지 껍질…….]

지상에서 가장 부드러운 소스의 마지막 재료는 다마스크 장미였다. 말린 장미 한 송이를 넣고 끓이자 잠든 볼을 쓰다듬는 아침 햇살처럼 풍미가 푸근해졌다.

"불가리아 스타일 소스?"

냄새를 맡은 에르베가 반응을 했다. 냄새만으로도 알아차린다. 그는 과연 허접이 아니었다.

"생일 주인공 한 분이 연로하셔서요."

윤기가 답하자 에르베가 엄지를 세워 보였다.

다음은 장대방의 소스다. 오미자는 여기 필요했다. 경모가 신경질적으로 던져 놓고 간 오미자. 질이 좋은 것으로 으깬 후에 청주에 담갔다. 그걸 본 경모의 반응도 '허'였다. 듣도 보도 못한 방식이다. 기가 차서 말도 나오지 않는 것이다.

"우리 대표님 큰 실수 하는 거 같습니다. 호텔 망하려고 작정을 하셨지… 그런 요리라면 에르베 셰프나 부조리장님에게 부탁할 것이지."

경모가 진 부조리장 앞에서 혀를 찼다.

"내 말이. 눈꼴셔도 하루만 버티자. 내일이 지나면 저놈 볼 일도 없을 테니까."

진 부조리장은 찬물을 원샷하며 혈압을 진정시켰다. 좋다는 건 다 집어 갔지만 스테이크와는 별상관이 없는 것들. 안 봐도 결과를 알 것 같았다.

다음 날 아침, 조리 1팀 직원들이 분자요리실 창문 앞에 모였다. 분자요리실을 넘겨보다 썰물처럼 흩어진다. 조리부장이 마케팅 부장과 함께 들어서고 있었다.

"오셨습니까?"

진 부조리장이 달려가 인사를 했다.

"송윤기는?"

조리부장이 물었다.

"준비 중에 있습니다."

"지원은 잘 해 줬겠지?"

"그럼요. 제가 직접 챙기고 있습니다."

"대표님도 아침부터 물으시더군. 차질 없이 전폭 지원 하도록 해."

"염려 마십시오."

마케팅부장을 의식한 진 부조리장의 목소리는 꾀꼬리보다도 낭랑했다.

윤기는 바빴다. 동선 때문이었다. 이 요리실의 동선은 분자요리 중심이었다. 그러다 보니 분자요리가 아닌 요리에는 이동이 많았다.

구워 낸 게 껍질을 갈아 냈다. 그런 다음 고운 체에 내려 분말을 받았다. 게살은 따로 발라 트랜스글루타미나아제 효소를 섞어 반죽을 끝냈다. 이 효소는 분자요리에 이용되는데 단백질 결합에 유용하다. 게맛살의 재료로도 쓰인다.

주인공을 위한 메밀도 준비가 된다. 마지막은 장대방이다. 꼬냑 물에 재워 둔 랍스터를 꺼냈다. 수이트가 적당한 소의 콩팥도 마무리 단계.

시계를 보았다. 12시에 가까워진다. 그때 연회 팀 직원에게서 인터폰이 들어왔다.

"장대방 관장님 가족분들 도착했다고 알려 드리랍니다."

"알겠습니다."

대답과 함께 스테이크를 굽기 시작했다. 두 개는 동결함침법을 사용한 것이고 하나는 수비드만 마친 것이었다. 어르신 것을 시작으로 레스팅에 들어갔다. 그사이에 스테이크 향을 가미한 컴파운드 버터가 준비되었으니 주입할 주사기는 모두 세 개였다.

어르신 스테이크의 플레이팅이 끝났다. 장대방의 것도 완성되었다. 두 스테이크의 덮개를 덮고 아이의 가니튀르 마무리를 할 때였다. 홀 여직원이 창밖에서 손짓을 했다.

"대표님 내려오셨어요. 잠깐 나와서 인사 좀 하라시는데요?"

마무리가 남았지만 손을 씻고 나왔다.

장대방의 가족은 귀빈 테이블에 있었다. 설 대표도 함께였다.

"아, 송 셰프, 인사해요. 우리 후배 장대방 관장."

설 대표가 장대방을 소개했다.

"안녕하세요?"

윤기가 인사하자 그가 악수를 청해 왔다.

[단내]

체취가 그의 식성을 알려 주었다. 8미 중에서도 단내가 강했다. 쓴맛, 단맛, 신맛, 짠맛, 감칠맛, 매운맛에 기름맛과 칼슘맛을 더하면 8미가 된다. 전생이 쓰던 맛 분류였다.

인간의 몸은 먹거리로 이루어진다. 그가 지금까지 먹고 산 것들의 냄새를 풍긴다. 가장 강한 냄새가 가장 선호하는 맛이다. 역아의 필살기였다. 그는 무수한 영웅호걸들의 난립 속에서 살아남기 위해 이 방법을 공부했다. 안드레아 대에서 더 꽃을 피웠다. 로봇이 아닌 이상 예외는 없었다.

어르신은 목 인사로 넘어갔는데 장대방의 3살 손자가 손을 내밀었다.

"안녕하세요? 셰프님."

"안녕?"

그 손을 잡는 순간 윤기 손목에 엄청난 충격이 스쳐 갔다. 순간적이라 놀랐지만 다행히, 충격은 이내 사라져 버렸다.

"우리 선배님이 입에 침이 마르게 칭찬하니 기대가 커요."

장대방의 격려를 받고 분자요리실로 돌아왔다. 몇 분에 불과하지만 시간을 지체했다. 남은 건 아이의 스테이크 위에 올릴 분자요리 써니 사이드업과 꼬마 게. 게는 반죽으로 모양을 제대로 잡아 놓았다. 배 쪽의 줄무늬도 넣었고 눈으로 박을 들깨 알도 준비가 되었다. 다리로 쓸 생밤 조각까지도 준비 완료. 마무리로 꿀을 바르고 분말을 칠하면 끝이다. 그런 후에 잠깐 오븐에 넣어 말려 낸 후 장식하면 완성이었다.

'짜식, 귀엽네.'

아이를 생각하며 생밤 조각을 잡을 때였다. 느닷없는 경련이 일어 생밤을 잡지 못했다.

"……?"

놀란 윤기가 손목을 바라보았다.

'뭐야?'

이번에는 붓을 집어 보았다. 붓 잡은 손목도 미친 듯이 떨렸다. 게 몸통에 꿀과 분말을 바를 수 없을 정도였다.

'이것?'

저주의 경련.

이게 다시 원위치?

스테이크 요리는 완성 단계. 그러나 돌연한 경련 재발에 혼이 나가 버리는 윤기였다.

*　　　*　　　*

차분하게.

당황하지 말고.

천천히…….

조리 테이블을 짚었던 손을 놓았다. 호흡을 고르고 다시 붓을 잡았다.

'윽.'

경련은 사라지지 않았다. 붓칠은 게 조각을 빗나가고 말았다. 머릿속이 하얗게 변했다. 여전히 창문 밖에서 기웃거리는 조리팀 직원들…….

그럼 그렇지.

네까짓 게.

비난과 야유가 머릿속에 불을 놓았다.

그 기쁨…….

3일 천하라던 말처럼 순간의 기쁨에 불과했던 건가? 시간이 흘러간다. 요리는 타이밍이다. 제아무리 맛난 스테이크도 적정 온도에서 식어 버리면 소용이 없다. 불을 맞은 요리는 불이 식기 전에 먹는 것이 최상이었다.

하는 수 없지.

"에르베 셰프님."

윤기가 에르베를 불렀다.

"송?"

에르베가 달려왔다. 윤기 손가락에서 피가 나고 있었다.

"죄송합니다. 서두르다 보니……."

"저런, 많이 베었어?"

"아뇨. 하지만 피가 잘 멈추지 않아서요."

"뭘 도와줄까?"

"요리는 끝났습니다. 아이 것 가니튀르가 하나 남았는데 게살로 게를 만들 겁니다. 몸통 모양은 잡아 두었으니 생밤을 다리로 찌르고 분말을 좀 발라 주시겠어요? 분말은 게 껍질인데 살짝 말리면 꼬마 게처럼 보일 겁니다. 눈알 장식은 들깨 알을 박으면 되니 꿀을 바른 후에 붙여 주시고 오븐에 넣었다가 배치하시면 됩니다."

"알았어."

에르베가 붓을 잡았다. 마지막 마무리 정도. 그가 못 할 리 없었다.

"써니 사이드업을 스테이크 옆에 놓고 그 가장자리에 걸쳐 노른자를 향해 기어 가려는 것처럼 장식해 주세요."

"이 지점?"

에르베가 써니 사이드업의 가장자리 부분에 한 마리를 놓았다.

"좋아요."

"와우."

500원 동전 크기의 세 마리 꼬마 게가 자리를 잡자 에르베가 환호성을 질렀다. 눈알까지 선명하니 산 게로 착각이 들 정도였다.

"저기요."

윤기는 손가락 밴딩을 하는 척하며 여직원을 불렀다.

아이.

홀까지 걷는 동안에도 아이 얼굴이 뇌리에서 떠나지 않았다. 아이는 방긋거리는데 윤기는 자꾸 위축되었다. 그때마다 손목 경련이 강해졌다.

'긴장을 한 걸까?'

복도에 비치된 전신 거울 앞에서 표정을 가다듬었다. 전생들은 이런 자리 정도에 긴장하지 않았다. 알아주는 미식가라지만 세계적인 것도 아니었다.

당대 중국 최고의 셰프 역아.

당대 프랑스 최고의 셰프 안드레아.

그게 바로 너야.

최면을 걸고 홀 안으로 들어섰다.

서빙은 여직원에게 맡겼다. 윤기는 예의만 갖출 뿐이다. 음료와 접시를 내려놓은 여직원이 윤기를 바라보았다. 접시의 덮개 때문이었다.

열어 드리세요.

눈짓을 하자 여직원이 차례로 뚜껑을 열었다.

"아싸."

아이 반응이 먼저였다. 의자에서 벌떡 일어섰다. 아이의 시선은 게에 있었다. 세 마리의 게들. 앙증맞은 써니 사이드업을 향해 진격 중이다. 새빨간 색감이 아이의 시선을 홀린 것이다.

"게는 그냥 통째로 먹어도 됩니다."

윤기가 게에 대한 가이드를 주었다.

어르신 시선도 스테이크에 꽂혔다. 탁구공 크기로 소박한 자태를 뽐내는 메밀주먹밥 때문이었다. 막걸리에 재워 발효를 마친 가루를 볶아 얇은 고물처럼 묻혀 냈다. 아련한 갈색에 샛노란 글자까지 조각했다. 한문으로 壽(수)자였다. 개수는 세 개다. 머리 위에는 고운 잣가루를 뿌려 고소함을 더해 놓았다. 페코리노 치즈의 한식판이었다.

다행히 어르신이 한문을 알아보았다. 나중에 들은 얘기지만 오기 전에 치매 약을 먹고 왔다고 했다.

아들과 어머니의 접시를 살펴본 장대방이 자신의 접시 탐색에 나섰다. 그의 몫은 카르파치오로 얇게 썬 랍스터가 여덟 겹으로 쌓였다. 그 중간에 색감이 다른 식재료가 보인다.

세 스테이크의 시어링은 흠잡을 데가 없었다. 살짝 진한 황금 갈색이니 타이밍을 제대로 잡은 게 분명했다.

"맛부터 보시게."

설 대표가 스테이크를 권했다. 그런 다음 윤기와 함께 카운터 쪽으로 비켜 주었다.

장대방은 어머니 것부터 잘라 주었다.

"……?"

나이프를 대기 무섭게 부드럽게 갈라진다. 동시에 폭발적인 스테이크 향이 밀려 나왔다. 마치 스테이크를 굽는 주방을 옮겨

온 기분이었다.

스테이크는 살결이 생생하게 살아 있다. 핑크센터 또한 어머니가 결혼할 때 발랐던 연지 곤지처럼 선명했다. 그보다 마음에 드는 건 육즙이었다. 얼마나 촉촉한지 흘러내릴 것만 같은데 실제로도 조금씩 흘러내리고 있었다.

"스테이크가 아주 부드럽네요. 음료수 먼저 드시고 드셔 보세요."

장대방이 어머니에게 음료수 잔을 쥐여 주었다. 음료는 아주 맑았다.

"아유, 무슨 음료수인지 속이 굉장히 편안해지네?"

잔을 놓은 어르신이 첫 한 점을 입에 물었다.

"살살 녹아. 맛도 푸근하고."

어르신의 평이었다.

장대방은 이제 아들을 챙긴다. 아들 스테이크의 질감도 어머니 것과 같았다.

둘을 다 챙기고서야 그가 음료수를 집어 들었다.

"……?"

한 모금을 넘기더니 혀로 입술을 쓸며 음료 맛을 음미한다. 고개가 갸웃 돌아가지만 나쁜 사인은 아니었다. 스테이크가 갈라지자 폭발적인 향이 올라왔다. 육질은 앞선 두 접시와 완전히 달랐다. 수비드 기법에 씩씩하고 솔직한 돌직구였다.

큼지막한 한 점이 장대방의 입으로 들어갔다. 그의 동작은 거기서 잠시 멈췄다. 이번에는 랍스터를 잡았다. 입으로 들어가지 않았다. 물끄러미 보더니 그냥 내려놓고 말았다.

"맛이 이상한가?"

설 대표가 중얼거렸다.

"잠깐 다녀오겠습니다."

윤기가 VIP석으로 향했다.

"뭐 필요한 게 있을까요?"

테이블 옆으로 온 윤기가 자연스럽게 물었다.

"아뇨. 괜찮습니다."

장대방은 윤기를 상대하지 않고 아이를 챙겼다. 감정이 억제된 목소리였다.

"스테이크에서 단맛이 나죠?"

윤기가 조금 앞서 나갔다.

"그렇네요. 내가 경계성 당뇨라서 단 걸 조심하고 있어요. 스테이크는 훌륭하지만……."

"저도 대표님께 들었습니다."

"그래요?"

장대방의 안면 근육이 부분 경련을 했다. 알면서도 그랬냐는 질책이었다.

"컴파운드 소스에 단맛을 첨가한 건 그 이유 때문입니다. 단맛에 신경 쓰다 보면 이율배반적으로 단맛이 당기는 경우가 많죠. 그래서 미라쿨린을 썼습니다. 아시겠지만 이건 진짜 단맛이 아니라 신맛을 단맛으로 바꿔 주는 변조 현상에 불과합니다. 아티초크를 먹고 나서 물을 마시면 달게 느껴지는 것처럼 말입니다."

"미라쿨린?"

"미리 말씀드릴까 하다가 요리 감상에 방해가 될까 싶어 말씀드리지 않았습니다."

"그럼 이 랍스터는요? 여기는 꼬냑을 들이부은 모양인데?"

"꼬냑에 재운 건 맞습니다."

"미안하지만 나는 술도 잘 마시지 않습니다."

"그것도 설 대표님에게 들었습니다."

"……?"

"랍스터를 재운 꼬냑 물은 분자요리 기법으로 증류한 용액입니다. 꼬냑 향은 나지만 알코올은 다 날리고 없습니다. 선생님은 그저 꼬냑의 풍미를 드실 뿐이니 단맛과 같은 이치로 시도해 보았습니다."

"분자요리 기법을 쓴 무알코올이니 마음 놓고 즐겨라?"

"좋은 날이니 술이 빠지면 안 되지 않겠습니까? 어머님의 메밀도 막걸리에 발효시켰습니다만."

"……"

"그럼……."

윤기가 물러섰다.

당뇨 걱정에 단맛.

술 좋아하지 않는 사람에게 꼬냑 배합.

전생들은 이런 극한의 모험조차 눈도 깜짝 않고 즐겼다. 극과 극은 오히려 잘 통하기 때문이다. 이게 아니었다면 향신료로 조절했을 윤기였다. 전생들은 체형과 체취만으로도 기호를 맞출 수 있었으니 차선책은 얼마든지 있었다.

"다시 먹네?"

윤기가 돌아오자 설 대표가 중얼거렸다.

"작은 오해가 있으셨던 것 같습니다."

"그래?"

설 대표는 초조하지만 윤기는 여유롭다. 그는 먹지 않을 수 없었다. 윤기의 테이블에 앉아 버린 장대방.

VIP 테이블의 분위기는 점점 좋아졌다. 아이는 게에 꽂혔고 어머니는 메밀주먹밥 이야기로 화제를 이어 갔다. 어머니가 그 하나를 장대방에게 권했다.

우물거리던 장대방이 골똘해진다. 그사이에 음료수가 추가로 서빙되었다. 남은 건 아이의 스테이크 두 조각이었다. 아이에게는 양이 많았다. 장대방은 그것도 맛보았다. 입에 물더니 눈을 지그시 감는다. 눈자위가 편안하다. 윤기에게 좋은 징조였다.

식사를 마친 장대방이 손을 들어 보였다. 설 대표 호출이었다.

"떨리는데?"

윤기를 바라본 설 대표가 앞서 걸었다.

"먹을 만했어?"

설 대표가 물었다.

"이게 이지용표 스테이크라고요?"

"맞아. 오늘은 별 몇 개를 주려나?"

"동현아."

장대방이 아들을 돌아보았다.

“저는 별 다섯 개요. 망고 맛 나는 계란프라이하고 통째로 먹을 수 있는 게가 너무 좋았어요. 껍질이 하나도 안 딱딱해요.”

아이가 양어깨를 들썩이며 대답했다. 신이 난 목소리로 보아 장대방이 시킨 게 아니었다.

“어머니는요?”

“나도 좋았어. 스테이크가 어찌나 푸근하든지……. 메밀가루를 두른 주먹밥도… 내 평생 그렇게 맛난 밥알은 처음이야.”

어머니의 평가도 좋았다.

“이제 내 차례인가?”

장대방의 시선이 윤기에게 옮겨 왔다.

“셰프.”

“아직 셰프 소리를 들을 실력은 못 됩니다.”

윤기의 응대는 겸허했다.

“그건 먹은 사람 마음 아닐까요?”

“말씀이라도 고맙습니다.”

“주제넘은 감상을 드리기 전에 몇 가지 궁금한 게 있어서요.”

“말씀하시죠.”

“우선 음료수입니다. 감칠맛에 담백한 맛이 푸근하기까지 하니 속을 편안하게 해 주던데 뭐였을까요? 어떻게 보면 고로쇠 수액 같기도 하고…….”

“압력기로 삶은 병아리콩 물에 육수를 섞어 원심분리를 한 다음에 맑은 부분만 따랐습니다. 그러니 바로 맞히셨습니다.”

“병아리콩 삶은 물요?”

“예.”

"이야, 어쩐지… 내가 그거 유럽에서 한 번 맛 본 적이 있습니다. 맛이 좋아 요리에 이용하면 좋겠다고 생각하고 있었는데 실제로 그걸 쓰는 셰프가 있었군요?"

"저도 오늘 처음이었는데 입에 맞으셨다니 다행입니다."

"다음은 스테이크 말입니다. 향과 담백함, 나아가 육즙까지 상상 이상이더군요. 인젝션 기법이었습니까?"

"맞습니다."

"역시 컴파운드 버터의 일종이었군요. 여러 번 경험했지만 특히 인상적이었습니다. 풍후한 향과 담백미……."

"아이와 어르신 것은 부드럽고 담백한 풍미를 살렸습니다. 불가리아에서 어머니의 손길로 불리는 소스에 뭉근하게 끓여 낸 소의 양지와 사태를 오래 달여서 얻은 젤라틴 액을 더했는데 입맛에 맞았다니 감사합니다."

"그 스테이크 육질 말입니다. 다짐육도 아니고 칼집도 들어가지 않았는데 푸딩처럼 부드럽더군요. 분자요리 기법입니까?"

"수비드에서 조금 진보된 방법이라고 할까요? 한두 가지 공정을 추가하면 이빨이 없는 갓난아이와 초고령자도 드실 수 있습니다."

"놀랍군요. 이런 건 뉴욕에서도, 파리에서도 보지 못했습니다."

"귀한 자리다 보니 생각의 불을 한 번 더 켜 본 것뿐입니다."

"아, 어머니 메밀주먹밥 말입니다. 거기 한문 문양의 재료는 단호박이죠."

"네."

"밥알도 굉장했어요. 어머니 권유로 맛보았는데 입에서 부드럽게 풀리더군요. 중심부에 숨겨 놓은 맛은 아마 젤라틴 육수와 푸아그라였겠죠?"

"예, 소고기와 랍스터, 게를 동원하다 보니 육해공에서 한 가지가 부족하더군요. 그래서 푸아그라를 살짝 더했습니다."

"멋진 시도였어요. 하지만 가장 멋진 건 밥알이더군요. 하나하나 따로 떼어 놓은 것처럼 식감이 좋았어요."

"어르신 것이다 보니 목 넘김의 부담을 줄이기 위해 화력 조절을 좀 했습니다."

"화력 조절?"

"센 화력을 가해 쌀알을 하나하나 세워서 고루 익힌 후에 주먹밥을 쥘 때 쌀알 사이의 공기를 최대한 유지했거든요. 폭신한 느낌이 죽지 않게 말입니다."

"초밥 장인들에게 듣던 말과 비슷하군요."

"그분들의 흉내에 불과했습니다."

"좋아요. 마지막으로 내 데미글라스 소스 말인데 뒷맛의 여운이 굉장히 깊더군요. 이건 진짜 호기심인데 대체 뭘 더 넣은 걸까요?"

"오미자 추출액을 조금 더했습니다."

"오미자? 우리가 차로 마시는 그 오미자 말입니까?"

"그게 이름처럼 다섯 가지 맛 아닙니까? 잘 쓰면 만능 향신료로 불리는 하리사에 못지않습니다."

"오, 오미자를 그렇게 소화하셨다?"

"향신료의 세계란 쓰기 나름이니까요."

"말 나온 김에 하나만 더요. 내 랍스터 카르파치오 말입니다.

덕분에 오랜만에 부담 없이 꼬냑을 즐겼습니다만 사이에 끼워 놓은 식재료는 어떤 의미일까요? 내장에 석류맛이 도는 것도 같던데?"

"혹시 다른 맛은 없었을까요?"

"다른 맛이라면 아니스?"

"역시 굉장하시군요. 맛은 괜찮았습니까?"

"고소한 지방과 부드러운 식감, 아마도 버터 대용이었겠죠? 담백하지만 살짝 뻑뻑한 랍스터의 풍미를 살리는 데는 그만이었습니다. 다만 색다른 구성에 뭔가 의미가 있을까 싶어서……."

"저희 호텔을 찾아 주신 관장님에 대한 제 작은 선물이었습니다."

"선물?"

"대표님께 듣자니 고미술 전문가시라고요? 특히 레오나르도 다 빈치 마니아라고 들었습니다."

"다 빈치를 좋아하는 건 맞습니다만."

"제가 역사적인 요리를 좀 연구했는데 레오나르도 다 빈치는 석류즙으로 마리네이드한 콩팥 요리를 좋아했더군요. 미량의 아니스를 포인트로 빵에 발라서 말입니다. 그런 접시를 받아 들면 요리를 예술에 비견하곤 했기에 끼워 넣었습니다."

"그, 그러고 보니?"

"덧붙이자면 랍스터는 프랑스의 천재 화가 베르나르 뷔페의 작품에서 빌려 왔습니다. 르네상스의 천재와 현대의 천재를 한 접시에 올린 셈인데 어떻게 느끼셨을지 모르겠습니다."

"……."

장대방의 맥박이 잠시 멈췄다. 그러고 보니 수긍이 갔다. 과거와 현대의 두 천재의 조우. 랍스터와 그 사이에 패티처럼 들어간 콩팥이 달라 보이는 순간이었다.

"다음에 또 들르신다면 그때는 정식으로 레오나르도 다 빈치의 콩팥빵 요리를 선보여 드리겠습니다."

"그럼 다른 요리도 가능한 겁니까? 예를 들면 레오나르도 다 빈치가 먹었던 일상식의 소고기 요리 같은 거 말입니다."

장대방의 질문이 이어졌다. 윤기의 의도는 제대로 먹히고 있었다.

"역사의 한 장면을 장식했던 요리라면 뭐든 가능하죠. 방금 전에 말씀하신 그 요리도 이미 절반은 경험하셨고요."

"내가요?"

"다 빈치와 그 부친의 소고기는 오랫동안 굽거나 삶아서 소스를 부어 먹었는데 그 맛은 아마 아드님과 어머님의 스테이크에 근접하지 않을까 싶습니다."

"맙소사."

장대방의 이마에 식은땀이 맺혔다. 오래 삶은 고기의 육즙이 주입된 어머니와 아들의 스테이크. 미치도록 근접한 표현이 아닐 수 없었다.

"그러니 다음에는 왕새우가 어떨까요? 나륵풀과 파슬리에 레몬박하 포인트로 풍미를 살린."

"……?"

윤기의 유려한 설명에 장대방은 넋을 놓고 말았다. 그 또한 다 빈치가 애정한 요리의 하나였다. 요리 솜씨에 더불어 요리 지식까지 해박한 이 청년. 기대 이상이었으니 설 대표를 향해 질책하듯 소리쳤다.

"선배님, 이런 셰프를 왜 이제야 소개시켜 주시는 겁니까?"

제8장

꿩도 먹고 알도 먹어야겠습니다

장대방의 평가였다. 아시아권의 음식점에서 별 다섯을 준 건 그 인생에 처음이라고 했다. 호텔이 발칵 뒤집혔다. 장대방의 호평 때문이었다.

그는 맛 평가에 있어 엄격하기로 정평이 났다. 그런 그가 별 다섯 개를 주고 갔다. 칼럼에 소개하겠다면서 레시피의 일부도 받아 갔다.

별 다섯의 이유도 밝혔다. 요리의 맛과 요리법도 훌륭하지만 먹는 사람에 대한 고려가 아름답다고 했다. 아이의 동심을 자극하고 '쌀밥에 소고기'를 성찬으로 아는 어머니의 이상향을 충족시켜 준 점을 높이 샀다.

윤기는 뿌듯했지만 그 이상의 열광은 하지 않았다. 역아와 안드레아의 실력이라면 당연히 그래야 했다. 오히려 장대방 정도의 미식가에게 찬사를 받은 건 성도 차지 않을 일이었다.

결과를 궁금해하던 모든 사람들이 충격에 휩싸였다. 특히 조리부장과 마케팅 부장, 진 부조리장이 그랬다.

100만 원.

윤기에게 주어진 보너스였다. 장대방이 직접 윤기에게 건네주었다. 윤기는 사양했지만 설 대표까지 받으라 하니 어쩔 수가 없었다.

"셰프님, 통째로 먹어도 되는 게 너무 맛있었어요."

"나는 메밀주먹밥, 또 먹고 싶어질 거 같아."

아이와 어르신의 인사도 따뜻하게 건너왔다.

안도도 잠시, 설 대표의 환희가 윤기에게는 근심으로 돌아왔다.

"그 가니튀르 말이야, 재료 남았으면 우리도 시식 좀 안 될까? 우리 장 관장이 저러니 궁금해서 못 견디겠네."

대표의 요청이었다. 여분의 것도 있고 재료도 있었다.

"그러자고. 굉장히 품격 있어 보이던데."

조리부장까지 거들고 나오니 거절할 수 없게 되었다.

"손 지혈됐지? 그렇게 해."

에르베도 찬성 쪽이었다. 에르베는 이 기회에 잘못된 시그널을 가지고 있는 임원들의 인식을 바꾸고 싶었다.

"……."

에르베에게 떠밀려 가면서 손을 보았다. 상처는 손가락 바깥쪽이다. 일부러 벤 데다 지혈이 되었기 때문에 큰 문제는 되지 않았다.

문제는 경련이었다.

지금은 무사했다. 그러는 사이에 벌써 분자요리실 앞이었다.

"자, 부탁합니다. 송 셰프님."

설 대표가 윤기를 띄웠다. 이렇게 되면 죽이 되든 밥이 되든 요리를 할 수밖에 없었다.

남은 랍스터를 카르파치오로 썰고 주먹밥을 쥐어 냈다. 표면에 메밀가루 고물을 두르고 단호박으로 만든 실 줄을 감았다. 위에다 잣가루를 뿌림으로써 메밀주먹밥은 완성.

마지막으로 남은 게 꼬마 게였다. 게살 반죽을 집으려는 손이 멈칫거렸다. 설 대표까지 지켜보는 자리였다. 아까처럼 경련이 난다면 방금 이룬 쾌거가 물거품이 될 수도 있었다.

—보세요. 두 손을 다 떨지 않습니까?

진 부조리장의 목소리가 환청처럼 귀를 때렸다. 숨을 한 번 고르고 게살 반죽을 잡았다.

"……?"

떨리지 않았다. 천천히 게를 빚었다. 꿀을 바르고 게 껍질 가루를 발랐다. 아까는 착각이었을까? 윤기의 두 손은 아무 일도 없었다. 꼬마 게는 오븐을 거쳐 완성되었다. 작은 게를 통째로 삶아 낸 듯 생생한 비주얼이었다.

분자요리 써니 사이드업 and 껍질째 먹는 꼬마 게.

메밀가루를 고물로 두른 주먹밥.

카르파치오로 얇게 썰어 낸 분자요리 꼬냑 향 랍스터. 그 사이에 패티로 들어간 레오나르도 다 빈치가 즐겨 먹던 석류즙 머금은 콩팥.

가니튀르만으로 몇 접시를 만들었다. 설 대표에 마케팅부장, 그리고 조리부장과 에르베 등이 자리를 잡았기 때문이었다.

찰칵.

접시를 받은 설 대표가 사진을 찍었다. 흔한 일은 아니었으니 황 부장과 조리부장이 동시에 놀랐다.

"병아리콩 물에 육수를 넣고 원심분리를 한 분자요리 음료라… 훌륭한데?"

음료를 맛보더니 행복한 표정을 짓는다.

"이야, 이거 게가 껍질이 아니네?"

"랍스터의 꼬냑 향에 알코올이 없다고?"

"레오나르도 다 빈치의 콩팥 패티, 아주 별미인데요?"

시식이 시작되자 모두가 한마디씩 감상평을 토했다. 조리부장은 특별히 소스도 맛보길 바랐다. 숨길 것도 없으므로 두 가지를 준비해 주었다. 오미자를 더한 데미글라스와 불가리아풍의 소스였다.

"허어."

조리부장의 잠시 넋을 놓는다. 그도 일본 소스에는 수준급이다. 그러니 소스 맛 정도는 제대로 볼 줄 알았다.

"송 셰프."

냅킨으로 입을 닦은 설 대표가 윤기를 호명했다.

"이건 내 팁이야."

설 대표가 봉투를 내밀었다. 그도 백만 원이었다. 이건 설 대표 취임 이래 최대의 사건이었다. 예의상 거절 따위는 하지 않았다. 동그라미가 여섯 개인 게 아쉬울 뿐이었다.

"아이고, 우리 은서."

그때 진 부조리장 목소리가 들렸다. 딸 은서가 온 모양이었다. 은서는 세 살이다. 하지만 심장이 약한 탓에 종이 인형처럼 창백해 보였다.

"대표님, 제 딸입니다."

열린 문 사이로 진 부조리장이 은서를 인사시켰다. 은서와 함께 진 부조리장의 아내도 인사를 해왔다.

"진 셰프 닮아서 그런가? 딸이 백옥 미인이네?"

설 대표가 덕담을 날렸다. 그런 다음 윤기를 돌아보았다.

"혹시 '꼬마 게' 남은 거 없나? 아이들이 더 좋아할 거 같은데?"

"준비하죠."

윤기가 지시를 받았다. 진 부조리장은 얄밉지만 은서까지 미운 건 아니었다.

그런데.

"……?"

게 반죽을 집을 때 문제가 생겼다. 다시 경련이었다. 제대로 와들거리니 재빨리 손을 거두었다.

'대체…….'

끝난 게 아니었다. 윤기 이마에 식은땀이 흘렀다. 겨우 게 반죽을 쥐었지만 형태를 만들 수 없었다.

"죄송합니다. 재료가 모자라네요."

임기응변으로 위기를 피했다. 게 반죽 재료는 쓰레기통에 고이 넣어 버린 후였다.

"다들 주목."

조리부장의 목소리가 주방에 울려 퍼졌다. 진 부조리장을 제외한 전원이 참석을 했다. 진 부조리장은 은서를 배웅하느라 자리에 없었다.

"다들 알겠지만 우리 송윤기 직원이 저 유명한 장대방 관장님 시식에서 호평을 받았어. 무려 별 다섯 개인데 여수 그랑도 그런 점수는 못 받았거든. 다들 박수로 환영해 주도록."

짝짝.

박수가 울려 퍼진다. 대개는 형식적이었다. 그래도 두어 명의 박수만큼은 높은 소리로 오래갔다.

"그동안 송윤기가 혼자 절치부심한 모양인데 감쪽같이 몰랐으니 나도 면목이 없어. 그래도 윤기 덕분에 우리 조리 팀 위상이 올라가고 대표님도 관심을 주고 계시니 함께 분발해 보자고."

"……."

"윤기, 할 말 없어?"

조리부장이 윤기에게 소감을 권했다.

—없습니다.

이렇게 말하는 게 지금까지의 윤기였다. 이제는 상황이 변했다. 확실하게 각인을 시켜야 했다. 누가 진짜 셰프인지.

공인된 결과를 앞세워 제대로 눌러 버리고 싶지만 참았다. 손 때문이었다. 윤기의 생각은 온통 손목에 가 있었다.

"없습니다."

짧게 맺어 버렸다.

조리부장이 나가자 200만 원을 경모에게 건네주었다.

"뭐야?"

"손님과 대표님의 격려금입니다. 팁은 모아서 팀비로 쓴다면서요?"

"야, 송윤기?"

"저 퇴근합니다. 요리에 신경 썼더니 피곤해 보였는지 대표님이 들어가 쉬라고 했거든요."

"……."

경모의 표정이 미묘하게 구겨졌다. 팁으로 팀비를 하는 건 맞았다. 정확히 말하면 연봉 외의 수입이었다. 진 부조리장과 함께 윤기를 구박한 적도 많았다. 채소나 다듬는 윤기는 팁이나 부수입을 올릴 일이 없었다. 그걸 회식 때마다 상기시켰던 경모였다.

생각이 복잡한 건 팁의 출처였다. 특별한 손님이 희사한 팁이다. 거기에 대표의 격려금까지 얹어졌다. 조리 1팀장 구찬홍이 퇴사한 후로 셰프가 테이블에 불려 나가 팁을 받은 적은 거의 없었다.

그런 차에 들어온 거금 200만 원. 이건 팀비라는 미명하에 접수하기 곤란한 돈이었다. 설 대표가 알면 부작용이 날 수도 있었다.

윤기는 그것까지 계산하고 있었다. 경모와 진 부조리장의 그릇을 알고 있다. 그렇기에 똥줄을 태우려는 생각이었다.

"형."

보조실로 나오자 창혁이 자기 일처럼 좋아했다.

"들었냐?"

"별 다섯 개 받았다면서요?"

"네가 믿어 준 덕분에."

"우와, 형 진짜 다시 보인다. 이날을 위해 묵묵히 실력을 갈고 닦은 거죠?"

"그런가?"

"맞잖아요? 책이나 영화처럼 요리의 신이 갑자기 깃들었을 리도 없으니."

"응?"

"당신에게 요리의 신이 빙의합니다. 허락하시겠습니까?"

"짜식."

"나도 나중에 노하우 좀 알려 줘요. 집에 가서 이것저것 연습하는데 실력이 안 늘어서 미치겠어요. 이러다 잘릴지도 모르겠고요."

"그럼 줄 잘 서라. 누가 실력자인지 제대로 보고."

뼈 있는 농담을 남기고 옷을 갈아입었다. 손의 경련은 다시 사라졌다. 그렇다고 해도 마음이 놓이지 않았다. 문제는, 역시 경련이었다.

그런데, 이 경련에는 공통점이 있었다.

'어린아이…….'

윤기가 골똘해졌다. 어린아이와 연결되면 주체 불능으로 떨려 버리는 경련…….

"……?"

탈의실에서 조리복을 벗을 때였다. 진 부조리장 사물함에 꽂힌 책 제목이 눈에 들어왔다.

[카르마]

진 부조리장은 이따금 신세 한탄을 했었다.

—전생에 대죄를 지었나?

딸의 희귀병 때문이다. 그런 걸 카르마라고 칭한다. 가만 짚어 보면 전생에 큰 죄를 지은 건 윤기였다. 그것도 어린아이에게.

카르마?

그래서 어린아이만 보면 경련 재발?

마음에 세게 걸렸다.

책을 주르륵 넘길 때 명함 한 장이 떨어졌다.

[연꽃신녀]

나름 유명한 점집이다. 어머니에게 들었다. 사모님 동창들이 종종 가는 곳이라고 했다. 진 부조리장도 그 소문을 들은 모양이었다. 그걸 주워 드는데 경모가 들어섰다.

"받아."

경모가 봉투를 돌려주었다.

"왜요?"

"진 부조리장님이 돌려주시란다. 벼룩의 간을 빼 먹냐고?"

"벼룩이 내놓은 돈치고는 액수가 좀 컸죠?"

윤기가 응수했다.

"뭐?"

"수고하세요."

변죽을 울리고 탈의실을 나왔다.

되돌아온 200만 원.

그럴 줄 알았다. 진 부조리장은 눈치가 빠른 사람이다. 설 대표가 특별히 하사한 팁이다. 전 같으면 문제없지만 이제 윤기는 설 대표와 독대하고 있었다. 후환을 생각하지 않을 수 없었을 것이다.

호텔을 나왔다.

호텔 산책로에 사람들이 많았다. 솜사탕 할아버지가 보인다.

[솜사탕은 원조 분자요리]

전생의 기억으로 보니 그랬다. 솜사탕 따위가 분자요리일 줄은 생각도 못 했다. 하지만 이제 보니 이렇게 멋진 분자요리가 따로 없었다. 설탕 가루가 들어가 달콤한 구름이 된다. 그럼에도 누구도 이걸 분자요리라고 광고하지 않았다.

전생의 시각으로 보니.

세상의 모든 요리가 분자요리였다.

"엄마."

한 꼬마가 엄마 손을 잡아끌었다. 아이들에게 단맛은 피하기 어려운 유혹이다. 아이를 보자 손목으로 눈길이 갔다. 아이를 보며 요리 동작을 취해 본다.

"……!"

어이없지만.

손목이 또 떨렸다.

고개를 돌며 성인을 보면서 같은 동작.

떨리지 않았다.

역시 카르마일까?

가만히 눈을 감자 오랜 기억들이 소용돌이를 이루며 스쳐 간다. 죽어 가는 아이의 비명이 들린다. 전생 역아의 아들이다. 역아는 어린 아들을 속여 솥에 넣었다. 황제의 요리를 위해서였다. 황제의 식도락을 충족시키기 위해서라면 제 허벅지도 잘라 낼 역아였다. 그런 역아였으니 어찌 자기 아들만 희생시켰을까?

다른 전생 안드레아도 만만한 건 아니었다. 어린아이의 소변, 대변을 시작으로 혈액과 태반 정도는 죄책감도 없이 사용했다. 소변 대변이 엽기적이라고?

그건 로마의 황제 콤모두스에게 따져야 한다. 그는 최상의 요리에 인간의 배설물을 섞어 먹는 걸 좋아했다. 안드레아는 소위 '참신함'으로 위장한 식욕의 허영에 물든 미식가들에게 콤모두스의 요리를 재현한 것뿐이었다. 물론, 그 이상의 재료 사용도 주저가 없었다.

그렇다면 이 카르마는 어떻게 해야 할까? 어린아이들 요리를 피하면 되겠지만 그건 불가능한 일이었다.

[시작이 중요해]

구찬홍 셰프의 말이 떠올랐다. 윤기를 격려해 주던 유일한 사람. 힘이 들어도 처음부터 좋은 습관을 들여야 훌륭한 셰프가 될 수 있다고 했었다.

그렇다면 봉인이 풀린 전생들의 카르마도?

'다를 것 없지.'

윤기가 일어섰다. 목적지는 연꽃신녀의 점집이었다. 점 같은 건 믿지 않지만 전생이니 업보니 하는 것의 진단자가 그들이라는 것쯤은 알고 있었다.

설지아 사모님 이름을 팔았더니 바로 예약이 되었다.

"이놈."

점집에서의 첫 반응은 불호령이었다. 열여섯 살쯤 먹은 어린 소녀였다. 색동의 저고리에 붉은 모자를 쓴 채 윤기에게 쌀알을 집어 던졌다.

"머리에는 요리 귀신, 손목에는 어린 귀신을 주렁주렁 매달고 내 신당에 들어와?"

소녀의 눈동자에 파란이 인다. 꽤나 놀란 모양이다. 더 놀란 건 윤기였다. 윤기의 상황을 귀신처럼 맞혀 버리고 있었다.

"도움이 필요해서 왔습니다."

"옴므파탈이야."

"예?"

"팜므파탈 몰라? 여자면 남자를 망치고 왕이라면 나라를 망쳐."

"요리사면요?"

"요리사?"

"네."

"그럼 세상의 입맛을 망치겠지."

"귀신이 제 손목에도 매달렸습니까?"

"그래, 아주 칭칭 감겼구나."

"벗어나려면 어떻게 해야 하나요?"

"뭘 어떻게 해? 전생에 지은 업보를 풀어 내야지. 아니면 그대로 살든가."

"업보?"

"네놈 전생에 어린아이들에게 지은 대죄가 켜켜이 쌓였어. 그거 안 풀고 가면 결국에는 손모가지가 떨어져 나갈 거야."

"그러니까 어떻게 푸냐고요."

"해답은 내가 내릴 것인데 어디서 꼬박꼬박 질문질이야? 악중선이요 선중악이라, 네 전생의 영향으로 악취가 진동을 하지만 그것은 네 윤회의 몫이니 내 알 바 아니고 손모가지 귀신을 떨쳐 내려면 어린아이에게 큰 선행을 펼치면 될 것이야. 통 큰 선행."

"통 큰 선행?"

"피는 피로 지우고 눈물은 눈물로 지우는 것이니 어린 귀신에 대한 업보는 어린아이에 대한 선행밖에 없어. 악행으로 쌓인 것이니 그에 상응하는 거면 더 좋겠지."

"구체적으로 알려 주시면 안 됩니까?"

"왜? 아주 똥 싼 밑까지 닦아 줄까?"

"……."

"신녀님 묘방 끝났으니까 나가."

다시 쌀알이 날아왔다.

말은 그럴듯했다. 하지만 뜬구름 잡기다.

'차라리 부적을 사라고 하든지…….'

점값도 비싸서 50만 원이나 털렸다. 그나마 사모님 이름 덕에 싸게 받은 거란다. 이지용 회장의 사모님을 생각하다 걸음이 멈췄다.

"……!"

온몸에 짜릿한 전율이 스쳐 갔다.

어린아이에 대한 큰 선행.

윤기의 형편으로는 꿈도 꿀 수 없는 큰 선행.

할 수 있는 방법이 있었다.

* * *

"새 메뉴요?"

분자요리실 안에서 윤기가 되물었다. 앞에는 조리부장이 있었다. 에르베 역시 참석하고 있었다. 이틀 후, 윤기는 출근과 동시에 조리부장의 호출을 받았다. 어제부터 식재료 손질도 열외였다.

"대표님 특명이 떨어졌어. 에르베 셰프와 자네를 붙여서 새 메뉴를 개발하라고. 대표님 생각은 자네의 스테이크에 꽂혀 있는 것 같던데."

최 부장이 신문 스크랩을 내밀었다. 장대방의 맛 칼럼이었다.

[예측 불가의 즐거움, 기대를 뛰어넘은 신예 셰프의 특선]
[88세 노모에게 팔팔한 맛의 감동을 안기다.]

본문보다 두 배쯤 큰 타이틀이 윤기 눈을 차고 들어왔다.

[감동의 강펀치는 두 방이었다. 하나는 묵직하고 또 하나는 솜사탕처럼 부드러웠다. 강타와 연타가 번갈아 미각을 휘저으니 맛의 무릉도원이 따로 없었다. 문제는 후각까지 정신을 잃었다는 점이다. 나이프질이 끝나기도 전에 향 펀치를 먼저 맞았다. 그로기 상태에서 먹은 육질은 오케스트라의 3중주로 녹아든다.

혀는 물론이고 연구개와 저 위장까지 하나의 현처럼 흔들렸다. 3중주는 한 번으로 끝나지 않는다. 불맛에 고기맛, 손맛까지 연타로 이어진다. 맛의 안개에 빠진 몸은 연체동물처럼 흐느적거리지만 이 셰프의 3중주에는 후속편이 있었다.

분자요리 기법을 가미한 가니튀르들이었다. 별 의미도 없는 분자요리가 지천인 세상이다. 그러나 이 사이드에는 감동의 폭탄이 숨겨져 있었다. 뭐라 말할 사이도 없이 3연발로 폭발했다. 우리 삼대는 기꺼이 폭음에 젖었다.

3중주의 맛과 3중주의 소스, 그리고 3중주의 가니튀르들. 애당초 기대는 1도 없었다. 셰프가 무명이라서가 아니라 최근에 실망한 특급 호텔이 한둘이 아니기 때문이었다. 그 보상을 이 요

리로 한꺼번에 돌려받았다. 난생처음 어머니에게 효도 한번 제대로 한 날이었다.]

한마디로 격찬이었다.

"인터넷 기사로도 나갔는데 아침부터 호텔에 문의 전화가 폭주하고 있다네. 이 요리를 예약하고 싶다고 말이야."

"……"

"대표님이 자네 의견을 물어보라던데? 원하면 자네 이름을 붙인 메뉴로 출시해도 된다고."

조리부장의 목소리도 낭랑하다. 처음에는 대표에게 질책을 들었지만 이제는 해소가 된 눈치였다. 다 윤기 덕분이었다. 장대방까지 인정하고 나니 조리부의 잡음보다 윤기를 중용하는 쪽으로 가닥이 잡힌 것이다. 그러니 조리부장이 서두를 수밖에 없었다. 설 대표가 원하는 방향으로 최대한, 빠르게, 가닥을 잡아야 했다.

"송."

경청하던 에르베가 스크랩과 윤기를 바라보았다.

"아, 이거요? 엊그제 제 요리 칼럼인데 번역해 드릴까요?"

윤기가 불어로 물었다.

"아니, 그건 자동 번역 기사로 읽었어. 지금 궁금한 건 조리부장이 하는 말의 번역이야."

"우리 대표님께서 그 스테이크의 메뉴화를 원하신답니다."

"그렇군."

에르베가 환하게 웃었다.

"에르베 셰프님?"

"내가 어제 오후에 제안을 했어. 그 정도면 엠블리나 팻덕, 에바체리의 수준에 꿀리지 않는다고. 스테이크라면 호텔의 주력 메뉴가 될 수도 있잖아? 더구나 이 호텔의 스테이크 수준은 너무 평범하니까."

"그랬군요."

"대표님도 긍정적이더니 결단을 내리신 모양이군?"

에르베가 조리부장을 바라보았다. 두 사람은 간단한 말밖에 통하지 않지만 오늘은 큰 문제가 없었다. 둘 다 같은 방향을 바라보고 있기 때문이었다.

"무슨 말을 했나?"

조리부장이 윤기에게 물었다.

"부장님 말씀을 번역해 드렸습니다."

"하긴 에르베 셰프와 직접 말하는 게 더 빠를지도 모르겠군. 윤기의 스테이크 메뉴화에 대해서 대표님께 먼저 건의한 것도 에르베 셰프고, 구체적인 청사진을 제안한 것도 에르베 셰프니까."

"청사진요?"

"우리 꼰대 세대들이 쓰던 말인데 구체적인 플랜이라고 할까? 자네의 스테이크 두 가지에 장대방 관장님 테이블에 올라간 세 가지 가니튀르를 곁들이면 굉장한 반응이 있을 거라고 했어."

"그건 제가 노리던 구성입니다."

"처음부터 생각이 다 있었군?"

“대표님도 원하시니 결정권은 우리에게 있군요?”

“맞아. 모처럼 우리 조리부가 부각될 수 있는 기회야. 그러니 그동안 서운한 점들은 다 내려놓고 매진해 보자고.”

[우리 조리부]

살짝 거슬리는 표현이 나왔다. 언제는 투명 인간 취급이더니 바로 공동의 공로로 가져갈 태세였다.

“아무 일도 없었던 듯이 말입니까?”

윤기 눈에 힘이 들어가자 조리부장이 움찔거렸다.

“응?”

“부장님은 모르시는군요? 제가 2년 넘게 얼마나 많은 서러움을 당했는지… 그 눈물 다 모으면 몇 집 가을 김장 배추를 절일 수 있을 겁니다.”

“면목 없네.”

“부장님, 말로 얼렁뚱땅 넘어가시는 겁니까?”

“그럼 어떻게 해야 하겠나?”

“그걸 피해자가 말할까요? 가해자들이 제안하고 제가 수용할 수준이면 수용하는 거 아닙니까?”

“으음, 무슨 뜻인지 알겠네.”

“스테이크의 메뉴화에 대해서는 에르베 셰프님과 상의해서 결정하도록 하죠.”

“서둘러 주게. 메뉴가 결정되면 대표님께서 대대적으로 VIP 시식단을 모실 모양이야. 장대방 관장님도 도와주신다고 약속하신 것 같고."

"알겠습니다."

"그리고 자네에게 걸맞은 대우와 직급 상향도 고려하라고 하셨네."

"대우 말입니까?"

"그래. 내 생각에는 VIP 시식단에서 호평이 나오면 공석 중인 조리 1팀장을……."

"잠깐만요."

조리부장의 말을 자른 윤기가 에르베에게 질문을 던졌다.

"우리 부장님이 지금 제 대우에 대해 말씀하고 계십니다. 셰프님은 안드레아 셰프를 알고 계시다고 했었죠?"

"당연히."

"순수하게 요리만으로, 요리 실력만으로 그 사람이 여기에서 일하면 연봉은 얼마나 줘야 할까요?"

"안드레아의 연봉?"

"예."

"그라면 올 리 없지. 전세계의 미식가들로 레스토랑 예약이 미어터졌으니까. 하지만 만약에 온다면 적어도 연봉 5억?"

5억?

마음에 들었다.

"고맙습니다."

에르베의 의견을 접수한 윤기가 조리부장에게 견해를 밝혔다.

"대우 문제는 제가 설 대표님과 직접 말씀 나누겠습니다."

"그래 주겠나?"

조리부장이 숨을 돌린다. 윤기의 대우 문제는 껄끄러운 작업이었다. 주방 직원들의 연공서열 때문이었다. 인간관계도 얽혀 있다. 그런 차에 대표와 직접 얘기하겠다니 말릴 필요가 없었다.

"오늘부터 다른 일은 하지 말고 거기에만 매진해. 필요한 게 있으면 구매 요청서 내고 아니면 직접 나가서 구매해도 돼. 준비가 되면 바로 말해 주게."

조리부장이 윤기에게 남긴 건 '당분간' 출퇴근의 자유와 자유 요리의 특권이었다.

"송."

조리부장이 나가자 에르베가 다가앉았다. 그는 이제야 그랑 호텔 조리부에 흥미가 붙은 눈치였다.

"가니튀르 말이야, 내가 대표님께 말했어. 송이 시도한 걸 한 접시에 내면 유니크한 구성이 될 거라고."

"더 보강할 수도 있죠."

"그럼 나한테 선보인 설탕 공에 어때? 후각과 미각에 이어 시각과 청각적인 효과도 노릴 수 있을 거야. 깨물 때 나는 바삭한 소리."

"그래도 약해요."

"과일이나 채소?"

"그건 아스파라거스를 이용하면 돼요. 제 말은 소스라고요."

"소스도 괜찮았어."

"분자요리를 말하는 겁니다."

"분자요리? 아이디어가 있구나?"

"스테이크에도 가니쉬트와 가니쉬에도 분자요리 기법이 들어갔지만 설탕 공예를 제외하면 분자요리의 즐거움을 줄 게 없잖아요."

"캐비어?"

"맞아요. 일부 소스를 캐비어로 만들어 시각적 효과를 강화하는 거예요. 그냥도 먹고 터뜨려서도 먹을 수도 있도록."

"말이 나왔으니 말인데 송의 소스에 들어간 향신료 레시피가 뭐야? 도무지 짐작하기 어려운 게 있는 것 같던데?"

"오미자예요."

"오미자?"

"나무에서 나는 열매인데 약으로도 쓰죠. 이게 다섯 가지 맛을 내거든요. 청주에 재워서 우려내면 소스나 고기 등의 풍미가 올라가죠."

"오미자라… 역시 한국에도 진귀한 게 있었군."

"실은 죽여주는 소금도 있죠. 그걸 쓰면 소스 맛이 더 올라갈 겁니다."

"천일염 말이야?"

"토판염 방식의 천일염도 좋지만 제가 말하는 건 붉나무 소금입니다."

"붉나무 소금?"

"나무에서 나는 소금인데 나트륨이 없는 짠맛으로 미각에 활력을 줍니다. 새 소스부터 적용해 보려고요."

"소금이라면 우리나라의 게랑드지. 단맛까지 나니 그걸로 가는 게 어때?"

“게랑드 소금도 좋죠. 하지만 미각을 돋우는 데는 붉나무 소금을 따라오기 어렵습니다. 히말라야 소금은 물론이고 손으로 채취한다는 플뢰르 드 솔 소금까지도요.”

“구하기는 어렵지 않나?”

“말보다 실전이라 조금 구해 왔죠. 하지만 제대로 만드는 분을 아니까 일단 테스트용으로 쓰자고요.”

윤기가 붉나무 소금 통을 흔들어 보였다.

“이거 살 떨리네. 이제 보니 준비까지 완벽한 셰프잖아?”

“과찬의 말씀.”

“아니야. 이렇게 되니 궁금해졌어. 송의 가니튀르와 가니쉬 말이야, 색을 합쳐 보니까 뭔가 상징하려는 게 있는 거 같던데?”

“역시 대단하신데요.”

“빨리 공개해. 궁금해 미치기 전에.”

“랍스터 카르파치오에는 세 명의 화가에게서 얻은 영감을 투영했습니다. 다 빈치와 뷔페는 말씀드렸고 나머지 하나는 에르베 셰프 나라의 화가죠. 색의 마술사라고 할까요?”

“마티스?”

에르베가 소리쳤다.

“빙고.”

“이제야 그림이 맞아 가는군. 써니 사이드업의 흰색과 노랑, 빨간 게, 알록달록한 랍스터와 갈색 메밀, 황금빛 스테이크…….”

“한두 가지만 더하면 완벽하죠. 마티스의 그림은 알록달록, 캔버스 위에서 색들의 관념을 방목시켜 버리니까요.”

"송의 요리는 접시 위에서 미각 방목?"

"그러면 안 될까요?"

"절대 안 될 거 없지. 당장 완벽하게 만들어 보자고."

에르베가 일어섰다. 윤기의 수준에 반한 그의 의욕에 불이 붙었다. 알긴산염이 나오고 염화칼슘이 열렸다. 철갑상어가 알을 낳듯 캐비어가 나왔다.

"이건 어떨까요?"

윤기의 시도는 백된장과 태운 간장 소스였다.

"된장은 스테이크에 잘 안 쓰지 않아?"

한 알을 맛본 에르베가 의견을 냈다.

"이게 스테이크를 먹고 난 후에 먹으면 맛이 다르거든요. 잠깐만요."

윤기가 바로 스테이크를 구웠다. 비싼 부위를 팍팍 구워도 누구 하나 잔소리하지 못한다. 전 같으면 꿈도 꾸지 못할 일이었다.

"그런데 메뉴 이름은 뭐라고 하지? 특선 메뉴가 되려면 멋진 이름도 필수적인데?"

"샘물 머금은 메밀에 바다 기운을 담은 게와 랍스터를 품은 분자요리 스테이크 어떨까요?"

"와우."

에르베가 탄성을 질렀다. 진짜 마음에 드는 표정이었다.

"하지만 한국에서는 이런 메뉴 이름에 좋은 점수를 주지 않을 겁니다."

"대안도 있어?"

"셰프님 이름을 붙이면 어떨까요?"

"No, 이 메뉴는 송의 것이야. 나는 거들기만 할 뿐."

에르베가 고개를 저었다. 확실히 열린 사람이다. 윤기의 공을 가로챌 생각이 없어 보였다.

"딱 세 점만 먹고 백된장 캐비어를 먹어 보세요."

금갈색으로 불맛을 입은 스테이크를 잘라 주었다. 핑크센터가 어찌나 선명한지 차라리 요염할 정도였다.

"오?"

에르베의 눈이 동그랗게 변했다. 소스만 먹은 것과 확실히 달랐다.

"입안이 깔끔해지는데?"

"한국의 일반 식당에서는 소고기 구이에 된장국을 딸려 주는 곳이 많거든요. 한국 사람에게는 잘 먹힐 수 있고요, 외국인에게는 참신함을 줄 수 있죠."

"인정. 야, 이거……."

에르베 입으로 된장 캐비어가 알알이 딸려 들어간다.

윤기는 다른 의도도 있었다. 이지용을 위한 소스 준비였다. 그날은 투박한 스테이크로 승부했지만 이번에는 변화가 필요했다. 처음 맛보는 것과 두 번째 맛보는 요리의 감동 크기는 다르다. 미각도 익숙해진 것에 교만을 떠니 윤기는 그걸 잘 알고 있었다.

타인의 미식 장악.

결코 쉽지 않다.

하지만 한번 도달한 수준은 쉽게 내려가지 않는다.

윤기는 벌써 이지용 회장의 스테이크 준비를 마치고 있었다.

* * *

"안녕하세요?"

이지용 회장부부에게 인사를 했다.

"어서 오시게. 송 셰프."

이 회장이 윤기를 반겼다. 셰프라는 호칭까지 쓰고 있었다. 윤기는 운반 박스를 내려놓았다. 오늘은 아예 여기서 스테이크를 구울 생각이었다. 사모님 허락은 어머니가 미리 받아 두었다. 뒤뜰에 숯불만 준비하면 되니 번거로울 것도 없었다.

"우리 회장님이 일주일 내내 기다렸어요."

사모님도 호의적이다. 부부는 서로에게 영향을 미친다. 그렇게 원하던 스테이크를 즐긴 이 회장이었다. 며칠 동안 기분이 좋았을 테니 사모님의 반응은 당연했다.

"우리 처남도 그 스테이크를 맛봤다면서?"

이 회장이 물었다.

"예."

"맛이 믿기지 않아서 미식가 후배까지 불러서 체크했다고 하더군."

"후배님 어머니께서 생신이셨습니다."

"극찬의 칼럼이 나왔다고 하던데, 그렇지?"

이 회장이 사모님을 돌아보았다.

"저도 읽어 봤는데 묘사가 굉장하더라고요. 저절로 상상이 되면서 먹고 싶어지더라니까요."

사모님이 동의를 했다.

"오늘은 사모님 것도 같이 준비하겠습니다."

"그래 줘요. 나도 맛 좀 보자고요."

"그럼 잠깐만 기다려 주시기 바랍니다."

주방에 짐을 풀고 병아리콩 음료부터 꺼냈다. 보온병에 담아온 까닭에 알맞은 온도가 유지되고 있었다.

"드시고 계시면 곧 준비하겠습니다."

음료를 내주고 뒤뜰로 향했다. 한 번 구워 동결한 스테이크는 침지와 감압까지 준비가 끝나 있었다. 그 작업은 에르베의 분자요리실에서 마쳤다. 이제 한 번 더 구워 낸 후에 레스팅을 하면서 스테이크 향과 혼합한 컴파운드 소스를 주입하면 끝이었다.

숯불이 다홍으로 피어오르자 스테이크를 올렸다. 스테이크는 불맛이 반이다. 직화로 마무리하니 풍미가 더 좋을 수 밖에 없었다.

이 회장의 소스는 변함없이 데미글라스 쪽이었다. 농도만 조금 진하게 했으니 데미글라스와 그라스비안드의 중간이었다. 대신 꿀은 조금 줄였다.

사모님의 소스 역시 갈색 육수에서 파생된 샤토브리앙이었다. 비율은 조금 다르게 조성해 레몬 주스를 미량 더하고 초록 분말을 준비했다. 덤으로는 백된장 캐비어를 준비했다.

가니튀르는 많이 달라졌다. 아스파라거스에 더해 장대방에게 선보였던 것을 몽땅 동원해 플레이팅을 했다. 스테이크 위에 설탕 공예를 고명으로 올리는 것을 마지막으로 준비가 끝났다. 설탕 조각의 컬러 또한 달랐으니 이 회장의 것은 황금색이고 사모님 것은 초록이었다.

"어쩜."

사모님의 반응은 즉각적이었다.

"게가 너무 멋지네요. 이거 먹어도 되는 거예요?"

그녀가 묻자,

"몸통은 게살, 다리는 생밤입니다. 그냥 드시면 됩니다. 그리고 랍스터 카르파치오에서 꼬냑 향이 날 텐데 알코올은 다 날렸으니 걱정하지 않으셔도 되고요."

윤기가 짧은 설명을 마쳤다.

이 회장의 시선이 스테이크를 스캔해 나간다. 씩씩한 티본스테이크 옆에 명화 같은 가니튀르들. 하나같이 유려하니 유럽 최고의 레스토랑에서 받은 특선 요리에 뒤지지 않았다.

"허어."

감탄이 저절로 나왔다. 지난번에는 오직 스테이크 하나로 승부를 걸어 오더니 오늘은 완벽한 구성으로 구미를 당기고 있었다.

바삭.

스테이크 위에 장식한 설탕 공예가 부부의 입 안에서 바스라졌다.

"으음……."

잠시 맛을 음미한 이 회장이 나이프를 들이댔다. 칼질을 받은 살결이 갈라지면서 스테이크 향이 밀려 나왔다. 변함없이 달콤하고 담백한 풍미였다.

이 회장 부부는 스테이크에 푹 빠졌다. 코를 홀린 폭발적 풍미와 함께 입안에서 녹아 버리는 감칠맛 때문이었다. 소스는 기폭제 역할을 했다. 그냥 먹어도 맛있고 소스를 찍으면 더 맛있는 스테이크. 중간 중간 입가심으로 시도하는 가니튀르도 결코 평범하지 않았다. 스테이크와 일체감을 이루며 식욕을 부추긴 것이다.

"……?"

이 회장의 포크가 먼저 멈췄다. 메밀주먹밥까지 싹 비워 버렸다. 사모님은 그나마 소스라도 조금 남겼으니 차마 닦아 먹기 민망한 까닭이었다.

"세상에, 얼마 안 먹은 거 같은데 다 먹어 버렸네?"

사모님의 애교 섞인 변명(?)이었다.

"송 셰프."

이 회장이 윤기를 바라보았다.

"마음에 드셨습니까?"

"들다마다, 지난번 스테이크가 우직한 돌직구였다면 오늘은 현란한 변화구였네. 중심 제대로 잡힌."

"사모님은요?"

"나는 사실 씹는 맛의 육질파인데 이건 저절로 빠져드네요. 우리 회장님이 반할 만해요."

"감사합니다."

"지난번에 스테이크로 포식을 했더니 한 주를 가뜬하게 지냈네. 이제 거푸 두 번을 먹었으니 일 년은 끄떡없을 것 같아."

"그러셔야죠."

"다른 요리는 어떤가? 주특기가 스테이크인가?"

"주특기는 고전요리와 분자요리입니다."

"고전요리? 한국? 서양?"

"왕가나 명사들의 한순간을 빛낸 요리라면 시대를 불문할 수 있습니다."

"헛, 굉장하군."

"언제 정식으로 모실 기회가 있기를 바랍니다."

"그건 그렇고, 오늘은 그냥 넘어갈 수 없어. 보답을 해야겠네."

"다시 말씀드리지만 보답을 바란 것은 아닙니다."

"그런 말은 안 통하네. 오늘은 그냥 못 나가."

"정 그러시면… 호텔에서 이 스테이크를 특선 메뉴로 만들자고 하는데 메뉴 이름에 회장님의 이름을 붙여도 되겠는지요?"

"설마 이지용 스테이크?"

"그건 너무 노골적이니 LGY 스테이크로 생각 중입니다."

"뭐, 그거라면 내가 영광 아닌가?"

"감사합니다. 그거면 되었습니다."

"송 셰프."

이 회장의 목소리 끝이 올라갔다.

"그런 게 무슨 보답이 되겠나? 내 체면도 생각해 줘야지."

"회장님."

"다른 걸 말해 보시게. 아니면 내 마음대로 할지도 몰라."

이 회장 목소리에 힘이 들어갔다. 재벌 총수의 카리스마가 제대로 발현되었다. 이런 위엄은 무시하면 안 된다. 권력자는 권력을 휘두르는 걸 보람으로 아니 감사한 척 받아 주는 게 옳았다.

'어려울 것 없지.'

윤기 입가에 엷은 미소가 스쳐 갔다. 바라던 순간이었다.

"정 그러시면……."

꿩도 먹고 알도 먹을 수 있는 묘수.

윤기가 구상한 플랜이 느긋하게 개봉되었다.

* * *

"……!"

"……?"

시식자들의 표현은 다양했다. 그래도 한 가지는 분명했다. 윤기의 스테이크가 대호평을 받았다는 사실이었다. 조리부 신메뉴 개발을 호텔 대표가 주관한 일도 전무후무했다. 설 대표는 그만큼 윤기의 스테이크를 높이 평가하고 있었다.

시식자 중에는 설 대표를 위시해 이틀 전에 유럽에서 돌아온 유상배 총괄이사도 있었다. 조리부장과 마케팅부장을 위시해 오퍼레이션 파트와 백오피스 파트의 주요 스태프들도 참석을 했다.

장대방에게 선보였던 스테이크와 다른 건 백된장과 태운 간장 소스가 추가된 점이었다. 둘 다 분자요리 기법의 캐비어로 나왔다. 흰색과 검은색의 캐비어 소스는 다른 가니튀르들의 분위기까지 살려 줬는데 특히 다 빈치의 콩팥 패티를 품은 랍스터 카르파치오와 꼬마 게가 그랬다.

"어떻습니까?"

시식을 마친 설 대표가 시식자들에게 물었다.

"이거 마성의 맛인데요? 스테이크 향은 즉석 구이보다 향과 풍미가 좋고 감칠맛은 극치, 육해공 재료가 동원되었다는 가니튀르는 아껴 먹고 싶을 정도로 막강하잖습니까? 특히 이 꼬냑 향 솔솔 풍기는 랍스터 카르파치오와 그 사이의 소 콩팥 패티. 이게 르네상스의 거장과 현대 미술의 거장을 상징하는 요리라고요? 저 없는 사이에 대체 무슨 일이 일어난 겁니까?"

유 이사가 조리부장을 바라보았다.

"저희 조리부에 절차탁마로 대오 각성을 한 인재가 있었지 뭡니까?"

조리부장이 윤기를 돌아보았다.

"이 요리, 에르베 셰프가 개발한 게 아니란 말입니까?"

유 이사가 뜨악한 표정을 지었다. 시차로 인한 피로를 푸느라 오늘에야 출근한 그였다. 그동안의 사정을 잘 모르고 있었다.

"아닙니다."

에르베가 손을 저었다.

"이야, 나는 당연히 에르베 셰프의 작품으로 알았는데… 그럼 누구의 작품입니까?"

"여기 송윤기 셰프의 작품입니다."

에르베가 윤기 어깨를 잡았다. 불어지만 누구든 알아들을 수 있는 상황이었다.

"송윤기 셰프? 못 듣던 이름인데?"

"저희가 주방 보조실에 숨겨 두었던 비밀 병기입니다."

조리부장이 대충 둘러댔다.

"조리부장 말이 맞아. 등잔 밑이 어둡다고 감쪽같이 몰랐지 뭔가? 에르베 셰프가 송 셰프의 천재성을 알아보았는데 그 즉시 잠재력 폭발이야. 보고받았는지 모르지만 이 스테이크가 보통 스테이크가 아니야. 이지용 회장님의 미각을 사로잡았고 깐깐한 장대방 관장의 혀도 포로로 만들어 버렸어."

"그래요?"

유 이사의 입이 쩌억 벌어졌다. 그도 두 사람에 대해 알기 때문이었다.

"그럼 다들 별표로 평가를 해 보자고. 이거 우리 그랑 서울의 대표 메뉴로 키울 생각이니 객관적인 판단 잊지 말고."

설 대표가 평가지를 흔들었다. 메인인 스테이크는 물론이고 가니쉬와 가니튀르, 소스, 음료수, 심지어는 플레이팅과 접시까지도 평가 항목에 들어 있었다.

"어때?"

평가지가 작성되는 동안 에르베가 윤기에게 찡긋 애정 어린 신호를 보냈다. 그도 이런 경험이 있었다. 자신의 요리를 발표하고 꼼꼼한 검수를 받을 때, 셰프라면 긴장하게 마련이었다.

윤기는 아니었다. 오히려 긴장을 누리는 중이었다. 수백 수천 번을 겪은 상황이기 때문이었다. 시선은 마지막에 자리한 진 부조리장을 겨누고 있었다. 그만이 부정적이다. 얼굴을 보면 알 수 있다. 그렇기에 고민도 깊어 보인다. 좋은 점수를 주자니 배가 아프고 평가 절하 하자니 다른 사람들의 평가를 의식하지 않을 수 없었다.

그런 사람의 선택지는 하나뿐이다.

'중간.'

윤기는 진 조리장의 평가를 미리 짐작할 수 있었다.

"장 팀장이 발표하지?"

설 대표가 장세희 팀장에게 중책을 넘겼다. 마케팅 팀장인 그녀가 평가지 수거와 함께 즉석 정리에 들어갔다.

"올 A인데 스테이크에서 B가 둘 나왔습니다. 전체적으로 B만 주신 분도 한 분 있군요."

[B]

장세희가 진 부조리장을 바라본다. 무기명이지만 공개 수거를 했으니 다들 그 출처를 알 수 있었다.

"B 준 사람들, 의견 좀 들어 볼까?"

설 대표가 말했다.

"가니쉬와 가니튀르, 소스 등은 흠잡을 데 없습니다. 특히 저는 단짠의 극치를 이룬 간장 캐비어가 좋더군요. 하지만 스테이크가 수입 미국산이라는 게 아쉽습니다. 이것만 한우로 바꾼다면 더 고급진 분위기가 되지 않을까 해서 스테이크에 B를 주었어요."

연회 팀장 이리나의 소견이다.

"저도 이 팀장님 소감과 같습니다. 랍스터에 고급 꼬냑까지 곁들였는데 수입 스테이크로는 좀 약하다고 생각했습니다."

진규태의 소감도 나름 논리적이었다.

"다른 것까지 올 B… 자네 평가지지?"

설 대표가 물었다.

"그렇습니다."

"설명해 봐."

"방금 드린 말과 연장선상의 문제입니다. 가니튀르는 메인 이상일 수 없습니다. 그 조화를 놓쳤기에 가니튀르도 B를 주게 되었습니다. 게다가 꼬냑에 재운 랍스터는 어린이용으로는 한계가 있고요."

"어린이용 문제야 송 셰프가 생각이 있지 않겠나? 다른 사람들은 왜 A를 주었나?"

진규태를 일축한 설 대표가 주의를 환기시켰다.

"수입 스테이크의 맛을 한우 이상으로 끌어올렸으니까요. 한우야 두말할 필요도 없이 좋은 식재료지만 스테이크에는 정통성과 종주국이라는 개념이 존재하지 않습니까? 그걸 살리는 것도 좋은 요리의 일면이라고 생각합니다."

옹호론을 낸 건 이원익 부조리장이었다.

"나는 저 말이 더 가슴에 와닿는데? 이게 바로 셰프의 능력 아닌가?"

설 대표가 진 부조리장을 바라본다. 진 부조리장의 안면이 살며시 경련했다.

"송 셰프."

"예."

"수고했어."

"감사합니다."

"하지만 일부 의견도 일리는 있네. 기왕이면 한우가 어떨까?"

설 대표가 절충안을 냈다. 인식 때문이다. 외국인은 몰라도 한국 사람이라면, 한우에 더 좋은 점수를 주게 되어 있었다.

"별문제 없습니다."

"그럼 이 스테이크를 우리 호텔 주력 특선 메뉴로 정하는 데는 이견이 없는 것 같은데 메뉴 이름은 생각해 봤나?"

"이름은 한불합작 에르베 & 송 스테이크 어떻습니까? 아직은 송 셰프의 인지도가 높지 않은 데다 어차피 두 사람이 같이 만들게 될 테니……."

마케팅부장이 먼저 의견을 내놓았다.

"에르베 & 송? 다른 사람은?"

"저도 그게 좋을 거 같습니다."

몇몇 사람이 찬성을 했다.

"우리 송 셰프와 에르베 셰프는?"

설 대표가 묻자 윤기가 통역을 해 주었다. 그걸 들은 유 이사가 또 한 번 경기를 했다. 그도 불어를 좀 한다. 하지만 이건 아예 차원이 다른 원어민 회화였다.

에르베는 윤기에게 일임했다. 그의 의견은 이미 윤기에게 개진한 바가 있었다.

"죄송하지만 저는 다른 이름을 생각했습니다."

윤기가 운을 떼자 모두의 이목이 집중되었다.

"궁금한데?"

"LGY 스테이크, 어떻습니까?"

"LGY?"

생소한 제안에 모두가 웅성거리기 시작했다.

"신세기 그룹 이지용 회장님 이니셜입니다."

"이지용 회장?"

유 이사를 위시해 모두가 소스라쳤다.

"이봐, 송 셰프, 그런 분의 이름은 함부로 쓸 수 있는 게 아니야."

진 부조리장이 잘난 척 주의를 환기시켰다.

"그분께 허락을 받았습니다만."

"……?"

윤기가 잘라 말하자 실내는 또 한 번 들썩거렸다.

"정말 허락을 받았나?"

설 대표가 물었다.

"그렇습니다. 에르베 셰프께서는 제 이름을 걸라고 하셨지만 아시다시피 저는 아직 지명도가 높지 않습니다. 그보다는 이지용 회장님의 이니셜을 붙이는 게 최상이라고 생각한 건 그분의 세계적인 지명도 때문입니다. 이게 잘 홍보되면 여러모로 파워가 붙지 않을까 싶습니다만."

"아니, 언제 우리 매형을 또 만났어?"

"엊그제 쉬는 날 뵈었습니다. 스테이크를 한 번 더 요청하시길래……."

"그래?"

"예."

"이야. 그렇다면 문제없지. 사실 나도 그 생각을 하기는 했는데 매형 입지가 있다 보니 함부로 말 꺼내기가 좀 그랬었거든?"

설 대표가 쾌재를 불렀다. 이지용이라면 세계적인 거물이다. 홍보로도 그만이다. 하지만 공사를 가려야 했기에 말도 꺼내지 못했는데 윤기가 그걸 해낸 것이다.

"LGY 스테이크? 기막히지 않나? 이지용 회장님이 모든 셰프의 스테이크를 뿌리치고 선택한 사연까지 곁들여지면?"

"대박인데요?"

유 이사와 황 부장이 공감을 표한다. 설 대표의 말이라 따르는 게 아니었다. 그들도 나름 전문가이니 느낌이 온 것이다.

"좋아, 그럼 이 특선 스테이크 가격을 얼마로 매길까? 말 나온 김에 끝장을 보자고."

평가지가 한 번 더 돌았다.

현재 그랑 서울 호텔의 특선 스테이크 단품은 1인분 5만 원대 후반이었다. 서울의 특급 호텔이라면 대략 12—18만 원대가 대세를 이룬다. 코앞의 넘사벽 신마호텔만 해도 시그니처 스테이크가 21만 원. 그런 조건을 의식한 탓인지 가격 평가는 9만 원대가 많았다. 알아서 기는 형국이었다.

"9만 원이라… 송 셰프가 생각한 가격은 얼마야?"

설 대표가 윤기를 바라보았다.

9만 원.

특급 호텔과의 격차를 인정하는 가격이다. 그랑 서울 호텔은 초특급 호텔에 비교할 수 없다. 공식적으로도 4성 호텔이다. 하지만 요리 가격은 호텔의 격이 좌우하는 게 아니었다. 그렇다면 시골집처럼 보이는 유럽의 별 셋 레스토랑들은 존재할 수 없었다.

9만 원의 열 배인 90만 원.

윤기가 매긴 가치는 그 이상이었다. 당연하지 않은가? 역사를 입힌 전생 안드레아의 스테이크는 1만 불을 받은 적도 있었다.

모두의 시선이 윤기에게 쏠려 있다. 불행하게도 윤기는 안드레아의 모습을 하고 있지 않았다. 그처럼 열광적인 팬들도 아직은 없었다.

에둘러 가기로 했다. 어차피 가성비와 가심비의 평가는 고객이 내린다. 그들이 천금을 내도 아깝지 않다고 생각한다면 그런 것이다. 그러니 서두를 필요가 없었다.

"제 생각에는……."

설 대표를 똑바로 보며 말을 이었다.

"VIP들의 평가에 맡기는 게 좋을 것 같습니다. 무료 시식회가 끝난 후에 설문을 통해 그분들의 의견을 구하는 거죠. 명사들이 정해 준 가격이라면 더 많은 사람들의 공감을 사지 않을까요?"

"……!"

설 대표는 말문이 막혀 버렸다.

기막힌 의견이었다.

[VIP 시식 준비 팀]

설 대표의 특명이 떨어졌다. 조리부장은 모든 사항을 윤기에게 일임했다. 에르베 역시 윤기의 의견을 따를 것을 천명했다.

그는 그랑 서울 호텔의 요리사들에 대해 잘 알지 못했다. 게다가 윤기가 주도하는 LGY 스테이크였으니 그 마음에 맞는 사람으로 구성하는 게 옳다고 판단한 것이다.

추가 장비와 함께 증류기 2대를 요청했다. 요리의 향을 채집할 수 있는 공간과 함께. 이렇게 되면 집에서 고생하지 않아도 되었다.

2명 추가.

윤기의 생각이었다. 메인 요리는 에르베와 둘이 하면 충분했다. 필요한 건 보조였다. 그러나 보조라는 허접한 타이틀과는 달리 분자요리실에서 일하는 특전을 누린다. 에르베의 분자요리를 전수받을 수도 있었다. VIP 시식까지 성공하면 조리부의 중심으로 개편이 된다. 지금까지 대표 메뉴가 없는 그랑 서울 호텔 조리부. LGY가 대표 메뉴가 된다면 단숨에 핵심 인력으로 부각되는 것이다.

조건만 본다면 선망의 대상이었다. 그러나 한 가지 티가 있었으니 바로 윤기였다. 며칠 전까지만 해도 세척에 채소나 다듬던, 그것도 잘 다듬지도 못하던 윤기가 껄끄러운 요소였다.

"아, 진짜……."

불편한 속내를 노골적으로 드러낸 건 경모였다.

"그러니까 윤기가 우리 중에 둘을 뽑아서 스테이크 요리를 지휘한다고요?"

퇴근 시간, 진 부조리장 앞의 경모가 거품을 물었다.

"대표님과 조리부장님 특별 지시라신다."

진 부조리장도 불쾌하기는 마찬가지였다.

"그놈 스테이크가 진짜 그렇게 죽여줍니까? 부조리장님은 먹어 봤잖습니까?"

"뭐, 그냥저냥……."

진규태의 대답은 어정쩡했다. 인정하자니 자존심이 상하고, 폄훼하자니 같이 맛을 본 사람들의 반응이 부담스러웠다.

"미치겠네. 계란 하나도 제대로 못 삶아서 저 개망신시킨 게 엊그제라는 거 저만 기억하는 거 아니잖아요. 이러다 저놈이 우리 팀 조리장 된다고 나대는 거 아닙니까?"

경모가 과거를 소환했다. 두 달 전의 일이었다. 전날 클랜 멤버들과 과음한 경모가 윤기에게 계란을 맡기는 선심을 썼다. 스터프트 에그가 나가는 날이었다. 프라이 런닝(running)도 맡겨졌다. 스터프트 에그는 노른자가 정중앙으로 가야 한다. 경모의 지시는 반숙이었다. 완숙을 시키면 흰자위가 질겨지기 때문이었다. 런닝은 노른자가 터지지 않게 앞뒤로 살짝만 익혀 내야 한다.

계란은 엉망으로 나왔다. 노른자를 중앙으로 가게 하려면 처음부터 굴려 줘야 하는데 경련 때문에 잘 되지 않았다. 런닝 프라이도 다르지 않았다. 뒤집어야 할 타이밍을 놓치거나 터뜨려 먹었다.

"아오, 널 시킨 내가 미친놈이지."

한잠 자고 나온 경모가 핏대를 올렸다. 계란 하나 때문에 요리가 늦게 나갔다. 컴플레인 테이블이 한둘이 아니었으니 윤기 등을 떠밀었다. 윤기가 홀에 나가 일일이 용서를 구했다.

떠벌거리는 소리가 윤기에게 들렸다.

'오경모 선배……'

당연히 윤기도 그 모멸감을 기억하고 있었다. 다른 일도 바쁜 윤기를 시켜 먹고 책임까지 떠안긴 경모였었다.

*　　*　　*

잠시 쉬는 시간, 경모와 명규가 희희낙락 수다를 떨어 댔다.

"오늘 만나기로 했다고요?"

명규가 물었다.

"그래 인마, 튕기고 튕기는 걸 겨우 허락받았다. 팁 좀 줘 봐라."

"윤아는 깔끔한 걸 좋아해요. 후각이 예민해서 냄새는 질색."

"그럼 손 자주 씻어야겠네? 오늘 튀김 요리가 너무 많았거든."

"잘되면 알죠?"

"걱정 마라. 거하게 쏠 테니까."

경모는 기대 만발이었다. 어쩐지였다. 경모가 쫙 빼입고 출근한 이유가 그것이었다. 명규 요리 동기 중에 미녀가 있었다. 소개팅, 소개팅 노래를 부르더니 성사가 된 모양이었다.

경모의 디데이.

윤기도 참교육의 디데이로 삼아 버렸다. 먼저 들어온 걸 계급으로 아는 인간들. 하느님과 동기처럼 군다. 하지만 주방의 서열은 짬밥순이 아니라 실력순이다. 실력자라면 그걸 깨닫게 할 의무도 있었으니 윤기는 이 신성한 의무를 외면할 생각이 없었다.

원래는 진 부조리장이 타깃이었지만 경모로 변경했다. 그는 주방에서 중간 위치에 속한다. 나름 유학파라고 입김도 강하다. 주방의 질서 재편을 위해 산 교육이 필요하다면 가성비 높은 선택이 될 수 있었다.

계란 두 판.

참교육에 쓸 재료로 골랐다.

중탕기의 온도를 조절하고 계란을 담갔다. 진 부조리장이 퇴근하는 걸 확인하고는 경모 곁으로 다가갔다.

"선배님."

"뭐야?"

"스테이크 시식을 앞두고 제가 계란 요리가 딸리는 것 같아서 연습 중인데 한번 좀 봐주시겠습니까? 계란 하면 우리 호텔에서는 선배님이 최고시니."

"계란?"

경모가 고개를 든다. 거만이 덕지덕지 묻은 눈빛이다.

"부탁합니다."

"하긴 내가 계란은 좀 하지."

조금 대우해 주니 바로 우쭐해진다.

경모가 분자요리실로 따라 들어왔다. 비극의 시작 같은 건 낌새도 눈치채지 못하고 있었다.

제9장

평정

“오늘 좋은 일 있으신가 봐요?”

시치미 뚝 떼고 분위기 좀 맞춰 주었다.

“소개팅 나간다. 아, 싫다는 데도 명규 자식이 요리학교 동기 소개시켜 준다고… 아이유 닮았다나 뭐라나…….”

미녀를 꼬실 기대로 가득한 경모가 테이블 의자에 앉았다.

거만이 하늘을 찌른다. 어쩌면 이미 모텔로 들어가는 상상을 할지도 모른다. 그러나 인생은 호사다마. 경모는 그걸 알게 될 것이다. 참교육이란 본시 기억에 평생 남을 만큼 처절할수록 좋았다.

“예전에 계란 사고는 죄송하게 되었습니다.”

“됐어.”

“그때는 제가 컨디션이 안 좋아서…….”

"컨디션? 풉."

경모가 헛웃음을 참는 게 보였다.

"잠깐만요, 일단 계란부터 까 놓고요."

윤기가 계란 그릇을 당겼다. 찐 계란이 한 판이었다. 경모는 계란을 잘 깐다. 그랑 주방 공인 1인자다. 그 앞에서 계란을 깐다고 하니 가소로운 눈빛이다. 하지만 이내 기가 꺾였다. 윤기는 한 번에 네 개의 계란을 까 버렸다. 양손에 두 개씩 쥐고 살짝 금을 낸 후에 아귀로 비틀며 돌리면 끝이었다. 경모와 비교하면 거의 4배속이었으니 정신 줄을 놓아 버리는 경모였다.

"많이 늘었죠?"

"……."

"연습 많이 했으니 언제든 필요하면 불러 주세요."

첫 번째 무력시위는 간단하게 끝냈다.

"기다리느라 힘드셨을 테니 이것 좀 드셔 보시죠. 선배님을 위해 준비한 흰자위 요리입니다."

두 번째는 잔으로 시작했다. 맑은 액체가 들어 있었다. 계란을 깨서 흰자위만 그 안에 넣었다.

"……?"

컵을 보던 경모 눈빛이 또 한 번 풀렸다. 용액 속의 흰자위가 익어 가고 있었다. 컵을 만져 보니 뜨겁지도 않았다. 그런데 단 몇 초 만에 흰자위가 익어 버렸다.

"인터넷 찾아보니까 계란은 어떤 경우, 상온에서도 몇 초 만에 익는다길래 해 봤는데 진짜 되더라고요. 선배님은 알고 계신 방법이죠?"

"……?"

경모가 바로 굳어 버린다. 두 번째 기선 제압이었다.

"뭐 좀 찍어 먹도록 마요네즈도 만들어 드리겠습니다."

윤기가 눈앞 시연에 들어갔다. 구리 볼에 흰자위와 오일을 미량 첨가하고 빠르게 젓기 시작했다.

"나참, 마요네즈는 노른자로 만드는 거야."

마요네즈는 노른자.

이건 거의 진리였다. 경모가 그 진리를 설파하지만 윤기는 손을 멈추지 않았다. 뻘쭘한 경모가 들었던 손을 내려놓았다. 윤기의 표정 때문이었다. 조리부장이나 에르베는 저리 가라 할 위엄을 뿜고 있었다.

무엇보다 놀라운 건 흰자위만으로 마요네즈가 완성되었다는 것. 눈앞에서 만든 것이니 의심도 할 수 없었다.

'이게 어떻게?'

새하얀 마요네즈를 받아 든 경모 손이 떨렸다. 마요네즈는 노른자에 든 레시틴이 필요하기 때문이었다.

"마요네즈도 알고 보니 물과 기름, 계면활성제의 혼합물에 지나지 않더군요. 그런데 흰자위에도 계면활성제의 속성이 있더라고요. 그래서 시도해 본 건데 평가를 부탁드립니다."

평가.

경모를 높여 주는 단어였다. 하지만 예우와 달리 경모는 점점 쪼그라들고 있었다.

"계란 삶기는 선배님 지도 덕분에 마스터했고……."

윤기가 세 가지 계란을 까 놓았다. 반으로 가르자 세 가지 형태가 나왔다. 흰자는 알맞게 익고 노른자는 액체, 다음은 촉촉한 노른자, 마지막은 노른자가 적당히 익은 상태. 경모가 잔소리를 퍼붓던 세 가지 타입으로, 완벽한 자태였다.

"이번에는 노른자입니다."

노른자에 약간의 분말이 들어갔다. 그런 다음 돼지기름을 팬에 두르고 휘젓기 시작했다. 젓는 모습도 유려하다. 얼마가 지나자 맑은 윤이 나는, 그러면서도 점성으로 빛나는 요리가 되었다.

"시식을 부탁합니다."

윤기가 숟가락과 함께 내놓았다.

"……?"

경모가 숨을 멈춘다. 따끈하고 쫀득한 커스터드 맛이다. 솜털처럼 부드럽고 기름진데도 숟가락에 붙지 않았다. 심지어는 접시, 나아가 이빨에도.

"삼불점이라고 그릇과 수저, 이빨에 붙지 않는 요리라네요. 노른자를 쓰는 거라 처음 시도해 봤습니다."

[처음]

그 단어가 경모의 감정을 베고 갔다. 윤기는 거짓말이 아니었다. 전생의 손으로는 많이 해 봤지만 윤기의 손으로는 처음이었다.

삼불점.

중국요리다. 이 요리에는 굉장한 내공이 필요했다. 불과 손, 기름 조절의 삼박자를 맞춰야 한다. 경모의 얼이 살짝 빠지기 시작하지만 윤기는 그 정도로 멈추지 않았다.

"이걸로는 뉴욕 유학까지 마친 선배님 눈높이에 안 맞을 테니 다른 샘플을 보여 드리죠."

윤기가 튀김기를 향해 돌아섰다.

좌아아.

기름의 향연이 울려 퍼지나 싶더니 튀김이 나왔다.

"드셔 보시죠."

첫 접시에 올라온 건 세 개였다. 노릇하게 튀겨진 사각형이었다.

'뭐야?'

반을 가르니 계란이 나왔다. 꿀물처럼 흘러나오는 노른자위의 위치는 정확히 한가운데였다.

"……?"

경모 눈빛이 출렁거렸다. 안에서 풍기는 풍미 때문이었다. 고소한 버터와 지방 냄새가 후각을 마비시킬 정도였다. 더구나 계란이다. 그런데 네모졌다. 아시다시피 계란은 타원형이다. 모양부터 놀랍지만 풍미는 더 매혹적이었다.

꿀꺽.

자신도 모르게 침이 꿀꺽 넘어갔다. 윤기가 눈짓으로 권하자 슬그머니 반쪽을 물었다.

"……!"

모든 촉각이 입안으로 몰려들었다. 풍후한 액체가 홍건하게 밀려 나온 것이다. 버터였다. 햄이었다. 계란을 네모나게 만든 후에 버터를 두르고 햄을 감았다. 그 위에 튀김옷을 입혀 튀겨 냈으니 감칠맛이 폭발적일 수밖에 없었다.

한마디로 환상이었다. 버터와 햄의 조합이 그랬다. 거기에 튀김 기름의 부드러운 풍미까지 더해진다. 흰자위는 부드럽고 노른자위는…….

"……?"

미뢰와 함께 신경이 곤두섰다. 노른자위에 뭔가 있었다. 유자청을 더한 꿀이었다. 담백하고 고소한 맛에 달달하고 신맛까지 어우러지니 맛을 다 감상할 사이도 없이 목을 타고 넘어갔다.

이걸 윤기 저놈이?

언제 중국요리까지?

대체 어떻게?

의심을 하면서도 손을 멈출 수 없었다. 계란 튀김 세 개는 눈 깜짝할 사이에 사라졌다. 윤기가 세 개를 더 내놓았다. 그런 식으로 무려 여덟 번을 반복했다. 무려 24개의 계란을 먹어 치운 것이다.

"이제 평을 부탁드릴까요? 그랑 서울 계란 요리의 최고봉으로서?"

윤기 목소리는 한없이 느긋했다.

"좋, 좋은데?"

"확실합니까?"

"응."

"감사합니다. 그럼 살펴 가시죠."

윤기가 문을 가리켰다. 경모가 일어섰다. 자신도 모르게 윤기의 지시에 따르고 있었다.

'삼불점에 네모난 계란 요리?'

밖으로 나오기 무섭게 벽에 기댔다. 다리가 반은 풀렸다. 둘 다 자신의 능력 밖이었다. 들어갈 때는 보란 듯 한 수 지도하려 했는데 그게 아니었다.

뉴욕 요리 유학. 별 하나 레스토랑에서 2년을 지냈다. 8개월 보조를 거쳐 계란 요리를 맡다 돌아왔다. 왜였을까? 한계를 느낀 것이다. 그러나 한국에서는 그 스펙이 통했다. 오너 셰프의 소스 보조를 하면서 소스도 어느 정도 중간은 갔기 때문이었다.

거기서는 하늘처럼 보이던 오너 셰프. 그보다 윤기 실력이 더 압도적이었다. 경모로서는 쳐다보기도 어려운 경지였으니 영혼까지 털린 기분이었다.

순간 경모의 카톡이 울렸다.

'아차?'

그제야 소개팅을 기억해 내는 경모. 윤기에게 홀리는 바람에 아이유 복사판 소개팅녀를 잊고 있었다.

그 순간.

"끄읍."

경모 입에서 돌발 트림이 나왔다. 트림은 마치 방귀처럼 역겨운 냄새를 풍겼다.

'억?'

황이었다. 달걀을 포식하면 피하기 어려운 고약한 그 냄새…

응급 양치를 시도해도 소용이 없었다.

—윤아는 깔끔한 거 좋아해요. 후각이 예민해서 냄새는 질색.

그러나 씻어 버릴 수도 없는 이 냄새… 그렇다고 병원에 가서 위세척을 할 수도 없는 노릇이었다.

아부에 아양까지 떨어 가며 겨우 허락을 받은 데이트…….

'조때따.'

소개팅 미녀가 경모의 눈에서 멀어졌다.

*　　　*　　　*

"냄새 좋다."

퇴근한 어머니가 주방으로 다가왔다.

"엄마?"

"요즘은 일찍 오는 날이 많네?"

"드세요."

식탁 세팅을 했다. 간단한 된장국과 찹쌀을 발라 구워 낸 자반고등어였다.

"그런데 송 셰프."

"엄마도 셰프야?"

"그럼 어쩌겠어? 회장님도 사모님도 꼬박꼬박 셰프라고 부르는데."

"그래요?"

"호텔에서는?"
"음, 이제야 천리마 알아보는 백락들이 눈을 뜨는 모양새?"
"주방 진입?"
"당연하죠. 그것도 프랑스에서 온 특급 셰프의 분자요리실 공동 사용권 획득."
"진짜?"
"안 되겠다. 우리 엄마도 내가 주관하는 VIP 시식단에 넣어 달랄까?"
"우리 윤기가 VIP 시식도 주관해?"
"응, 싫다는데 막 등을 떠미네."
"정말이야?"
"그렇다니까. 엄마도 한자리 달라고 할까?"
"아유, 됐어. 내가 무슨……."
"엄마가 뭐 어때서?"
"그건 그렇고 사모님이 묻더라. 그날 먹은 스테이크의 소스 말이야, 초록색 나던 거, 기억해?"
"그거 뭐?"
"이름 좀 알려 달라던데. 매콤하고 상큼하게 신맛이 너무 마음에 드는데 아는 요리사에게 물어봐도 모른다고 하더래."
"사모님을 위해 따로 만든 거니까."
"그랬어?"
"초록이 난 건 파란 피망 때문이야. 그 가루를 좀 섞었거든. 사모님이 그런 맛 좋아하실 거 같아서."
"내가 얘기했던가?"

"응? 응."

윤기가 얼버무렸다. 사실은 그게 아니었다. 사모님의 미식 취향은 체형과 체취로 알았다. 하지만 이렇게 넘어가는 게 좋을 것 같았다.

"그런데 엄마."

"왜?"

"전에 외숙모가 붉나무 소금 보내 줬었잖아?"

"그건 다 먹었는데?"

"알아. 외숙모한테 연락해서 남은 거 있는 대로 좀 보내 달라고 하고 올해는 열매를 중심으로 많이 만들어 달라고 해 줘."

외숙모 부부는 특용작물을 재배한다. 붉나무 소금도 외숙모를 통해 알게 되었다. 알고 보니 첫 전생인 역아가 비장의 무기로 쓰던 소금의 하나였다.

그리고… 또 알았다. 왜 전부터 나무 향을 좋아했는지. 그 또한 전생들의 유산이었다.

"호텔에서 부탁한 거야?"

"그렇게 될 거야."

"윤기야……."

"엄마, 나 이제 주방 보조 아니야. 호텔 대표님에게도 인정받고 프랑스에서 온 셰프에게도 인정받고 있어. 그러니까 그렇게 걱정스러운 눈 하지 마."

"엄마는 그게 아니라……."

"그럼 뭔데?"

"며칠 사이에 네가 너무 많이 변한 거 같아서. 자신감이 넘치는 건 좋은데 어떨 때는 야심덩어리처럼 보여서 좀 오싹하기도 해."

"……?"

"아니야, 엄마 조크, 우리 아들 그동안 손목 때문에 구박만 받았는데 자신감 넘치면 좋지 뭐."

"그거 맞아, 엄마."

"응?"

"야심 말이야. 나 요리로 세계 정복 하려고."

"윤기야."

"그러자면 카리스마도 필요해. 주방도 정글과 같아서 약한 모습 보이면 다들 물어뜯거든."

"그래. 고진감래라는데 우리 아들, 난다 긴다 하는 셰프들도 못 하는 회장님 스테이크도 해냈으니 요리로 세계 정복 한번 해 봐."

어머니는 윤기 편.

백 번을 확인해도 기분 좋은 팩트 체크였다.

미식 평론가 황교일

먹방 스타 개그우먼 김민영

먹방 100만 유튜버 육식만

원로 탤런트 민혜자

벤처 기업가 선은결

조향사 류지니

패션 모델 도하라

중국인 투자자 송야쉔
인기 트로트 가수 우영웅
맛 칼럼니스트 장대방…….

각계각층 33여 명의 VIP 리스트가 공개되었다.

33명 초청은 마케팅 팀장 장세희의 아이디어였다. 독립 선언을 한 33인처럼 이걸 기회로 그랑 호텔의 위상을 높여 보자는 의미였다. 옵션으로 지인 1명의 동반이 가능했으니 총원은 66명이었다.

"6은 완전수잖아요? 이건 이 이벤트의 성공을 비는 의미예요."

두 번째 의미도 그럴듯했다.

이 호응은 마케팅부가 발에 땀이 나도록 뛴 성과였다. 그들이 먼저 시식한 게 자신감으로 작용했다. 이지용 회장의 일화가 거들고 장대방의 칼럼도 마중물 역할을 제대로 했다.

예상외로 쟁쟁한 인물들이 시식에 응하자 연회장 에스뿌아의 실내 분위기도 바꾸기로 했다. 레오나르도 다 빈치와 베르나르 뷔페의 그림 동원이었다. 출력물에 불과하지만 분위기를 살리는 데는 도움이 될 일이었다.

"송 셰프."

조리부장이 향 제조실로 들어왔다. 증류기가 입고되면서 새로운 공간을 만들었다. 분자요리실의 창고로 쓰던 공간이었다.

"냄새 좋고."

차가운 관을 통과해 방울방울 모이는 액체를 보더니 코를 큼큼거린다.

"무슨 일이죠?"

윤기가 물었다.

"VIP 리스트 봤지?"

"예."

"연예인에다 유명한 먹방 유튜버들도 오는 모양이야."

"……."

"어시스트들은 결정했어?"

"내일까지 말씀드리겠습니다."

"글피가 시식일이니 빨리 진용을 갖추라고. 나 몸살 나게 하지 말고."

"알겠습니다."

윤기가 답했다.

66인분.

에르베와 둘이라면 크게 바쁠 것도 없었다. 그럼에도 주변 사람들이 더 나대고 있었다. 주방으로 나왔다. 요리사들은 모두 자신이 담당한 요리를 하느라 바쁘다. 일반인이 보면 그게 그거 같지만 엄연한 서열이 있다. 직장인의 책상 배열이 그렇듯, 조리대에도 계급이 존재했다.

스테이크 재료가 들어왔다. 윤기가 검수를 했다. 위상의 폭풍 격상이었다. 원래는 스테이크 박스 운반이나 하던 몸이었다. 마음에 들지 않는 것 몇 개를 골라 내고 숙성실에 따로 모셨다. 스테이크는 공산품이 아니다. 같은 소에서 나와도 차이가 날 수밖에 없었다.

19일 숙성육이니 이틀 후면 가장 맛난 21일 숙성육으로 변신

할 일이었다.

"송 셰프."

퇴근 때였다. 지하철역으로 내려가려 할 때 누군가 윤기를 불렀다. 돌아보니 경모였다.

"뭐죠?"

"잠깐 얘기 좀 했으면 해서."

어제 있었던 닭똥 냄새에 대한 보복일까 싶었지만 경모의 태도는 아주 달랐다.

"나 시식 준비 팀에 좀 끼워 주면 안 될까?"

하마터면 코웃음이 나올 뻔했다. 주방 군기 반장이자 후배들 염장의 달인 오경모. 이 인간에게 이런 면이 있었을까 싶을 정도로 부드럽고 다소곳한 표정을 짓고 있었다.

* * *

"우리 어디 조용한 데 가서 얘기하면 안 될까? 내가 치맥 쏠게."

"언제는 저랑 말 섞을 클래스가 아니라면서요?"

"그건 조크지, 조크."

"저 지금 바쁜데요?"

윤기는 휘둘리지 않았다. 이제는 이런 인간을 다룰 줄 안다. 아쉬운 자들은 등을 보이면 더 조급해지게 마련이었다.

"잠깐, 잠깐만."

예상대로 윤기 팔뚝을 잡는다.

"바쁘다니까요."

"알았어. 알았다고."

큼큼 괜한 목청을 고른 경모가 윤기 눈치를 보며 말을 이었다.

"VIP 시식 팀 말이야, 두 명 선발한다며?"

"그래서요?"

"나 좀 끼워 줘. 뭐든 열심히 할게."

신기했다. 경모 눈동자에서 거만이 사라졌다. 자세 또한 다소곳했다. 한 송이 국화꽃을 피우기 위해 소쩍새가 운다더니 이 말을 하려고 그 뜸을 들인 모양이었다.

"선배님."

"응? 송 셰프."

셰프?

믿기지 않는 호칭도 나왔다.

"셰프라뇨? 조리실 망신이나 시키는 보조죠."

"그건 미안해."

고개까지 숙인다. 그동안 지은 죄가 쓰나미로 몰려온 모양이었다.

"아무튼 말도 안 돼요. 뉴욕 요리 유학에 그랑 호텔 조리부의 에이스로 불리는 분이 어떻게 저따위와 일을 합니까? 선배님 프라이드가 있죠."

"아, 아니야. 내가 무슨 에이스? 우리 호텔 에이스는 송 셰프야."

"선배님."

"아무튼 잘못했어. 반성하고 있으니까 좀……."

"그래도 시식단에 들고 싶으시다?"

"응."

"주방 군기는 군대보다 세다고 했었죠? 제가 막 굴려도 참을 겁니까?"

"그거야 뭐… 나도 송 셰프 많이 굴려 먹었으니까."

"제 잔소리 들어 가면서 요리할 각오다 이거죠?"

"그렇다니까."

"이유가 뭐죠?"

"이유?"

뻔한 질문에 경모 얼굴이 굳었다. 그래도 윤기는 듣고 싶었다. 이 인간이 무슨 이유를 가져다 대는지.

"솔직히 말하면 우리 호텔 주방에서 캡 먹어서 뭐 하겠어? 언제든 잘나가는 셰프 한 명 들어오면 다 밀릴 판인데. 이제 와서 뉴욕으로 돌아갈 수도 없으니 이번 기회에 제대로 좀 배우고 싶어서."

"……?"

윤기 촉이 살짝 누그러졌다. 이유는 마음에 들었다. 주제 파악은 되고 있었다.

"뉴욕 주방 수습은 보통 설거지 1년, 감자 깎이 1년에 양파 까기 1년이라고 했었죠?"

"……."

"설거지하고 감자 깎을 자신 있어요? 저한테 했던 구박과 개무시 그대로 받아 가면서."

“끼워만 줘.”

“작년에 저한테 소스 태우게 해서 엿 먹이던 날 기억나요?”

“……”

“그때 어떻게 했었죠?”

“자필 시말서 100장?”

“그때 저한테 샘플로 준 거 가지고 있죠?”

“……”

“내일까지 그때 형식으로 정자체 자필 반성문 1천 장 써 오세요. 그럼 한번 믿어 볼게요.”

“천, 천 장이나?”

“내일 오전에 발표할 거라 시간은 더 줄 수 없어요. 늦게 결심한 선배님 잘못이죠.”

“송, 송 셰프……”

“그럴 시간에 빨리 집에 가서 반성문 쓰는 게 더 현명한 거 아닐까요? 방금 한 말이 진심이라면.”

윤기가 돌아섰다.

자필 반성문 1천 장.

죽었다 깨어나도 쓸 수 없다. 윤기가 경험했기 때문이었다. 밤을 새운다 해도 50장 이상은 힘들었다. 초반에는 조금 속도가 붙지만 20장을 넘어가면 손가락이 아파 속도를 낼 수 없기 때문이었다.

그날 윤기는 10장을 썼다. 손목 경련 때문에 더 쓰기 힘들었다. 그나마 10장을 채운 건 소스를 망친 것에 대한 책임감 때문이었다.

나중에 알고 보니 경모의 장난질이었다. 그 소스는 요리에 나갈 게 아니었다. 잡내가 나서 버려야 할 것을 윤기에게 떠안기고 불을 강하게 세팅해 주었던 것.

경모는 깊은 신음과 함께 멀어졌다.

자필 반성문 1천 장.

쓰기는 할까?

벌써부터 내일이 기다려지는 윤기였다.

이른 새벽, 윤기가 호텔에 도착했다. 스테이크 향 때문이었다. 어제부터 증류기를 가동했으니 오늘까지 준비해야 분량을 맞출 것 같았다.

조리실 복도에 들어섰다.

"……?"

주방에 불이 켜져 있었다.

'창혁이 왔나?'

윤기가 고개를 빼 들었다. 준비할 게 많은 날은 수습이나 보조들이 먼저 바쁘다. 그런 날은 남보다 일찍 나오는 수밖에 없었다.

주방 안의 사람은 경모였다. 자기 조리대 앞에서 뭔가를 쓰고 있다.

'설마?'

고개가 갸웃 돌아갔다. 경모의 동작은 분명 필기를 하고 있었다. 모른 척 분자요리실로 들어섰다. 그걸 경모가 보았다.

"송 셰프."

"……."

"일찍 나왔네?"

그가 다가왔다. 옷을 보니 어제 그대로다. 설마가 맞는 것 같았다.

"선배님도 일찍 나왔네요?"

모른 척 인사를 받았다.

"나 실은 집에 안 갔어."

"왜요?"

"반성문 쓰려고."

"……?"

"집에 오고 가려면 2시간이잖아? 그래서……."

경모가 머리를 긁적거렸다. 의외다. 생각보다 결심이 굳은 모양이었다.

"다 썼어요?"

"아직……."

"그럼 계속 쓰세요. 방해하고 싶지 않거든요."

윤기가 분자요리실 문을 닫았다. 물끄러미 바라보던 경모가 조리대로 향했다. 한숨을 쉬더니 다시 필기에 돌입한다.

천 장은 어림없다.

한 장당 10분을 잡으면 한 시간에 6장이다. 근무 시작 시간까지 12시간을 쓴다고 해도 70장 남짓이다. 미친 속도감이라고 해도 100장을 넘을 수 없다. 참견하지 않았다. 아직은 시간이 남아 있었다.

스테이크를 구웠다. 향을 증류해 내기 위한 작업이었다. 시식에 쓸 소고기는 아니었다. 굽는 냄새가 좋은 소고기는 따로 있다. 몇 판 제대로 구워 내자 출근 시간이 가까웠다.

문을 열고 나오자 윤기를 기다리는 사람이 있었다.

"형."

머쓱한 표정을 짓는 사람은 명규였다.

"……?"

윤기가 명규를 돌아보았다.

"셰프님……."

호칭이 바로 수정되었다.

"뭐냐?"

"잠깐 얘기 좀 해요."

다짜고짜 윤기를 잡아끈다. 명규 목소리도 굉장히 공손해져 있었다. 예상대로 청탁(?)이 들어왔다.

"시식 팀에 뽑아 달라고?"

"저 잘할게요."

"뭘?"

"그동안 미안했어요. 하지만 그거 다 진 부조리장하고 경모 선배가 시키는 바람에……."

"그 말, 책임질 수 있냐?"

"다는 아니고……."

"시식 팀에서는 내가 법이야. 그거 따를 자신 있어?"

"그, 그럼요. 당연히 형 실력이 최고니까 형이 법이죠."

"뒷담 까다 걸리면 손가락 잘라 버릴 거야."

"……?"

"그렇게 각서 써 오면 고려해 볼게."

윤기가 돌아섰다. 보조실로 가는 동안 세 명의 조리 직원을 만났다. 다들 조리 팀 합류를 원했다. 카톡으로 온 조리 1팀 직원들까지 합치면 숫자가 10여 명에 달했다. 그중에는 창혁이도 포함이었다.

"송 셰프."

복도 끝 쪽 문에서 경모가 나왔다.

"이거……."

자신 없이 봉투를 내민다. 안 봐도 반성문이다. 볼륨으로 보아 천 장에는 미치지 못했다.

"천 장 아니잖아요. 됐어요."

다시 그 품에 돌려주었다. 어차피 틀린 일, 자기를 놀려 먹은 거라고 화를 낼 만도 한데 그러지 않았다. 진심으로 시식 팀에 들고 싶은 것이다. 달성 못 할 미션이라는 거 윤기는 알고 있었다. 그래도 밤 새워 시도한 자세만은 높이 사 주었다.

창혁은 감자를 깎고 있었다. 그 옆에 앉아 돕기 시작하자 창혁이 놀랐다.

"감자는 제 일이에요."

"너도 전에 나 도와준 적 있잖아?"

"그때는……."

"시식 팀에 들고 싶다고 했었지?"

"안 되죠?"

"그래."

"……."

"한 가지만 명심해라. 주방에서는 실력이 곧 법이라는 거. 노력하고 있으면 기회가 될 때 데려갈게. 지금은 너를 픽업해도 네가 버티지 못할 거야."

"알겠어요."

"나 같은 놈도 이런 날이 왔잖아? 너도 노력파니까 분명 빛 볼 날이 올 거야."

"고마워요."

"50개 누가 먼저 깎나?"

"좋죠."

창혁이 속도를 내기 시작한다. 윤기의 상대는 되지 않았다. 윤기가 50개를 깎았을 때 창혁은 고작 열일곱 개째 껍질을 벗기고 있었다.

감자 껍질 벗기기는 창혁에 대한 위로였다. 이렇게라도 창혁의 일을 덜어 준 것이다.

사실 현재의 윤기 입지라면 창혁을 픽업해도 뭐라 할 사람이 없었다. 그러나 고려하지 않았다. 창혁은 이미 윤기의 편이었다. 그렇다면 굳이 안을 필요가 없었다.

주방 안의 질서를 재편하고 윤기의 위상을 공고히 하려면 당연히 다른 사람을 선택하는 게 옳았다.

"어이, 송 셰프."

진 부조리장이 윤기를 불렀다.

"내가 주방 책임 맡아 봐서 잘 알잖아? 사람 관리 그거 쉬운 일 아니다."

"……."

"오성태하고 마길영, 실력도 괜찮고 요리에 대한 열정도 좋아. 웬만하면 이 친구들로 뽑아."

오성태와 마길영.

불손한 추천이었다. 두 사람은 진 부조리장과 의견 충돌이 잦은 편이었다. 게다가 요리도 기계적으로 하는 편이다. 이번 기회에 윤기에게 떠넘기고 윤기의 시식에도 영향을 주려는 잔머리가 보였다.

'어림없지.'

칼자루를 쥔 사람은 어디까지나 윤기였다.

잠시 후 조리부 직원들이 한자리에 모였다. 조리부장과 에르베도 참석이었다.

"송 셰프, 발표하시게."

조리부장이 윤기를 예우했다.

"저와 에르베 셰프님을 도와 주실 두 분……."

윤기가 입을 열자 모두의 시선이 쏠렸다.

"이명규, 오경모 선배님."

"아싸."

명규가 먼저 주먹을 쥐며 환호했다. 경모 얼굴에도 환한 빛이 번져 갔다. 경모가 쓴 반성문은 103장이었다. 최선을 다했지만 반의반에도 미치지 못한 일. 포기하고 있던 차에 낭보를 들은 것이다.

선택에 들지 못한 직원들은 실망을 감추지 못한다. 가장 심하게 얼굴이 변한 건 진 부조리장이었다.

"명규하고 경모, 지금부터 시식 팀에 합류하고 석 조리장은 2팀에서 한 명 뽑아서 1팀으로 배속시켜. 자자, 그럼 오늘 예약 메뉴 확인하고 조리 준비에 들어가도록."

조리부장의 마무리였다.

"송윤기."

진 부조리장의 불쾌함이 폭발했다.

"사람 이렇게 무시해도 되는 거야?"

"뭐가 말이죠?"

"마길영과 오성태."

"저는 그분들 수락한다고 답하지 않았는데요?"

"수락?"

"이 일에 대한 전권은 제게 있잖습니까?"

"아, 이 자식이 보자 보자 하니까 진짜. 야, 네가 무슨 대가라도 되는 줄 알아? 선배가 성의를 보이면 받아들일 줄도 알아야지?"

"대가 맞는데요?"

"뭐야?"

"이지용 회장님에 장대방 관장님, 에르베 셰프님도 인정하셨지 않습니까?"

"그거야 칼질도 제대로 못 하던 놈이 잠깐 귀신이 씐 거지."

"말 다하셨습니까?"

"다했으면?"

"칼질 제대로 하면 어쩔 겁니까? 또 장을 지지실 건가요? 아니, 장 말고 10만 원 빵 어떻습니까? 생강 바늘 썰기."

"얼마든지. 칼질이야 눈 감고도 너보다 낫다."

"잘됐군요. 그럼 아예 눈을 감고 합시다."

윤기가 생강 두 개와 두건을 꺼내 놓았다.

"……?"

"더 가늘게, 더 빨리, 두 가지 옵션이면 충분하죠?"

"오냐, 해 보자."

진 부조리장이 두건을 집었다. 윤기에게는 죽었다 깨어나도 질 수 없는 게 그의 위치였다.

생강 바늘 썰기.

쉬운 일이 아니다. 무 썰기와는 또 다른 질감 때문이었다.

"경모 선배님, 우리 공평하게 두건 매 주고 시작령 좀 때려 주시겠어요?"

윤기가 말했다. 주방 직원들이 죄다 몰려들었다. 갑작스레 부각된 윤기. 그러다 보니 그 실체를 모르는 사람들이 많았기에 당연한 일이기도 했다.

"시작."

둘의 두건을 묶어 준 경모가 시작을 알렸다.

사사사삿.

윤기의 손이 먼저였다. 마치 모터가 달린 것처럼 움직였다. 순식간에 편을 썰고 다음 동작으로 들어갔다.

"우와."

모두가 감탄을 터뜨렸다. 진 부조리장은 그 감탄이 자신에게 향하는 걸로 착각을 했다. 오래지 않아 착각임을 알았다. 이어지는 속삭임들 때문이었다.

"윤기는 벌써 끝났어."

"생강 좀 봐. 진짜 노란 바늘 같아."

그 말을 들은 진 부조리장의 칼이 살짝 어긋났다.

"……?"

평정심을 잃으면 다음 차례는 사고. 칼이 손톱을 썰려는 순간, 윤기의 칼날이 들어와 막아 주었다.

"뭐야?"

두건을 벗은 진 부조리장이 인상을 썼다. 순간 윤기의 생강이 눈을 차고 들어왔다. 그대로 말문이 막혀 버렸다. 윤기 생강이 노란 바늘로 빛나고 있었다. 하나하나가 균등하고 머리카락처럼 가늘었다. 거기에 비하면 자신의 생강은…….

[이쑤시개와 머리카락]

딱 그 차이였다.

이쑤시개 크기도 나쁜 건 아니었다. 그러나 세상은 상대적인 것. 윤기 옆의 진 부조리장 생강은 몽둥이처럼 굵어 보였다.

생강.

가늘고 균일할수록 요리에 풍미를 더한다. 그렇기에 생강 바늘 썰기는 요리사의 수준을 볼 수 있는 방법의 하나였다.

"10만 원 내시죠."

윤기가 손을 내밀었다.

"야."

"여기 계신 분들 모두가 증인이십니다."

윤기가 조리 직원들을 가리켰다.

"다들 뭘 봐? 내가 요즘 우리 은서 때문에 컨디션이 안 좋아서 그런 거라고."

짜증과 함께 10만 원이 던져졌다. 창혁이 주워 윤기에게 건네주었다.

"이건 팁비로 안 내도 되겠죠?"

"짜식이 진짜?"

레이저를 발사한 진 부조리장이 밖으로 나가 버렸다.

"우와, 이거……."

직원들은 윤기가 썰어놓은 생강을 만지며 몸서리를 쳤다. 보고 또 봐도 그냥 노란 황금 바늘이었다.

제10장

VIP 미식 강탈자 I

복도로 나간 진 부조리장은 다시 돌아오지 않았다. 딸 은서에게 중대한 일이 생겨 조퇴를 했다.

조퇴는 시식 디데이의 결근으로까지 이어졌다. 은서가 돌발 입원을 하게 된 모양이었다.

돌발은 윤기에게도 일어났다. 디데이에 벌어진 참사였다.

이날은 새벽부터 바빴다. 일찌감치 출근한 윤기는 시식장인 에스뿌아부터 들렀다.

레오나르도 다 빈치와 베르나르 뷔페의 출력물들은 벌써 손님을 기다리고 있었다. 분자요리실의 불도 켜져 있었다. 경모와 명규가 새벽처럼 출근한 것이다.

"왔어?"

"좋은 아침입니다."

둘이 한 목청으로 인사를 한다. 어제 하루에 불과하지만 그들은 요리의 신세계를 보았다. 경모는 뉴욕에서 2년간 배웠다. 명규 역시 로마에서 1년을 연수했다. 그러다 보니 유명한 셰프의 요리 시연을 볼 기회가 있었다.

그 아찔한 맛의 세계는 멀리 있지 않았다. 윤기와 에르베의 환상적인 퍼포먼스를 보면서 넋을 놓았다. 둘의 손길은 그냥 대가의 길이었다. 재료를 다루는 손길이 그랬고 요리하는 과정이 그랬다.

계란 하나부터 구분이 되었다. 경모와 명규가 부쳐 내면 프라이가 되지만 그 둘이 나서면 요리가 되었다.

명규에게는 메밀로 묻혀 낼 밥이 맡겨졌고 경모에게는 식전 음료의 원심분리와 써니 사이드업, 같이 나갈 게의 전처리가 맡겨졌다.

단 하루였지만 명규는 호된 트레이닝을 거쳤다. 밥만 여섯 번을 했다. 다섯 번이나 퇴짜를 맞은 까닭이었다.

그래도 기분이 나쁘지 않은 건 자기처럼 감정을 가진 퇴짜가 아니라는 거였다. 윤기는 메밀주먹밥의 샘플을 제시했는데 간단한 밥임에도 그 맛과 형태를 따라갈 수가 없었다.

경모의 꽃게도 그랬다. 맛난 게를 삶아 내는 건 찜통과 시간이 아니었다. 압력과 온도, 심지어는 냉장고에서 꺼내 놓은 시간조차 맛에 영향을 미침을 배웠다.

동결에서 나온 스테이크들이 마리네이드 침지와 함께 해동 과정에 들어갔다. 감압 이후에 상압의 과정을 거치면 마무리가 될 예정이었다.

"VIP들이 입장하고 계세요."

색색의 설탕공예를 만들고 있을 때 연회 팀장 이리나의 목소리가 인터폰에서 흘러나왔다.

"황교일 씨에 민혜자, 김민영도 왔어요."

그녀는 들떠 있었다. 입사 후에 이렇게 많은 명사들의 서빙을 책임지는 건 그녀로서도 처음이었다. 명사가 온다고 해도 어쩌다 한 명이었기 때문이었다.

"송 셰프님, 대표님이 에르베 셰프님과 같이 나와서 잠깐 인사 좀 해 달라는데요?"

마케팅 팀장 장세희 역시 백지수를 통해 전갈을 전해 왔다.

"가시죠."

에르베를 앞세워 연회장으로 들어섰다. 셰프의 의무이자 영광이기도 했다.

"오늘 여러분에게 스테이크의 신세계를 열어 줄 송윤기 셰프와 에르베 셰프입니다."

설 대표가 소개하자 가벼운 박수가 울려 퍼졌다.

VIP 시식단. 그 위엄은 굉장했다. 명사들이다 보니 의상과 테이블 매너, 분위기부터 달랐다.

"분위기 굉장하지 않아요? 저는 떨려 죽겠어요."

윤기 옆의 이리나가 몸서리를 쳤다.

그 순간, 윤기가 벼락처럼 굳어 버렸다. 앞쪽 테이블에서 손을 흔드는 세 귀빈 때문이었다.

"먹방으로 유명한 율미TV 이율미하고 아역 탤런트 오아른, 그리고 요즘 한참 뜨는 요리 공주 조아라예요. 초청을 수락한 세

분이 입국 차질이 생겼다고 해서 대타로 섭외했어요."

이리나의 설명은 잘 들리지 않았다. 세 VIP는 모두 서너 살짜리들이었다. 예정에 없던 VIP 체인지.

하필이면 어린아이들이었으니 윤기의 손목에 돌연 이상 반응이 느껴졌다.

경련이었다.

'젠장.'

윤기만의 비밀.

이리나 팀장을 탓할 수도, 피할 수도 없는 자리.

일대 위기가 찾아온 것이다.

테이블 끝에서 장대방이 손을 들어 보였다. 오늘은 부부 동반이었다. 윤기가 꾸벅 인사를 했다. 두 손은 가지런히 모았다. 언뜻 보기에는 자연스러워 보이지만 그렇지 않았다. 수면 위에서 유유해 보이는 백조가 두 다리를 쉬지 못하듯 윤기는 죽을 힘으로 팔을 누르고 있었다.

"송."

에르베가 걱정스러운 눈빛을 건네 왔다.

"많이들 와 주시니 좋아서요."

대충 둘러댔지만 경련은 멈추지 않았다.

"잘 부탁합니다."

먹방 유튜버 이율미의 배꼽 인사였다. 동반자인 어머니가 악수를 청해 왔다. 윤기는 순발력을 동원해 배꼽 인사로 때웠다. 귀족들 접대가 몸에 밴 매너였으니 흠이 되지 않았다.

"괜찮아?"

분자요리실로 돌아갈 때 에르베가 물었다. 그는 세심했다. 윤기의 이상을 눈치채고 있었다.

"그럼요."

짧게 답했다.

"화장실 좀 다녀올게요."

시간을 벌기 위해 에르베와 헤어졌다. 화장실로 들어가 문을 걸어 잠갔다. 두 손을 바라본다. 경련은 여전히 손목 위에서 춤을 추고 있었다.

'제길.'

제어할 수 없는 돌발이었다. 지난번에는 손가락에 피를 내고 위기를 넘겼다. 오늘을 그럴 수도 없다. 무려 33명의 VIP였다. 동반자를 합치면 66명.

에르베 혼자서는 부하를 감당할 수 없는 인원이었다. 차선책으로 경모와 명규가 있다. 그들도 당연히 스테이크를 구울 수 있다.

하지만 그럴 수 없는 일이었다. 이 시식회의 주관 셰프는 엄연히 윤기였다.

늙어서 움직이지 못하면 감독자의 역할로 때운다지만 그럴 수도 없는 창창한 나이.

'미치겠군.'

어쩌면 공식 데뷔전이 될 수도 있는 시식회였다. 그러나 경련하는 손으로는 요리가 불가능했다. 그야말로 진퇴양난에 봉착하는 윤기였다.

"송 셰프님."

고민하는 사이에 명규 목소리가 들렸다.

"나 여기 있어."

"에르베 셰프님이 가 보라고 해서요."

"금방 갈게."

일단 둘러대고 화장실을 나왔다. 다음 생각은 할 수 없었다. 명규가 가지 않고 있었다.

"VIP들 굉장하던데요?"

그도 들떠 있었다. 빨리 요리를 내고 싶어 안달이었다.

'일부러 넘어지면서 손목이라도 삐었다고 둘러대야 하나?'

그 생각도 실행하지 못했다.

"빨리요."

마음이 급한 명규가 팔뚝을 잡아당겨 버린 것이다.

"송, 스테이크 마무리는 내가 할 테니까 컴파운드 소스 인젝션을 맡아 줘."

에르베의 무쇠 팬은 이미 적정 온도 언저리였다.

"송 셰프님, 메밀 고물 다 둘렀어요. 푸아그라 소스 주입해 주세요."

"송 셰프, 게 껍질에 붓질 들어간다?"

경모와 명규도 바짝 달아올랐다.

"진행하세요."

지시를 내리고 인젝션 자리로 갔다. 명규가 준비해 둔 주사기가 보였다. 흐트러진 것 하나 없이 가지런했다. 스테이크 향 에센스와 향신료도 잘 갖춰져 있다. 젤라틴 소스 역시 감칠맛 향으로 가득했다.

준비는 완벽했다.

하지만 손목은 여전히 제어가 되지 않았다.

"송, 스테이크 나간다."

에르베의 불어는 불판의 연주보다 경쾌했다. 마무리 시어링을 마친 스테이크들이 윤기 편으로 넘어오기 시작했다. 레스팅 타임에 맞춰 스테이크 향과 젤라틴 향신료를 주입해야 한다. 아무렇게나 찔러 넣고 빼는 게 아니었다. 고난도의 성형을 하듯, 스테이크의 살결을 따라가야 한다.

그래야만 손님들이 스테이크를 잘랐을 때 진한 향이 폭발하고 먹는 내내 진한 육즙의 감칠맛을 균등하게 유지할 수 있었다.

"송, 뭐 해? 빨리 하고 랍스터 카르파치오 준비해야지?"

에르베의 독촉이 날아들었다. 요리는 타이밍이다. 어느 것 하나만 늦어도 돌이킬 수 없다. 요리 동선을 꿰고 있는 에르베가 그걸 모를 리 없었다.

"송, 어디 아파?"

결국 정곡을 찔리는 윤기였다. 그게 신호였다. 경모와 명규도 윤기를 바라보았다. 아침과는 다른 행동 때문이었다.

'할 수 없다. 일단 저번처럼…….'

칼을 들어 손을 베려고 할 때였다. 복도 너머에서 유리창 두드리는 소리가 들려왔다.

"어, 진 부조리장님?"

명규가 중얼거렸다.

"뭐야? 오늘 딸 은서 병원에 가야 한다더니?"

경모가 손을 닦으며 주방 문으로 다가갔다.

"송 셰프."

진 부조리장이 들어섰다. 친절과 고마움이 질펀하게 묻은 목소리였다. 이어 그의 딸 은서가 엄마 손을 잡고 나타났다.

"송 셰프님, 고맙습니다."

어린 은서가 허리를 반으로 접었다.

"송 셰프님, 이 은혜를 어떻게……."

뒤에 선 엄마 얼굴은 이미 눈물투성이였다.

"송 셰프……."

진 부조리장이 머리를 윤기 어깨에 대고 울먹거렸다.

"미안해. 그리고 고마워. 나는 그것도 모르고……."

그 목소리도 축축하게 젖는다. 목이 잔뜩 메인 그가 뒷말을 이었다.

"어제 갑자기 병원에서 연락이 왔지 뭐야. 좋은 소식이 있다고 해서 은서를 데려갔더니 돈 때문에 맞지 못하던 치료제를 놔 주겠다는 거야. 독지가가 나섰다나? 이번이 세 번째인데 이것만 맞으면 심장이식 안 해도 된다고 해서 백방으로 돈을 알아보던 참이었는데 사채에 은행 빚에 마이너스 통장에… 내 형편으로 돼야 말이지. 그런데 알고 보니 이 치료제 주선해 준 게 송 셰프였다고?"

우어억.

진 부조리장의 흐느낌은 동물처럼 이어졌다.

"병원에서 알았어. 처음에는 이지용 회장님 이름이 나오길래 그분을 찾아뵈었는데 알고 보니 송 셰프의 부탁이었다고. 송 셰프……."
"셰프님."
진 부조리장 부부와 은서의 눈에서도 물방울이 흘러내렸다. 치료제가 무려 2억 5천만 원의 거액이라 더는 손을 쓸 수 없었던 진 부조리장.
사위어 가는 은서를 바라보며 무너지던 억장이 소생하는 순간이었으니 눈물 가릴 일이 아니었다.
"부조리장님."
윤기는 거인처럼 진 부조리장을 받아 주었다.
사실은 본때를 보여 줘도 모자랄 인간. 그런 인간에게 초거액의 선행 베풀기? 그건 절대 아니었다.
윤기의 노림수는 따로 있었다. 그 돈은 어차피 윤기 주머니에서 나간 게 아니었다.
이 회장 역시 그걸로 윤기에게 진 신세를 퉁칠 수 없게 되어 있다. 즉 선행을 빌미로 일거4득의 프로젝트를 발동한 것이다.

전생의 업보 상쇄
진규태에게는 평생의 은인
이 회장에게는 신뢰를 더하고
선물받을 권리는 여전히 유효.

윤기가 설계한 꿩 먹고 알 먹고의 프로젝트가 바로 이것이었다.

"우와, 그러니까 2억도 넘는 치료비 알선을 송 셰프님이?"

명규 얼굴이 하얗게 변했다. 2백도 아니고 2천도 아니고 2억 5천만 원이었다.

"회장님이 송 셰프 부탁으로 알선해 준 거니까 감사도 송 셰프에게 전하라고 하셨어. 내 이 은혜 죽어도 잊지 않을게."

"셰프님, 고맙습니다."

은서의 인사가 진 부조리장의 말끄리마다 따라붙는다. 에르베도 굳어 버렸다. 명규가 대충 통역했지만 분위기로 알아차렸다.

"송, 진짜 대단해."

그가 쌍엄지를 세워 보였다. 경모와 명규도 그랬다. 형식적인 찬사가 아니라 진심이었다. 2억 5천짜리 선행은 아무나 할 수 있는 게 아니었다.

"셰프님."

은서가 다가와 윤기 품에 안겼다. 당연히 따뜻하게 품어 주었다.

[피는 피로 지우고 눈물은 눈물로 지우는 것이니 어린 귀신에 대한 업보는 어린아이에 대한 선행밖에 없어.]

점쟁이의 말이 기억 속에서 걸어 나왔다.

역아와 안드레아의 전생에서 저질렀던 악행들. 목적을 달성하기 위해 어떤 재료의 조달도 서슴지 않았던 전생. 그 업보가 맺힌 손목의 경련. 저주받은 그 경련.

그걸 없애기 위해 감행한 의도적인 선행 프로젝트.

이제 결과를 확인할 차례였다. 치료를 마친 은서는 전보다 건강해 보였다. 그렇다면 윤기의 손목은……?

'응?'

즉각적인 효과가 나타났다. 은서를 안은 손목에 경련이 느껴지지 않았다.

"셰프님."

이제 된 건가 싶을 때 은서가 두 손을 내밀었다. 손바닥 안에 사탕이 보였다.

"은서가 좋아하는 건데 굳이 송 셰프 주겠다고 가져왔네?"

진 부조리장의 설명이었다.

사탕.

어린아이가 주는 것이니 받아야 했다. 그러나 모든 사람들의 이목이 쏠린 순간. 슬쩍 손목의 느낌을 체크하고 사탕을 집었다. 그걸 까는 동안에도 윤기는 살얼음처럼 긴장하고 있었다. 누군가 건드리면 쨍 하고 터질지도 몰랐다.

'후아.'

사탕을 입에 넣고서야 안도의 숨을 쉬었다. 손목은 무사했다. 더는 경련하지 않았다.

"고마워."

그제야 은서를 안아 올렸다. 머리 위까지 들어 올렸음에도 손목의 떨림은 느껴지지 않았다.

돈의 힘.

지위의 파워

그 둘을 끌어안는 요리의 유효성

전생 때나 지금이나 변치 않는 가치였으니 전생의 업보를 요리의 힘으로 상쇄해 버리는 윤기였다.

『요리의 악마』 2권에 계속…